上册

青岛出版集团 | 青岛出版社

**图书在版编目（CIP）数据**

春日玛格丽特/帘十里著. —青岛:青岛出版社,2022.6
ISBN 978-7-5552-9771-0

Ⅰ.①春… Ⅱ.①帘… Ⅲ.①长篇小说－中国－当代 Ⅳ.①I247.5

中国版本图书馆CIP数据核字（2022）第012342号

CHUNRI MAGELITE

| | |
|---|---|
| **书　　名** | **春日玛格丽特** |
| **作　　者** | 帘十里 |
| **出版发行** | 青岛出版社 |
| **社　　址** | 青岛市崂山区海尔路182号 |
| **本社网址** | http://www.qdpub.com |
| **邮购电话** | 18613853563 |
| **责任编辑** | 郭红霞 |
| **特约编辑** | 崔　悦 |
| **校　　对** | 李晓晓 |
| **装帧设计** | 蒋　晴 |
| **照　　排** | 梁　霞 |
| **印　　刷** | 三河市良远印务有限公司 |
| **出版日期** | 2022年6月第1版　2022年6月第1次印刷 |
| **开　　本** | 32开（880mm×1230mm） |
| **印　　张** | 17.5 |
| **字　　数** | 495千 |
| **书　　号** | ISBN 978-7-5552-9771-0 |
| **定　　价** | 65.00元（全2册） |

**编校印装质量、盗版监督服务电话 4006532017　0532-68068050**

# 目录

上册

# 目录

下册

# 楔 子

时隔八年，许知颜再见到程冽是她意料之中的事情，但她又感到意外。

那天，一切就像被安排好了一样。

七月盛夏，暴雨如注，下了一整夜仍不停歇。

清晨天光初亮，许知颜被雨声从亦真亦幻的梦中叫醒。她睁开眼，灰蒙蒙的房间仿佛不停地转。她凝视了上方的简约式顶灯好一会儿，才不疾不徐地从床上起来。

许知颜习惯性地抓起床头的烟盒，赤脚踩着软绵绵的地毯走到窗边，拨开厚重的金色窗帘，让外面的微光倾泻而入。

她拉开窗，微凉的空气通过一丝窗缝钻进鼻子，比薄荷脑更醒人。

许知颜靠在窗边。外面高楼林立，大厦像是屹立在云雾之中，今日的能见度低得让人唏嘘。

她缓慢地点了支女士香烟，玻璃窗上映着她的身影。

黑色柔顺的长发被拢在一侧，她的脸偏瘦，雪白的肌肤几乎和外面的云雾融为一体。

她微微抬着下巴，脖颈线条流畅优美，锁骨清晰可见，丝绸质地的吊带睡裙前挂着一枚细红绳系着的玉佛。

大概是昨晚喝酒有点多，她今天看起来状态不是很好，眼眶还泛着红色。

许知颜夹着烟，手微微往边上挪，身影出现在窗玻璃上。她抬手抚了抚眼角，发现有一道淡淡的细纹抹不去。

她今年不过二十六岁，眼角已经有了细纹。

她指间夹着的烟还在燃，烟气一股脑儿地飘向窗外，她的目光也随之远去。

她不由得回忆起刚刚梦里的场景。

她十八岁的模样确实比现在好看很多。那个时候虽心里也有不快之情，但她会发自内心地笑，好歹程冽在她的身边。

他们曾经畅想未来，想象他们到了二十六岁的时候已经成熟、理智，不会太富有，却可以知足常乐。

想象中的那些如今有了，许知颜唯独不能体会知足常乐的感觉。

烟燃尽，许知颜把烟头摁在烟灰缸里，从那些发黄的记忆中抽身，随手拿起烟灰缸边上的手机。

她摁了两下手机，手机没反应。

她忽然想起昨天回来后昏昏沉沉的，冲了个澡就睡了，没给手机充电。

手机充上电后，许知颜扎起头发去洗漱。她再回来时手机已经自动开机，界面亮着，除了每日的垃圾短信外，有一百多条微信，还有一些未接电话，最醒目的是夹在垃圾短信间的一条信息。

发信息的人的备注是程叔叔，即程冽的父亲程孟飞。程孟飞很少主动和许知颜联系，一是他们本就不算亲近，二是程孟飞一直不希望她在往事里走不出来。

所以程孟飞给她发信息，许知颜有些惊讶，但更令人惊讶的是短信的内容——孩子，阿冽出狱了。

这是很简单的一句话，但其中缘由复杂，大概程孟飞觉得依靠短信说不清。

许知颜来不及给程孟飞打电话，手机就被经纪人黄耀的来电霸占。

黄耀是个大嗓门的人，那架势，对着话筒，几乎要把许知颜的耳膜震穿。

黄耀在那儿气急败坏地说了一通，许知颜颇有耐心地听他讲完了。

总结下来就是昨晚她醉酒离开酒店后，午夜突然有人爆料，说她和某富商老板深夜相拥，行为亲密，还有照片和动图为证。

第二天早上，大家都睡醒了，有空刷微博了，话题直接被顶到热搜榜第一：许知颜主动献吻富商。

黄耀质问她："这到底是怎么回事儿？"

许知颜笑着说："不就是有人断章取义吗？"

前段时间她接了一组大牌杂志的封面拍摄，搭档是当红人气偶像。这组拍摄是许知颜踏入娱乐圈以来接到的最有含金量的邀约，眼红的人很多。

为了表示感谢，昨晚她去参加饭局，虽不胜酒力，但还是喝了几杯，出酒店时一伙人都有了醉意，推推搡搡的。那些仗着有钱就以为可以为所欲为的人，借此动手动脚。她挣扎了几下，把人一推，再奉上带着礼貌和歉意的微笑，打了车就走了。

什么她主动献吻，什么两人深夜相拥，不过是有些人借着模糊的夜晚和错位的角度断章取义罢了。

黄耀自然知道她没有做这种事情，但身为经纪人总得弄清到底发生了什么，这样才好发声明。

挂了电话，许知颜点开狂轰滥炸的微信，在询问和安慰的微信消息中，严爱的消息显得很独特。

严爱：我和毓天下个月结婚，你记得来哦。

许知颜回复她：好，我一定来，恭喜。

她刚回复完消息，她和严爱的对话框就被新跳出来的消息挤了下去。

说实话，许知颜对这些无中生有的绯闻没什么感觉，这些年这种事儿她见多了。

她洁身自好就是装清高，懂得处理人际关系就是水性杨花，火了就会冒出一堆从前的黑料。那些人骂够了就散场了。

许知颜把那些"慰问"都忽略，找到小助理童琪的号，发了条语音，让童琪八点在楼下等她，顺便给她带一杯黑咖啡。

发完消息她重新点回程孟飞的信息页面，思忖了片刻，拨了电话过去。

上午十点，许知颜完成一组彩妆照的拍摄，收拾好东西离开摄影棚后上了保姆车，童琪给她递上温水。

许知颜没接，正在看自己的那条微博热搜。

童琪瞥见了，轻轻地喊道："知颜姐？"

许知颜回神，接过那杯温水，习惯性地说了声谢谢。

童琪坐在她的身边，柔和地说："知颜姐，不用看那些，他们又不知道真相。"

许知颜的工作室已经在一个小时之前发表了声明，很官方的声明，但也说明了这个事件是个误会，是爆料人刻意安排的。

声明底下的评论是清一色的不相信的言论，评论中很多人说"工作室别洗白，证据都摆在眼前"。

和许知颜预期的一样，随着事件的发酵，那些她刚出道时就被爆料过的黑料再一次被爆出来。

童琪还想再安慰些什么，但许知颜关了手机后朝她轻轻笑了声，说："没关系，我没事儿。"

"知颜姐……"

许知颜望着窗外一闪而过的景色，平静地说："那些照片看上去我真的在和别人勾勾搭搭吧？有时候好像就是这样，证据是被有心人伪造出来的，但因为它是证据，所以受害者无从反驳。"

童琪隐隐约约觉得她在影射什么，一时不知道怎么接话。

到公司后许知颜直接去见了老总，公司里的人对许知颜还算敬重的原因之一就是她和大老板徐峻是朋友。

其实私底下许知颜和徐峻不算很熟，可以说他们是朋友，但深究下来也不算是朋友。

当时是季毓天作为中间人，把她推荐到徐峻的公司，这才让她吃上这口饭。这样看来，她这位高中同学季毓天和徐峻才是朋友。

许知颜是他们公司的顶梁柱，发生这样的事情徐峻也很头痛，公司发了声明后反而让网民骂声连连，已经有好几个合作方发来解约通知。

但徐峻和黄耀都知道，许知颜不会做那样的事情。

许知颜一直很平和，看着年轻俊朗的徐峻为此头痛不已，她觉得挺好笑的，打趣他说："徐总可别愁白了头发。"

徐峻摇摇头说："你啊，总是这种不以为意的态度。知颜，你也知道，现在网络能捧人也能杀人，舆论压力能压死一头牛。我们没有有力的证据能给大众一个解释，之前谈妥的许多品牌方给我们施加压力。我想了个折中的方法，你看行不行，是这样的……"

他话音未落，许知颜打断他的话："你想让我把合约放一放，先沉一段时间是吗？"

徐峻点点头，说："这是最好的方法了，我们先等风波平息下来。你也知道，有时候网民是没有记忆的。这事儿我看八成是江黛琳那边搞的。据我所知，你接的那组杂志拍摄，江黛琳和她的公司可是等了很久。"

是江黛琳也好，不是江黛琳也罢，许知颜只觉得自己现在有更重要的事情要做，那些网络的纷扰总会慢慢平息的。

许知颜说："徐总，我也正想和你说这件事儿，我想休两个月的假，可以吗？"

"有私事儿？"

许知颜露出了笑容，说："嗯。"

徐峻没有再追问，准了她两个月假期。

抛开烦琐的日常安排和接不完的工作，许知颜忽然觉得整个人都轻松了。可她明明是个需要连轴转工作才能活的人。这一刻，她的轻松和欢愉来自哪里？答案实在太明确了。

许知颜从徐峻的办公室出来，和童琪交代了一些剩余的事情。徐峻会把童琪安排给其他模特当助理，因此童琪不用担心失业问题。

童琪有些震惊，她可以理解公司要许知颜休息一段时间，却没想到这是许知颜自己要求的。

震惊过后，童琪开始感到失落和焦虑。

许知颜瞧出她的心思，拍了拍她的肩膀，看着这张青涩可爱的脸庞，安抚道："我和徐总说了，会给你安排个脾气好点的模特。你不用太担心，如果遇到了困难可以随时给我打电话。"

"知颜姐，你会回来的，对吗？"

"我和公司的合约没到期，我会回来的。"

童琪点点头，把许知颜送到家后，忍不住多问了一句："那这段时间你还待在随城吗？"

许知颜从车上下来，撑着透明的雨伞，淅淅沥沥的雨撞到雨伞后滚落，打湿了她的裙角和凉鞋。她不在意这些，茫茫烟雨中，犹如一朵盛开的玫瑰，眼里含着笑意。

她说："不了，我要去卢州见一个很重要的人。"

童琪跟了许知颜两年，许知颜是她跟过的脾气最好的艺人。虽然外人总说许知颜清高冷漠，但童琪觉得许知颜不是这样的人。许知颜的淡漠疏离是真的，但她的随和亲近也是真的。

可是此刻许知颜的目光是童琪跟了她这么久第一次看到。

那双琥珀色的眼眸里漾着和这夏日里疾风骤雨不一样的基调。

这种感觉她该怎么形容？

童琪只觉得许知颜忽然活了，她眼里的光是明媚的，有朝气的。

许知颜收拾行李时脑海里不由自主地回放着早上和程孟飞的通话内容。他到底是年纪大了，再也经不起什么变故，程冽忽然沉冤得雪，程孟飞在电话那头哭得不能自已。

那沧桑急促的哽咽声让许知颜心里发酸。冷静下来后，程孟飞告诉她程冽已经出来一段时间了。他思来想去，觉得应该和她说一声。不管她和程冽怎么想，这么多年过去了，程冽应该给她一个交代，他们的事儿应该由他们自己解决。

许知颜合上行李箱，双拉链在静谧的午后作响，一左一右，最终碰到一起。

她拨了拨拉链头，想着不管是人为还是天意，有些事情总要有一方往前走才能圆满。

许知颜是开车离开随城的，这场雨从随城漫延到卢州，沿路烟雨蒙蒙，青山峻岭，千峰万仞，这样的好风景她已经很久没看到过了。

车里播放着 Carpenters（卡朋特乐队）的 *Yesterday Once More*（《昨日重现》）。这首歌曲调舒缓，却隐隐透出一股让人难以言说的伤感和盘根错节的坚韧感。

音乐声和车外淅淅沥沥的雨声混在一起，有一种独特的感觉。许知颜忽然有种披荆斩棘、奔赴星辰大海的冲动。

她不由得弯了弯嘴角。

随城和卢州只有四五个小时的车程，但两座城市的风格相差甚远。随城金光闪闪，人潮拥动，是一座高楼鳞次栉比、人人都想踏一踏的追梦之地。相比之下卢州就落魄许多，是一座青山环绕、不怎么发达，用养老作为宣传亮点的三四线小城市。

许知颜对于这座城市的记忆好像只有一年，是和程冽认识的那一年。

想着想着，许知颜开始想象程冽的变化，他有长高吗？他会不会变得很瘦，或者长成了一个大胖子？他的棱角有被磨平吗？她站在他的面前，他还认得出她吗？或者她还能不能在人海中一眼认出他？

八年，从十八岁到二十六岁，横跨了一个人最美好的年华，这段岁月漫长难熬，可又好像因为青春经得起浪费，她赌一赌，忍一忍，八年时光也就一眨眼的事情。

她正想着这些，车子忽然抖动，这种减速的顿感有些熟悉。许知颜想起上回黄耀开车带她赶场子，结果半路上车子也是这样坏了。

许知颜关了音乐，减速，将车子靠右停下，打开了雾灯和双闪。

现在这里前后无人，这地儿如果没有摄像头，司机飙到 120 迈估计也没人发现。

这突发事故让许知颜有点儿头痛。她开门下车，顶着风雨往前走了走，找到电话拨给 4S 店（汽车销售服务门店）。

但她根本拨不出去电话，因为这段路没信号。

许知颜前后张望了一会儿，许久不见有来往车辆。她叹了口气，忍不住想笑。

今天对她来说真是难忘的一天，她竟然碰上半路汽车坏了、手机没信号这种令人哭笑不得的事情。

偏偏这一天像被安排好了，等了二十多分钟，许知颜终于看到后面有一辆银色的面包车驶来。

她站在路边挥手示意。

面包车稳稳地停在她的旁边。许知颜敲了敲车窗，已经组织好措辞请求人家帮忙。等车窗缓缓下降，她看清人后，所有的话都哽在喉咙里。

车里有两个人，但她的注意力被驾驶座上的男人吸引。

男人侧着脸，目光和她对上，那双沉如冬夜的眼眸没有丝毫波澜。

雨点落在许知颜的眼睫上，她颤了颤睫毛，雨水滚了下去。

也许因为她在雨中站了许久，清秀的面孔看上去有些苍白，但是她的眼眸是明亮的，眼神是坚韧的、无所畏惧的。她就这样凝视着他。

看到他的瞬间，她刚刚所有的猜想有了答案。

隔了八年，她还是能一眼认出程冽，他的眼睛还和从前一样漆黑，只是此刻目光中夹杂着淡淡的疏离感。

他的头发比从前短，短短的、硬硬的一层。他的面容依然英俊，线条比从前更硬朗，棱角更分明，剑眉挺鼻，薄唇抿着，这是一张褪去少年张扬感后富有男人味道的英俊面孔。

而他搭在方向盘上的手，骨节分明，手背上的青筋突起，一路延伸到手臂。

他穿了件白色 T 恤，外面套着件淡蓝色的长袖衬衫，袖口卷到手肘处，那些彰显男人力量感的筋络就此隐藏于袖卷下。

一切恍然如梦，但此时此刻这个人真真实实地出现在她的面前，这些年她心中所有的酸涩郁结就这么被雨水冲刷消失。

许知颜动了动唇。

“程冽。”

她轻轻地叫他的名字，声音喑哑又饱含情意。

他看着她，黑眸沉沉，搭着方向盘的手不知何时已经握紧。

她仅仅叫了一声他的名字，仿佛瞬间能把人拉回昔日的梦之中。

这场雨没有因为有情人再相逢而收敛，雨水砸在地面上，水花四溅。远山青黛，天色沉如夜，静寂的沿山公路望不到头。

不知是凑巧还是天意，程冽车内的电台也正播放着 *Yesterday Once More*。

歌词缓缓传来——“Looking back on how it was in years gone by and the good times that I had。”

“回头看看走过的岁月和曾经美好的时光。”

第一章

# 九年前的夏天

许知颜第一次见到程冽，是在夏天，那天也是这样的天气，一阵大风刮过，雨水滚滚而下，下水道疏通了又堵，小区里盛开的茉莉花凋零一地。

那年她十八岁，正要上高三。

许氏夫妻对她连连下降的成绩不满。夫妻俩商量一番，决定利用高二的暑期给许知颜补课，希望她能回到从前的状态，让她好好拼一拼，考上随大。

晚饭桌上，于艳梅准备了三菜一汤：红烧排骨、苦瓜炒蛋、青椒炒肉和紫菜蛋花汤。

于艳梅说："排骨你得吃两块，汤一定要喝一碗，两个炒菜分别不能少于三勺。"

许知颜什么都没说，仿佛早已习惯这种不成文的规定。

饭菜刚入口，于艳梅生硬的语气又传来："我们给你找了个家教，是随大的学生。我们打听清楚了，那个学生开学要上大二，做过很多次家教，对高中习题很有心得。明天下午一点他会过来，补习时间是每周六和周日的下午一点到四点。”

许志标抿了抿唇，语气没有于艳梅的冷淡强硬。他附和着说：“你上初中时成绩是拔尖的，现在也该努力点儿，别耽误了自己的前途，我和……和你妈妈都是为了你好。”

许知颜的神情没有波澜，她不轻不重地嗯了声，好像顺从了这个安排。

许志标看了她两眼，有些话卡在喉咙里还是没有说出口。

这顿饭和往常一样，只有筷子碰碗的响声，没有人再说话。边上的长方形鱼缸里冒着氧气泡，假水草有规律地扭动着。游鱼沉在缸底，用死板的眼神注视着他们。

屋内的气氛静谧又压抑，每个人各怀心思。

晚饭过后，许志标在客厅守着七点准时开始的《新闻联播》，于艳梅洗完碗筷后给许知颜热了杯牛奶。

于艳梅将牛奶端进许知颜的房间时她正坐在书桌前做假期作业，装着牛奶的玻璃杯和书桌上的玻璃面碰撞的声音在夜色下显得强硬，不容拒绝。

于艳梅说：“十点，熄灯睡觉。”

许知颜在英语阅读题上圈出正确答案。她始终低着头，司空见惯地嗯了声。

房门被关上，隔绝了客厅里主持人清亮圆润的嗓音。

书桌前的窗户开着，不染灰尘的窗纱隔绝了蚊虫。七楼在这不发达的小城市里算得上是高层了，对面的楼层亮起灯火，她隐隐约约还能听见楼底下吃完晚饭的大爷大妈互相打招呼的热闹声。

许知颜做完最后一道阅读理解题时外头忽然响起雨声，急促又突然，雨水从窗外溅进来。她放下笔，起身关窗。

凉丝丝的雨滴落在她的手臂上，清新的空气扑面而来，闷热的夏日好像突然被一扫而空。

她关上玻璃窗，将双手撑在书桌上，朝外面凝视了一会儿。最后她将目光落在桌上的牛奶上，牛奶已经凉了，上头结了一层奶皮。

她把牛奶倒进窗台上的花盆里。这是一株虎皮兰，叶子翠绿饱满，是她前段时间新买的。

许知颜拿着空玻璃杯走出房间，《新闻联播》已经接近尾声。她走到厨房把玻璃杯洗干净。

洗完杯子，她走到玄关处，拿上雨伞，对许志标说："我去趟楼下的便利店。"

许志标应了声，问道："你要去买什么吗？外面下雨了。"

"我去买纸和笔。"

"行，那你买完就上来，小心路滑。"

"嗯，我知道了。"

许知颜没有坐电梯下去，空荡荡的楼梯间只有她一个人的脚步声，走到每一层感应灯都亮起，长柄雨伞顶在台阶上，一层有十三个台阶，七层，七十八个台阶。

这是一座有些年头的小区，据说是卢州较早的一批拆迁户居住的小区。许志标和于艳梅当初就是靠拆迁发了一笔小财，目前在经济上才没什么压力的。

小区外头就有公交站，五路公交车都会路过这里。沿路有一些小店，关了开，开了关，只有这家便利店屹立不倒。

便利店很小，容不得她长时间逗留。

她拿了两沓红条纹的书写纸和一排黑色水笔，路过冰柜时顺带挑了一罐无糖可乐。

结账出店，许知颜站在便利店的廊檐下，拉开可乐的封环，冰凉的可乐灌入喉咙，通体舒畅。

雨越下越大，路上行人匆匆。

便利店的对面新开了家花店，她的那盆虎皮兰就是在那儿买的。

老板娘三十岁出头。令许知颜印象深刻的是老板娘是个残疾人，她没有右小腿。

冒着雨，老板娘正撑着拐杖，很不好意思地招呼运送花卉盆栽的师傅。师傅们来来往往，以最快的速度搬运着盆栽。

老板娘说："怎么突然下雨了？真是麻烦你们了！"

四十岁左右的男人笑得开朗，说道："哪儿的话，做生意嘛，有来有往，咱们都是老熟人了，这都是应该的。"转头他又喊着："程洌！阿洌！君子兰和常青藤各十五盆，别点错了，剩余的花得给城西那边送去。"

"点清了，没错。"花店里传出一个年轻人的声音。

许知颜朝那边看了几眼，只看见花店门口有个高挺的身影，背着光，模模糊糊。

她收回视线，喝完最后一口可乐，捏扁饮料罐，对着隔了几米的垃圾桶投掷，精准无误地投进。

她撑起伞，拎着纸笔重新踏入雨中，喧嚣又富有人情味的城市即将和她无关。

第二天是周日，按照惯例，许志标下午回工厂上班会顺便带于艳梅一程。

许志标是一家食品公司的饼干生产车间的主任，周一到周五住工厂宿舍，有时会在周五晚上回来，有时会在周六上午回来，但周日下午必定会开车回工厂。

他们住的地方在卢州的城南，工厂在城西，来回还是有一段路程的。

于艳梅已经七八年没工作了，算得上是全职家庭主妇。她给自己报了很多课程，比如一些需要付费的心灵鸡汤讲座和厨艺教程。

今天下午，于艳梅本该坐上许志标的车去上厨艺课，但因为给许知颜请的家教要来，于艳梅就没去。

许知颜的卧房门敞开着，电扇徐徐送风，她坐在书桌前看闲书。

十二点五十分，许志标要走了，开门的瞬间正好遇上要按门铃的家教。许志标迎着家教进门，客气一番后拿上车钥匙先走一步。

许知颜听到动静。出于礼貌，她放下手中的书，走出卧室，去迎接这位老师。

老师是个男人，手里拿了把蓝色格子的雨伞，伞在滴水，于艳梅给了他一个塑料袋。他套得很仔细，随后把伞放在了鞋柜上面。

家教和许知颜想象的不同。她以为家教不论男女都会是一位文质彬彬、温文尔雅的老师，但眼前这位完全是相反的风格。

男人站在于艳梅的面前，足足比她高了半头。

他穿着白色的短袖衬衫，里头是一件带有字母花纹的白T恤，衬衫敞开着，墨黑笔直的长裤下隐隐能看出他修长结实的腿。

也许是外面下暴雨的原因，他乌黑的短发上有水珠落下。水珠淌过他的太阳穴，沿着他棱角分明的脸庞滑落。

他高挺的鼻梁上架了副银框眼镜，照理说，戴眼镜的人会显得比较有书生气质，但他不是。

镜片下他那双漆黑的眼眸有股冬日的味道，俊秀而目光冷厉。

年轻，稳重，富有力量感，这是许知颜对他的第一印象。

于艳梅对他还算满意，但不露声色，用一贯冷冰冰的语气说："这是我的女儿，许知颜，她以前成绩还不错，上了高中后倒退了些，希望你能针对她的情况进行辅导。辅导先进行一个月，如果有效果的话，八月份我们可以继续。"

男人顺着于艳梅的话看向许知颜，她朝他点头算是打招呼。

女孩个子不矮，穿着黑色的T恤和牛仔短裙，两条腿笔直纤细。

于艳梅指了指许知颜的房间，说："你就在她的房间辅导，可以开空调，但不能关房门。"

男人点了下头，扶着搭在右肩上的书包带子，走向许知颜。

他开口道："开始吧。"

许知颜领着他进房间。

她的房间不大，床挨着墙壁，床尾是壁柜，床边就是书桌，一览无余。白色的墙，黑色的四件套，款式老旧的书柜里挤满了发黄的书籍，都是有些年头的书籍。书桌更简单，一盏装有小时钟的台灯，一沓高中书籍，一个笔筒，书桌的玻璃面下面压着一些老照片，照片有些斑驳，已经看不清了。

整个房间死板冷淡，似乎没有生气，只有窗台上的那盆虎皮兰不一样。

深灰色的窗帘被分别束在窗户两侧，干净宽阔的玻璃窗外风雨依旧，水流顺着玻璃窗蜿蜒而下，这场雨从昨晚到现在未曾停过。

七月盛夏，炎热的天气也变得凉丝丝的。

许知颜搬过角落里的圆凳，把靠椅让给他。

他没要靠椅，从书包里掏出两份试卷，是其他城市的高二数学期末试卷。

他把卷子摊在书桌上，说："我想看一下你对知识点掌握的程度，你妈妈应该和你说过吧，我补数学，但如果其他课程有问题我也可以给你讲解。还有，如果方便的话请把你学校的期末试卷给我看一下。"

许知颜在靠椅上坐下，把之前看的那本闲书搁到一边，从左侧抽屉里翻出期末试卷。

男人拿起卷子，边看边说："我忘了做自我介绍了，我姓程，程冽，凛冽的冽。"

他的声音低沉而富有磁性，还透着淡淡的慵懒感。

名字似乎有些熟悉，但她没多想。

许知颜轻轻嗯了声，拿起笔，开始写他给的试卷。

程冽注意到试卷上她的名字，许知颜，刚刚于艳梅介绍时他没听清，以为是智妍、芝燕，原来是知颜。

程冽坐了下来，从书包里拿出水笔，在笔记本上记下她做错的题目。

她和他之前接触的学生一样。对于基础题许知颜没什么大问题，但当一个题目提高难度后就不行了，比如填空题的最后几道，选择题的最后两道，简答题的第二问和第三问。

程冽在给她整理需要重新理解的知识点时，顺口问道："你妈妈说你初中的时候成绩不错，中考什么排名？"

许知颜回忆了一番，没什么情绪，说："第四十六名吧。"

"班级排名还是年级排名？"

"市级排名。"她淡淡地说。

空气有一瞬间凝固了。

程冽停了笔，下意识地抬头看向她。

她低着头在草稿纸上工整有序地写下解题步骤，黑亮的长发被顺在一侧，白净的脸庞如上好的羊脂玉。她的眼很漂亮，瞳仁是琥珀色，也许是因为皮肤很白，眼角的一颗咖啡色的小痣挺明显的。

她刚刚站在门口看他的时候，他就注意到了。

这个女孩美丽，高傲，但好像对什么都无所谓。

这是程冽对她的第一印象。

程冽说："你以前的成绩确实不错，上高中后是觉得不习惯吗？"

许知颜没想到补习还带心理疏导的。她抬起眼眸看向他，笑了下。

她答道："可能我有点不习惯吧。"

"除了学习之外有其他事情让你分心吗？"

"这个啊……看书算吗？"

程冽："你看什么书？"

许知颜："《淘气包马小跳》《女生小小》《格林童话》《霍比特人》……"

她很有耐心地给他举例。

程冽注意到之前摊在书桌上后来又被她搁到一边的那本书，书名是《淘气包马小跳》。

许知颜以为他会用一种诧异的眼神看她。他看了她几秒后，忽地弯了下嘴角，他一笑，年轻俊朗的脸庞便染上几分痞气，那双黑色的眼眸里漾着令人捉摸不透的情绪。

他点点头，话题到此为止。他抬了抬下巴，然后指向卷子，示意她继续做题。

许知颜挑了下眉，没再开口，继续在草稿纸上解题，答案呼之欲出，她没有接着往下算，直接在卷子上写了个数字。

房内刚安静下来，房门被敲响。于艳梅也只是象征性地敲了一下，端了两杯水给他们。

白色的马克杯里冒着热气，是两杯不符合夏日的水。

程冽有点儿渴，但喝热水不是他的喜好。他问："阿姨，可以麻烦您给我换杯冰水吗？"

于艳梅没有给他换水的意愿，冷冷地说：“喝热水对身体好。”说完她就出去了。

许知颜用余光看着他，说：“等二十分钟水就凉了，这里没有喝冷水的规矩。”

程冽垂下了眼睫，轻笑一声，算是回应。

补习时间一共是三个小时，程冽给了她一个半小时做试卷，许知颜比他预想的要投入，红条纹的草稿纸上字迹工整娟秀，她的解题步骤看上去很有条理。

这是个不错的习惯，她认真对待草稿纸有利于在发现错题后找到自己的解题思路，从而更精准地纠正错误。

程冽整理完知识点后观察了一会儿许知颜做题，随后从书包里拿出一本高三第一学期的数学题册开始做起来。

他不知道是凑巧还是许知颜有意把控着时间，那盏小钟指向两点半时许知颜收了笔，她说做好了。

程冽要花十五分钟批改试卷。

许知颜把那杯凉凉的白开水喝光后，用左手撑着脸颊，就这么看着他批卷子。

他目光掠过去就能知道对错，并没有拿试卷的答案对着批改。许知颜问道：“这卷子的答案你都记住了？”

他说：“嗯。”

许知颜看到他做的习题，只是看了一眼，问道：“你为什么要做高三的题？”

程冽一顿：“你怎么知道这是高三的题？”

“猜的。”她随意地说。

程冽没深究，面不改色地说：“有个学生想提前学习高三的题目。我怕出差错，先做一遍，就和你的这张试卷一样，给你做之前我自己会做一遍。”

许知颜点点头，拿过那本《淘气包马小跳》翻了两页。

程冽拿的这张试卷是随城最好的高中的期末数学卷，难度是全国数一数二的。结合许知颜的数学期末试卷分析，她对数学的理解和分数成正比，不上不下，中等水平，这张偏难的卷子她错题要多一些，像最后一道解答题，她第一小问都没做出来。

程冽批改完试卷，想拿她的草稿纸看，但被许知颜按住了。

“干什么？”她问。

“我看看你的解题步骤。”

“没必要，不会做就是不会做，你给我讲解就好。”

程冽的身子慢慢往后靠，按着草稿纸的手指松开，眼里浮上一层意味不明的探究之色。

他说：“我看你草稿纸上写得挺清楚的，找到相应的题目和你做错的那一步，会比我直接从头讲解一遍更有效率，你对题目的印象也会更深刻。”

许知颜把草稿纸挪到边上，用看了一半的《淘气包马小跳》压住，用手指点了点最后一道简答题，说：“没关系，就从这题开始吧，程老师。”

她带着淡淡的微笑，口吻客气，这声程老师却极具压迫性。

四目相对，她的眼里有不容退让的倔强，这是属于她身上独特的气质，高傲，自信，藏在温顺下的叛逆。

程冽没有坚持要看草稿纸，顺着许知颜的意思，从那道最难的题目开始讲解。

他以前不是没遇到过类似的学生。特别是初中的男孩，大多叛逆自我，被家长硬逼着学习，他们只好硬着头皮应付程冽，不懂装懂，只要程冽讲完题，这事儿就算完了。

他不理解为什么眼前的女孩上了高中成绩会一落千丈，也没有兴趣去理解，只希望她身上那股无所谓的倔强不要影响到他赚这份家教钱。

但许知颜的锋芒也就露了片刻，在他讲解的时候她给予了他充分的尊重。她没有敷衍也没有心不在焉，认真地听着。

程冽不免多打量了她一会儿。讲完第三小问，他习惯性地问道：

“你听懂了吗？”

许知颜的细眉微皱，她恍然大悟似的轻轻啊了声。

也许是真听懂了，她笑了笑，眼眸一转，反问道：“还有别的解法吗？”

这其实是一句值得人细细品味的话。

她对学习是有兴趣的。她没有在敷衍他。她比他想象的要聪明许多。

程冽拿过空白的草稿纸，边写“解法二”这三个字边说：“有。”

许知颜说：“说说看。”

剩余的一个半小时，程冽把错题给她讲了一遍，多余的时间给她巩固了一遍学校期末卷的错题知识点。全程她都很配合，可以说是他遇到的最省心的补课学生。

下午四点，补课结束，程冽收拾好东西准备离开，临走前瞥了一眼被《淘气包马小跳》那本书覆盖的草稿纸。

许知颜起身送他。于艳梅也不像其他家长那么心切，连询问的口气都是不急不缓又淡淡的。

程冽和于艳梅交谈几句后，在玄关处，朝站在卧室门口的许知颜看了一眼。他对于艳梅说：“她挺好的。”

“那她能上随大吗？”于艳梅问。

“这我不清楚，看高三的情况吧。”

程冽离开后，于艳梅还沉浸在“看高三的情况吧”这句话中。

她沉默了一会儿，问许知颜：“你觉得这个家教怎么样？如果他不能在一个月内提高你的成绩，我们就立刻换掉他。”

许知颜看着鱼缸，答道：“他还可以。”

于艳梅对她的回答不是很满意，但考虑到程冽毕竟是考上随大的人，权衡一番后说：“那就先让他补习一个月看看吧。”

“嗯。”

于艳梅拿起沙发上那袋毛线球和织了一半的黑毛衣回了自己的房间。

许知颜在卧室门口站了一会儿，直到鱼缸里的那条鱼突然抖动了下身体，然后钻进假珊瑚丛中，她才回过神。

她敛了神，正打算回房间，视线无意掠过玄关处，只见鞋柜上放着一把被透明塑料袋包裹着的深蓝色的格子雨伞。

她认得这把伞，这是下午那位家教进门时放上去的。

许知颜回头望了眼自己房间的窗户，四点的天还算亮堂，这场持续了一天一夜的暴雨不知什么时候悄然停住，外面已没有了风雨交加的声音，玻璃窗上只剩下雨水干涸后的痕迹。

许知颜的右手搭在左手小臂上，指节上下滑动，蹭了蹭手臂。她注视着那把雨伞，最终迈出了步伐。

她拿上那把雨伞，推开门，快步走了出去。电梯来得很快，没让她多等。她出了楼，朝前望去，没有看到程冽的身影。

许知颜不知道他是骑车来的还是乘坐公共交通工具来的，一时摸不准往哪里走，抱着再找一找的想法朝小区外走去。

雨停了，小区年久的水泥地的坑里积水满满。花坛里盛开的茉莉花被风刮到地上，三三两两，就这么飘零在水坑里。

她走了几步，身后忽然有光洒下，湿漉漉的地面显现出水光。

许知颜抬头望了眼天。

暴雨过后，天空像被洗过了一样，那些阴沉厚重的云层渐渐散开，露出属于夏天傍晚的天际，被掩藏的夕阳露出几丝光芒，给这个世界覆上了一层金色。

走出小区，许知颜左右张望一番，在下班的人群中找到了程冽的身影。

他在公交站台的后面，靠在小区横排的围栏上，他的身后还有几株茉莉花从铁栏杆里伸出来，花苞几欲绽放。

他右肩背着书包，右手插在黑色长裤的口袋里，姿态慵懒，左手夹着一支烟，抽烟的动作很熟稔，一口接一口的。

他吐烟时会微微蹙眉眯眼，狭长漆黑的眼眸便多了几分漫不经心和冷漠。

夕阳从他的身后照来，给他坚硬的轮廓镀上一层金光。他背着光，线条更清晰、利落和流畅，特别是烟吸进肺部时滚动的喉结，凹凸的一小节莫名有诱惑力，就连那副银色的细边眼镜也很配合地给他渲染上几分禁欲的气息。

许知颜忍不住多看了几眼。

站台上挤满了人，上上下下的人都赶着回那个不被夜色侵袭的落脚点，只有程洌，只有他一个人神态轻松，不管世事地看着这一切。

程洌……

许知颜把这个名字放在心底揣摩了两遍，不禁细眉微扬，只觉得人确实如其名。

她握着雨伞走过去，白色的运动鞋踩进积水里，鞋边染上些许污渍。

也许是他的余光瞥到了她，他还没等她走近，头就转向了她的方向，视线从她的脸移到了她手中的雨伞上。

他捏住烟头，最后吸了口烟，仰头吐烟，把没抽完的半支烟掐灭。

许知颜走到他的面前时，周遭已经没了烟味，但她觉得还是可以闻到他身上极淡的烟草味，倒也不算难闻。

许知颜把伞递给他，说道："你忘了这个。"

"谢谢。"程洌说。

"不客气。"

好像没有什么其他的话了，许知颜微微点了下头，转身离去。

少女体态轻盈，纤瘦却又骨肉匀称，皮肤在夕阳的映衬下更显白皙。她像只白天鹅，拥有优美的脖颈弧线，干净不失骨气，但又好像差了点儿朝气，眼底有说不清的茫然和消沉之色。

程洌看着她离开的背影眯了眯眼，又低头看了会儿手中的伞。

403 公交车正好驶来，程洌收回目光，摘下眼镜，两三步跨上台阶，上了公交车。

403 公交车的终点站是城南老城区那一片儿，如果许知颜居住的地方可以用年久来形容的话，那老城区那片儿就可以用复古来形容了。

其实老城区居住的人不是很多，大多是老人和孩子。年轻人不是在卢州繁华的城区买了房，就是去了更发达的城市打拼。

程洌从公交车上下来时，天边还有光，夕阳将柏油马路两侧水杉树的影子拉得老长。

从补课那小区的公交站到这一站，他一共要用五十五分钟，比平常转车去学校的时间还长。五十五分钟，如果不出意外，这个月的补课日他可以在公交车上花差不多两个小时做高三的习题。他这样算着，七月底他应该能做完半册题。

程洌拐进没有门卫的旧小区。上了年纪的老人扇着蒲扇在乘凉，笑盈盈地看着自己的孙子在水坑里踩跳玩耍。

四五层楼高的老楼房排得紧密，白墙斑驳，外墙皮裂痕蜿蜒，脱落几块人们也不足为奇。他不知是哪一年墙根下落了爬山虎的种子，一不留神，几乎整栋楼被绿油油的爬山虎吞噬。

程洌推开深绿色的楼道大门，上了二楼。他家是靠左侧的住户。

家里静悄悄的，有三间卧室，只有中间的卧室门是关着的。程洌放下书包，走到关闭的房门前敲了敲。

“程扬。”

里头没有人回答，程洌握住门把手，转动门把手，推开了门。

十岁的程扬正面无表情地坐在书桌前专注地写东西，白色的A4纸上写满了数字，他写了大概有二十张了。

程洌走进去，看了几眼这些数字，揉了揉程扬的脑袋，笑着道：“今天我们的‘爱因斯坦’研究的课题是圆周率啊？”

程扬没有回应他的话，自顾自地写着什么。

程洌说：“晚上吃面条，成吗？”

程扬依旧没有回答。

程洌掀开程扬房间的窗户透气，怕他看坏眼睛，又打开了房间的大灯，退出去时给程扬关上了房门。

冰箱里还有半卷面条，正好够三个人吃。

程洌在煎鸡蛋的时候门口传来钥匙开门的声音，程孟飞一进屋就风风火火地换鞋进卫生间洗脸。

程孟飞身上的那件白背心松松垮垮地挂在身上，被汗浸湿了一半。

他拧了把毛巾后粗糙地擦着自己的脖颈和臂膀，站在卫生间门口对程冽说："我干了一个小时活，这么凉快的天也出了一身汗。等会儿我还得去趟城西，就昨晚去的那个地方。下午有人打电话说发现昨晚送的盆栽不够，嘿，还要两百盆绿萝和十盆发财树，真是大公司，搞这么多绿植。"

厨房里油不停地响，程冽听了个大概。他不自觉地扯着嗓门说："那吃完饭我跟你去。"

程孟飞："不用！我和老李他们几个已经搬完了，等会儿我自己跑一趟城西就可以了。你要是不忙，去花圃那边开上面包车，再运一些君子兰和常青藤给小宋送去，顺带和她说一声，我给她接了个生意，城西那家大公司开张需要花篮，名片我已经和人要了，你把名片给她，让她和人家联系。"

"宋姐那儿，昨晚咱们不是才送过吗？"

"她下午给我打电话说昨晚我们前脚刚走，就有人过来把店里的盆栽都要走了，听说附近有家酒店重新装修开业，还在她那里订了花篮。小宋知道新开张的酒店都要盆栽，就和我说多送点儿过去，可以帮衬我的生意，自己也可以赚个差价。所以，我这也是给她介绍点生意。她年纪轻轻，又是残疾人，创业不容易。"

面已经熟了，程冽关了火，没了声音，程孟飞的声音变得清晰嘹亮。

程冽边盛面边说："我知道了，等会儿吃完饭我打电话和宋姐核对下数目，晚上给她送去。"

程孟飞从卫生间出来时，热气腾腾的阳春面已经上了桌。

他敲敲程扬的房门，说道："小扬，出来吃饭了，看你哥煮了啥，太阳面！赶紧来！"

程扬这才有了反应，打开房门，一言不发，坐在桌前开始吃面。

程孟飞看着程扬笑了几声，说道："这小子，胃口倒是挺好，不错。"

程冽抽了两张纸，擦了擦程扬的额头，不知道怎么回事，程扬出了一脑门儿的汗。

程孟飞就此将视线转到程洌的身上，大口吃了几口面后问道：“你今天去当家教了？怎么样？那小孩听话吗？”

程洌的脑海里浮现出许知颜姣好的容颜，他笑了笑，说：“她挺听话的。”

“她几岁啊？以前成绩怎么样？对了，那地方离家远不远啊？”

“就在宋姐新搬去的花店的对面，就是对面那个小区。她是个女孩，和我一样大，挺聪明的。”

程孟飞惊讶地道：“这么巧？那地儿可不近，坐公交车得好一会儿吧。她和你一样大？那就是要上高三？她成绩好还补课？也是，越聪明的孩子越爱学习。不过阿洌，不是爸想嘲笑你，你可别被人问倒了，哈哈哈。”

程洌扬了下眉，说道：“您还是管好自己吧，别再把腰闪了。”

几个月前程孟飞接到了其他城市的苗木大单子，乐了半天，帮着装货的时候就把腰闪了，休息了好久才重新去经营花圃。

那阵子也不是寒暑假，程洌一边接送程扬上下学，一边顾着自己的学业，还要照看花圃的情况。

程孟飞平日里的活都压到了程洌的身上，程孟飞可以休息，可花圃的树苗和花苗休息不起，它们时时刻刻需要人工打理，之前讲好的单子也需要程洌去送货，程洌只恨自己没有三头六臂。

程孟飞做花卉苗木生意有二十来年了，打程洌记事儿起他就看着程孟飞弄花弄草，守着花鸟市场的店过日子。

那时候这行不怎么赚钱，老百姓的经济水平没现在好，忙着攒钱养家，愿意花闲钱侍弄花草的人是少数。

程洌十一岁的时候母亲陈瑞因公殉职，三十岁出头就走了，给程孟飞留下了两个儿子。

程扬的病在他两岁多的时候被发现，是高功能自闭症。自闭症要在早期被干预治疗才有效果，但这不是一笔小费用，而且这病不是可治愈的疾病。

程孟飞很头痛，不忍心看儿子的一辈子就这么毁了，心一横，用所有积蓄包了二十亩地用来培育花苗，自己做批发生意。

那几年人们的生活已经有了明显改善，愿意掏钱买乐的人越来越多，程孟飞家勉强能过日子。

前几年程孟飞又多包了十亩地，没想到碰上天灾，发了大水，把二十万老本赔得干干净净。

刚折腾好，他打算重新起步，冬天的时候温室锅炉的烟囱烧透了，火星落到盖在大棚上的草帘子上，把他之前的努力又一把火烧得干干净净。

借的钱还没还清，他又赔了本。

程孟飞就和十五岁的程洌吃着泡面数钱，数欠别人的钱，前前后后加起来差不多六十万，其中十万是向别人借来给程扬看病的钱。

赔本没事儿，欠钱也没事儿，程孟飞就怕没办法，供不起程扬看病。

但那时候程孟飞没叹气也没感觉挫败，反倒笑了，拍拍程洌的肩膀说："老子养你们真是费心费力，你们读书的时候给老子用点儿心，听到没？你是祖国的希望，是老子的摇钱树。阿洌，你不考上清华、北大对得起你老爸吗？"

程孟飞一路走来几经坎坷，性子被打磨得越发随性乐观。吃过苦，所以不管大生意小生意，程孟飞都接，跑前跑后，乐此不疲，因为不知道哪天又碰上什么祸事，钱都是紧紧巴巴赚出来的。

程孟飞回忆起闪腰那件事儿，倒觉得是挺逗的一件事儿。他说："我不就闪个腰吗？我已经几十岁的人了，腰板太硬朗的话医院靠什么吃饭？我这叫给社会做贡献，促进经济发展。"

"随您。"程洌笑出声。

程孟飞三两下吃完面，随意地抹了抹嘴巴，也没空和程洌扯嘴皮子了。他站起身，把要给花店老板娘的名片放在桌上，说："我先走了，有事儿打我电话。我送完城西的货就回来，你要赶在九点前给人送到，走了走了。"

程洌："雨天路滑，当心点。"

程孟飞摆摆手，消失在门口。

程洌洗完碗筷后，从家里的电话本上找到花店老板娘的手机号，对着数字拨了过去，电话很快被接通。

程洌说："我是程孟飞的儿子，我爸让我给您再送一些君子兰和常青藤过去，请问具体需要多少？"

老板娘报着数目，程洌在空白纸上记下花卉名称和对应的数量，挂断电话之前他重新核对了一遍数量。

外头似乎没有再下雨的征兆了，但程洌还是关上了家里的窗户，包括程扬房间的那扇窗。

程扬还在写圆周率。程洌把台灯打开，又给程扬倒了杯水。

即使知道程扬不会回应，程洌还是说："程扬，我出去一趟，两个多小时后回来。"

程洌走之前，没有关客厅的灯，甚至把程孟飞和自己房间的灯都打开了，整个房子灯火通明，因为程扬怕黑。

程洌骑上自行车先去了花圃，骑车过去就十来分钟。

这老城区和郊区也就一线之隔。

夜色下的三十亩花圃一眼望不到头，在入口处程孟飞用竹竿绑了个电灯泡，这是黑夜里唯一的亮光。

程洌正好遇上要回家的老李。老李是程孟飞雇的工人，跟着程孟飞干这活有好几年了，和程洌也很熟。

老李知道程洌要干什么，指指路边的面包车说："你爸给你留了车钥匙，车厢都被清空了，怎么样，那边要多少？我给你搬。"

"没事，李叔，不多，我自己搬吧，您赶紧回家吧，天马上黑了。"

"那行，我刚和你爸搞了一个钟头，骨头都要散了。这边黑，你拿着这个手电筒。"

"行，您走吧。"

按照老板娘要的种类和数目，程洌一个人搬了二十来分钟，小盆还好，最后那两盆一米五高的巴西木让他很吃力。

面包车被改装过，后两排的车座都被撤了，他们特意腾出一大块面积用来装运货物。早些年他们家一直靠这辆面包车送货，后来发现有些单子需求量大，面包车根本不顶用。

当时即使手头上不富裕，程孟飞还是咬咬牙，花了几万块钱买了辆货车，后来这辆面包车就用来自己开，或者做点儿小生意。

程冽关上后备厢的门，坐上了驾驶座的位置。

银色的面包车摇摇晃晃地驶出了花圃的石子路，上了光滑的柏油马路才平稳下来。

程冽单手扶着方向盘，从中央手枕的一沓光碟里翻出那张印有“英文金曲”字样的光碟，三两下塞进播放器里，很快，整个车厢响起轻快的音乐声。

天很黑，又刚下过雨，他哪里还寻得到星光月影的踪迹?

车灯照亮远方，轮胎快速摩擦着路面，卷起一阵湿润的风，一侧的水杉树叶随之抖动，最后归于平静。

给程冽送完伞，许知颜回到家。于艳梅正在厨房准备今天的晚餐，即使少了许志标，晚餐分量依旧不会少。

厨房的流理台上正摊着一本关于健康饮食的书籍，于艳梅照着上面的食谱在准备食材。

许知颜换上拖鞋，进了自己的房间。

书桌前的两把椅凳莫名给这个房间增添了陌生感，这是属于别人的痕迹。

她把圆凳收起，放回原来的地方。

但这样她还是不能抹去有人来过的痕迹。程冽写的一页答案还铺在桌面上，他带给她的试卷也躺在一侧。

程冽的字有种疾风知劲草的气韵，他是许知颜见过的写字最好看的男生。

最后一道大题的解法他写了整整一页纸。他条理清晰，思路独特，就连给她讲解时也是如此，甚至还会把知识点单独拎出来让她巩固，生怕她这个中等生不懂。

许知颜拿起这张纸，把解法二从头到尾又看了一遍。

这挺有意思的。

看完了，她把这份答案夹在试卷里，折好试卷，压平，将其和自己期末考的卷子一起放进了左边的抽屉里。

许知颜又拿过那本《淘气包马小跳》，在书中夹了一枚书签，合上书放在枕头下。

在吃饭之前她一个人在房间里做了半套英语模拟卷。

按照惯例，于艳梅准备了三菜一汤，几乎在每一餐开饭前会说一遍关于吃多少的规矩，不能吃太少也不能吃太多。

少了许志标，饭桌上的气氛显得更冷，许知颜不爱说话，于艳梅讲话又总是一板一眼，只有饭菜是热的。

于艳梅本没有和许知颜聊天的意思，好像突然想起什么，她抬起眼帘，例行公事一般地说："转学手续办得差不多了，但恒康中学的校长需要面试学生，刚刚他们来过电话了，时间定在下周一。"

"嗯。"

"我费了很大的力气才办好转学手续，你好好准备一下。"

许知颜吃下最后一口米饭，点了点头。

于艳梅看到许知颜按照自己定下的规矩吃饭会觉得满意，但对于许知颜不冷不热的态度一向没什么想法和意见。

晚上八点，于艳梅给许知颜送了杯热牛奶，和昨晚一样，吩咐她十点熄灯睡觉。

随后于艳梅出门了。许知颜听到开门和关门声，她不知道于艳梅出去干什么，于艳梅也从来不会和她说。

许知颜猜测，于艳梅大概是去街上买黑色毛线，之前袋子里的那一团毛线她好像已经织完了。

许知颜把剩余的半套英语试卷做完，和昨晚一样，当牛奶冷却后，她将牛奶倒进了虎皮兰盆栽里。

她拨了拨虎皮兰的叶子，目光有些同情。

楼下传来小孩子打闹的声音，许知颜被吸引，手撑在书桌上，忍不住朝楼下多望了几眼。

两个七八岁大的男孩子正在小区的花园圆台上比拼卡片，靠着口头输出攻击彼此。

一个男孩说："我这是刘邦，攻击力八十八点，你的项羽只有八十点，你根本打不过我！"

另一个小男孩说："但我有诸葛亮的闪亮版，九十点攻击力，你没有一张闪亮版的卡。"

许知颜靠着书桌听了好一会儿，最后结果是持有闪亮卡的那个孩子赢了，输的那个孩子也没有气急败坏。他们约定明天再战，他们的父母呼唤回家的声音一声高过一声，他们的比拼就这么散场了。

收集卡片。

许知颜回想了一会儿，隐约记得这是她小学时喜欢做的事情。

也不知道是被两个小男孩感染了，还是重新被收集卡片这件事儿吸引了，许知颜洗完玻璃杯后下楼了。

昨天她买纸笔的时候依稀看到那家便利店的最下层有干脆面。

雨停了好几个小时，路面已经没那么湿了，雨水沉淀了城市的尘埃和浮躁，属于夏天的温度也被冲走，此时，气温舒适，空气宜人，是空山新雨后的味道。

那家便利店在马路对面，许知颜等了个红绿灯，无聊闲看时，又看见那家新开的花店在搬花。

她记得那家花店的规模不算大，没想到要进这么多货。

绿灯亮起，随着零散的人流，她走向那家 24 小时便利店。

她寻了一圈，果然在最下排看到干脆面，老板大概没进多少，架子上也就放了十来包。

许知颜摸了摸干脆面，确定有赠送卡片后拿了三包。

她记得以前干脆面五毛钱一包，如今都涨到一块钱一包了。

走出便利店，她在廊檐下的长凳上坐下，浅绿色的桌子连着长凳，上面印着某牌子的果味饮料。

大概鲜有人会坐在这里吃东西，所以便利店老板只买了两张桌凳搁在门口。

凳子已经干了，许知颜在一侧坐下，在拆开方便面之前她仔细把包装袋后的活动规则阅读了一遍。

最后发现，她看不懂这活动规则，本身也没有兴趣参加抽奖。

她一口气把三包面都拆了，拿出卡片后，有些失落。

三张，竟然有两张是重复的，一张是庞统，另外两张都是张飞，攻击点数没那两个小男孩拿的项羽高。

许知颜把三张卡片摊在桌上，边看边嚼方便面。

新版本的卡片和小时候的还是相差挺多的，质量无疑比从前的好，但小小的一张实在没有存在感，她分明记得小时候的卡片挺大的。

那时候班里的男孩喜欢一下课就掏卡片比拼，哪个女孩子吃方便面得到了稀有的卡片，他们就会缠着女孩子要，各种讨好献媚。

许知颜也收集过卡片，当时流行的好像是《水浒传》里的人物。她没集齐所有人物，但这确实是童年不可多得的美好回忆。

正看着卡片背面的人物介绍，伴随着喵的一声，她的小腿一侧忽然有柔软的触感。

一只黑白相间的流浪猫正睁着圆溜溜的眼睛望着她，试探性地用脑袋蹭了蹭她的小腿。

虽说是流浪猫，但它看起来算不上瘦骨伶仃。

许知颜掰了一块方便面在它的眼前晃了晃："想吃？"

"喵"，猫咪热情地回应。

她把方便面放到地上，猫咪闻了下，张嘴吃了起来。

许知颜看了它一会儿，眼神跟看虎皮兰时一样。

她又喂了它一块，喃喃地道："吃完了你就走吧，可别跟着我，跟着我没好果子吃的。"

小猫看了她几眼，果真如她所说，吃饱了就溜走了，压根儿不给人亲近的机会。

许知颜收回视线，继续嚼方便面，得把剩余的两包吃完再回去。

程洌给老板娘结完账从花店出来，打算去隔壁便利店买瓶水，刚迈出脚步就看到这样一幅画面。

少女买了三包方便面，比起吃这个东西她似乎对方便面的附赠品更感兴趣，像个小孩子，可能因为里头的赠品不是她想要的，她失落地摇头，然后开始面无表情地吃方便面。

即使吃不下三包，但她还是努力在吃。

俯身喂猫时她还和猫咪说话，说的什么他没听清，只觉得她的眼眸里满是对猫的同情。

流浪猫就是这样的特性，讨吃食时会委身蹭人，一旦吃饱了便六亲不认，猫眼里只有戒备，然后融入夜色里，头也不回。

它们已经不相信人了，即使不得不依赖人生存。

少女也不在意，继续吃她的方便面，咽不下也要吃。

如果换成旁人，程洌可能匆匆瞥一眼就走了，但眼前的女孩是他今天负责教学的学生。

一个聪明，对学习有兴趣，但考出来的成绩却平平无奇的学生。

一个阳光，自信，但气韵消极的奇怪学生。

一个此时此刻，莫名有点儿可爱的学生。

程洌敛了眼神，朝便利店走去。

许知颜吃得很专心，没注意到不远处的程洌，直到他越走越近，她隐隐约约觉得眼前这个人好像有点儿熟悉。

便利店和花店之间隔了几个店铺，都是开不下去已经被拆掉的店，这段路没有灯光。借着不远处的路灯和其他商铺的灯光，他的轮廓在夜色下才得以被勾勒出来。

他来到便利店前，在光照下，他的整张脸就清晰起来，高鼻深目，棱角分明，和下午不同的是他没有戴那副银色的细边眼镜。

不戴眼镜的话，他多了几分年轻的张扬。

许知颜咀嚼的动作变慢了，她的神情没有很大的起伏，只是那双细长好看的眼里露出了一丝惊讶。

她没想到她的家教老师还在这片儿，不过指不定他就住这片儿呢。

程洌没有装不认识她，朝她点了下头，算是打招呼。

因为他率先打招呼，所以许知颜回赠他一个客气的微笑。

他们没有对话，他进了便利店。

许知颜继续吃她的干脆面。

但再回神时，她的手肘边多了一瓶矿泉水。她顺着瓶子往上看，程洌站在她的旁边，手里还握着另一瓶水。

他大概真渴了，一口气喝了小半瓶，和他抽烟时一样，他上下滚动的喉结挺有魅力的。

程洌喝完，视线落在给她的那瓶水上，他说：“方便面干，你喝点儿水吧。这里也没有热水，只有常温的。”

许知颜愣了一下，随即笑了。她的眼睛笑起来会弯，像狐狸眼，冷着和笑着都是风情。

她说：“谢谢。”

程洌勾了下嘴角，笑容淡淡的。他没有和她多聊的意思，看了眼远处，说：“走了。”

他把声音压得很低，如同这湿润的夜晚，清风徐徐，他的嗓音低沉温和，是很悦耳的声音。

许知颜不知该说什么，点了下头，说：“好。”

为了表示感谢，她原地坐着，目送了他一段路。

然后，许知颜发现程洌上了一辆银色的面包车，那面包车就是刚刚给花店送货的车子。

由此她得到两个信息，一是程洌除了做家教外还兼职运输；二是他可能比较缺钱。

程洌的车很快消失在转角处。

许知颜拧开瓶盖，喝了一口，忽然想起昨晚，在这里，有人喊过他的名字。

程洌，阿洌。

这个晚上，这瓶水很快被许知颜忘记。程洌对她而言只是一个很快将从她的生活中脱离的人，匆匆而来，匆匆而去的那种。

但好像从他走入她眼帘的那一刻起，他的存在就变得不容忽视。

星期四晚上许知颜接到陈玫的电话，陈玫和杨倩芸约她明天一起吃饭。

陈玫在电话那头支支吾吾了好一会儿才说："我有点事儿想当面和你说，你也要转学了，我们就出来吃顿饭吧。"

许知颜想了想星期五的安排，她有两套英语模拟卷要做，还要写三套江市的高二期末数理化考试卷和每周一次的作文。

在许知颜思考的时候，陈玫放低语气再次询问她。

许知颜在脑海里重新把自己的日程安排好之后答应了。

陈玫和杨倩芸是许知颜在学校里仅有的两个朋友。

那时候大家都刚从初中毕业，来到陌生的高中校园，坐得近的自然而然就会成为较好的朋友。

许知颜当时选择了最后一排，一个挨着三角柜、放扫帚的靠窗位置。

不知怎么了，那时候大家都喜欢坐后排，但先到先得。

陈玫和杨倩芸坐在了许知颜的前面，她们俩是同桌。而当班里所有人都入座以后，只有许知颜身边的座位是空的。

她无所谓，觉得一个人坐还挺舒服的。

后来陈玫和杨倩芸和她说过，她身边的位置没人想坐是因为那时候她的表情看起来很冷漠，男生不愿意和女生坐，女生又觉得她不好相处。

再加上当时大家得知她是以全市第四十六名的成绩进入学校后，不免对她敬而远之。这所高中只是个普通高中，大家排名都是第八百名到一千名的，市第四十六名实在太夸张。

大家不知道许知颜为什么会来到这所普通高中，只觉得学霸级的人物不合群是正常的，不好相处也是正常的。

后来时间长了，他们发现许知颜不难相处，谁和她讲话她都会很客气地回答。她不会不理人，也不会忽视谁。

只是这种客气和礼貌很难让人亲近起来，她这个人，对人的态度太淡了。

只有陈玫和杨倩芸一直和她说话，做什么尽量拉着她。许知颜还是那样的性格，不拒绝不主动，冷漠又随和。

她们约在星期五下午一点，在城南区市中心文化大街上一家新开的火锅店见面。

大概因为是暑期，步行街上每天人很多，各个商铺都在做促销活动，夏天还没过去，秋装已经上线。

这家火锅店盘下了街道一侧的二楼店面，原先这里是一家卖便宜皮鞋的店。

新店开张，优惠活动总是很多，挂在一楼的招牌上赫然写着“满一百五减五十”，只是充值那两个字被压缩得如同蚂蚁般大小。

许知颜踏上二楼进入店里，现在已经过了饭点，所以人不算多，这家火锅店有三十来张小桌位，五六张六人大桌，里头应该还有包厢。

许知颜的视线刚扫过去就看见了坐在靠门口位置的陈玫和杨倩芸，她们在朝她挥手。

桌子两侧的椅子是黑色的沙发椅，她们俩坐在一起，留给许知颜另一侧的位置。

许知颜走过去，把背的黑色帆布书包放在边上，桌子中间的锅底已经沸腾，冒着热气。

陈玫把菜单递给许知颜，说：“我们点了鸳鸯锅，菜也点了些了，你看看要吃什么？”

其实许知颜在家已经吃过午饭了。如果于艳梅手头上没什么事情的话，家里吃饭一向很准时。

但许知颜还是象征性地看了会儿菜单，最后说：“我好像没什么特别想吃的，等会儿要是不够再点吧。”

杨倩芸说：“你出来吃饭你妈妈有说什么吗？”

“我和她说出来还书，没说吃饭。”

杨倩芸和陈玫对视了一眼，又同时看向许知颜，两个人同时点了下头。

她们知道许知颜的妈妈是一个有点儿奇怪的中年妇女，她的妈妈不允许她在外面吃饭。上学的时候，许知颜每天会带盒饭，所以她们从来没有和许知颜一起吃过午饭，不管是在校内还是校外。

所以有时候周末只有她们两个约着出来吃饭逛街，几乎不会叫许知颜。她们觉得许知颜也不在乎这些。

菜陆陆续续被端上桌，两个姑娘一筷子接一筷子地吃着，许知颜连蘸料都没拿，只喝了几口饮料。

许知颜不想扫了她们的兴致，便安静地等她们吃完了再聊天。

她们可能为了等她，或者说为了吃这顿饭早上就没吃东西，看起来饿坏了，像那晚她喂的猫。

大约过了十分钟，陈玫喝完一杯汽水，沉默了一会儿，试探性地问道："知颜，你暑假有什么计划吗？"

许知颜如实说道："做作业，补习，休息。"

这和去年暑假差不多，只不过多了一项补习。

陈玫显然对她要补习这件事情没什么兴趣，只是借用暑期计划来打开话题罢了。

陈玫又回到了电话里支支吾吾的状态，握着筷子百般踌躇，杨倩芸在边上一声不吭。

许知颜有一双细长的眼眸，瞳仁是透亮的琥珀色，眼角的一颗小泪痣为她增添了几分气场，陈玫和她对视的时候总觉得自己无处遁形。

许知颜知道她们叫她出来是有事儿。她觉得差不多到时间了，于是问道："你电话里说有事儿想和我说，发生什么事情了吗？"

陈玫咬了下唇，没敢抬头看她，心一横，说："知颜，你能不能借我一千块？"

杨倩芸吃菜的动作也放慢了，她们在等许知颜的回答。

许知颜显然对于借一千块钱这件事儿有些惊愕，问道："你要这么多钱干什么？"

陈玫说："我们想下个月去看 ASKY 的演唱会，找了个黄牛，还差一千块。我们找不到别人借了，我知道你应该有钱的。"

杨倩芸补充道："我们会还的，开学之后会还你的。虽然你要转学了，但是新学校还是在卢州，又不是去外地，那个恒康中学也不远，我们百分百会把钱还给你的。"

她们追星，许知颜是知道的，会还钱这点，她也相信。

许知颜看了她们一会儿，说："正好附近有 ATM 机，我去取吧，你们等我一会儿。"

陈玫叫住她："我们可以吃完饭一起去的，不急这一刻。"

"我等会儿要去图书馆还书，就不和你们一起了，我现在去取。"

陈玫没再阻拦。

杨倩芸等许知颜走了后用胳膊肘碰了下陈玫，说："等国庆节你能存够五百块吗？如果能存够，你国庆节找她把钱还了吧。"

陈玫用筷子戳调料，说："我应该能存够吧。"

"这事儿算完了，那封情书呢？"

"等她回来吧，我都答应赵诚了。"

"你可真大度，换我肯定不愿意。"

陈玫的脸色黯了，她没说话。

不轻不重的对话悉数落入隔壁桌程洌的耳里。

对程洌而言，这也是一桩奇怪的事情。明明在一座城里，有些人遇到过一次就不会再见，有些人一旦见过一次，就能不断地再次遇见。

他真觉得挺巧的，居然能在这里，在这个时间点碰见许知颜。

她进门那一刻他就看见她了。她站在用于装饰的散尾葵边上，目光从右向左一扫而过，在中间的位置戛然而止，如果她再朝左边扭点儿头，大概就会看见他了。

他们两桌中间隔着一道装饰墙，还摆放着假花卉，正好能隔绝人的视线。

程洌眼前也坐着两个人，季毓天和严爱。

可能是他的注意力被许知颜吸引了，季毓天和严爱在说什么他没听清，只听见许知颜在说她的暑假计划和果断去取钱这事儿。

那是她的语气，淡淡的，随性的。

赵诚，这个名字程洌听着有点儿耳熟，但全国叫赵诚的人估计有上百万个。

“阿洌，你有没有在听我讲话啊？你走什么神，思春啊？”季毓天拿筷子敲碗，一双桃花眼里满是调侃之意。

程洌敛回思绪，抬眼看向季毓天，轻轻一笑，接话道：“演唱会我不去。”

其实今天这个点他应该在花圃帮着一起育苗，但季毓天暑期要回随城了，说一起吃个饭，他才出来的。

程洌对演唱会什么的没有兴趣，也没有时间和金钱能消耗。

季毓天朝严爱摊手，说道：“你看吧，阿洌不会去看这种乱七八糟的东西，我也不想去，你要去就自己去啊，干吗要拉着我们？！你没朋友啊？今天吃饭也是，你非要跟来。”

“你才是乱七八糟的东西！不去就不去，谁稀罕你？”严爱翻了个白眼。

季毓天懒得哄她这大小姐脾气的人，对程洌说：“阿洌，你有空了要不要来随城找我玩啊？你不是有驾照嘛，我爸新买了辆车，你来了载着我，咱俩去兜风呗！肯定贼爽！”

程洌吃完了，拿纸抹了下嘴巴，把手搁在台面上，转着打火机，说：“我很忙，哪有空去找你？你也别老惦记你爸的新车了，小心他把你送到非洲去。”

严爱听完哈哈大笑：“就是，你个败家子，再惦记家产你爸可就不是把你送到我们这小城市改造了，你等着去非洲晒太阳吧。”

季毓天：“闭嘴！”

自动取款机就在火锅店的旁边，这时候没什么人取钱，所以许知颜很快取了一千块。

这张银行卡里有三千块，是两年前许志标给她的，算是对她的一种安慰和讨好，他说给她应急用。

两年来，许知颜没有用过这笔钱。她没什么重大的开销，也不像陈玫她们追星。日常生活费许志标都会另外给她，吃的穿的，决定权在于艳梅的手里。她没有要用大钱的地方。

于是这张银行卡就在她的钱包里躺了两年。说来也巧，如果今天她不是要去图书馆还书需要身份证，她一定不会带这个装有所有卡的钱包出门。

许知颜回到火锅店，走到那散尾葵的边上时，正好和站在沙发椅旁边的程冽对上视线。

他的身边还站着一个男生，个子没他高，但长得俊秀干净，应该是他的朋友。

他们俩在说话，程冽的嘴角噙着笑。他看起来很放松。

紧接着有个扎马尾的女生蹦蹦跳跳地跑到他们的身边，大概是刚从洗手间回来，女生的双手还有些湿漉漉的。女生拎上小挎包，笑容满面地说："走啦走啦，听说拐角那边开了家'星爸爸'，我想喝。败家子，你请客吗？"

那个男生说："你属猪的啊，胃口这么大，吃了火锅还想喝咖啡？"

女生说："小气鬼，那我请你们呗。"

看起来三个人关系很不错。

虽然许知颜对在这里遇见程冽感到意外，但她很快收回视线，走向陈玫那桌。

这和上次在便利店前遇见不一样，那时候身边没熟人，没朋友，他们简单地打个招呼没什么。但现在两边都有朋友，他俩本来也不算多熟悉，许知颜不是很想和程冽打招呼。

程冽那伙人很快离开了火锅店，许知颜能听见他们下楼的声音，以及那个开朗女孩的说笑声。

许知颜将目光转回到陈玫和杨倩芸的身上。

许知颜把一千块放在桌上，推到她们的面前，说："你们收好吧，暑假小偷多，别被偷了。"

陈玫握着崭新的百元大钞，低声道了句谢。

许知颜一来一回走得有点儿渴。夏天，每下一场雨都会更热一点儿，她一口气喝了一杯汽水。

她看着几乎空了的盘子，说："还需要点些什么吗？"

杨倩芸："你呢，你真的不吃吗？这样……我们多不好意思。"

许知颜浅浅地笑着："我中午吃过了，现在不饿。"

陈玫把钱收好后，从包里拿出一个淡蓝色的信封。她捏在手里很久，然后不情愿地看向许知颜，说："知颜，这个是我朋友托我给你的。"

许知颜没有接。

陈玫说："就是前段时间考完试，来接我的那个朋友，他也和你打过招呼的，他叫赵诚。"

"噢……我不记得了，这个你帮我还给他吧。"许知颜的语气很平静。

"他说一定要我给你，要不你拿着吧，等会儿你扔了、撕了都行。"

陈玫把信封放在桌上，许知颜还是没有拿。

她想，许知颜拿不拿已经和她没关系了，反正她把信送出去了，她答应赵诚的事情已经做到了。

许知颜不知道陈玫在想什么，但肉眼可见，陈玫的脸色变得不好看，她的难过和烦闷都写在脸上。

许知颜从初中时就开始收情书。那时候男孩子喜欢开玩笑和攀比，都给她写情书，歪七扭八的字迹，东拼西凑的情话，当时大家年纪小，所以这事儿显得很好玩。

但现在大家都是十八岁的人了，情书这种东西已经有明确的指向。

她对谈恋爱没有兴趣，对那些不学无术、心思不放在正途上，还自认为狂炫酷的幼稚小男生更没兴趣。

她不明白陈玫为什么不开心，但结合现实情况，许知颜问道："如果我不收这封信，那个人会找你麻烦？"

陈玫和杨倩芸都一愣。陈玫赶紧摇头，说："他不会找我麻烦的，我和他是邻居，从小就认识。"

"这样啊……"许知颜点了下头。

她没有继续问，剩下的都和她无关。

她对陈玫和杨倩芸的个人生活和想法不是很了解，她们两个也鲜少会和她说心里话。许知颜知道，这不是她们的问题，是自己的问题。

这顿饭由此变得索然无味，三个人断断续续地聊了会儿别的，火锅汤里的食物也被捞得差不多了。

陈玫低声说："要不叫服务员来结账吧？"

许知颜默认。

陈玫喊住路过的服务员结账，清点下来一共一百五十三块。

这和两个姑娘计算得差不多。

许知颜没吃什么，陈玫不好意思说平摊。她和杨倩芸一人掏了五十多块，把一百零三块递给服务员时，服务员明显尴尬了下。

服务员依旧客气地说："您好，一共一百五十三块。"

陈玫："对啊，不是满一百五十块减五十块吗？"

服务员解释道："这个活动是这样的——注册会员，充值后才能用，首充两百元起。要不你们办个会员？充完两百元后，按照这桌的单子，你们只需要付一百零三块。"

陈玫和杨倩芸面面相觑，都愣住了。

许知颜看了她们一会儿，轻声说："我们不充值，就按原价算吧。"

许知颜说着从皮夹里拿出两百块钱给服务员。

服务员接过钱，跑去柜台找零钱。

陈玫和杨倩芸对视了一眼，想把钱给许知颜，但没想到许知颜缓缓地说："就当我请你们吧，以后我们可能也见不到了。"

陈玫不愿意这样，坚持把钱给她。

后来在陈玫的再三坚持下，许知颜拿了她们一百块，剩余的五十块就当是自己吃的那份饭的钱。

许知颜拿到服务员找的钱后，陈玫问她："要不要一起走？"

许知颜还是那个回答："我要去图书馆还书，你们先走吧。我去一下洗手间。"

陈玫和杨倩芸和她道别后就走了。

许知颜背上双肩包，朝里头的洗手间走去。

许知颜洗完手折回来时，服务员拦住她，把那个蓝色信封和一个挂件递给她，说这是她那桌上的东西。

许知颜只拿过了那个挂件，那是陈玫书包上的，是她们俩喜欢的偶像的卡通人偶挂件。

许知颜道过谢后下楼。

出了火锅店，严爱吵着要喝咖啡，两个人拗不过她，就去了。

街角的星巴克里人满为患，三个人排了老半天队。

这是卢州第一家星巴克。严爱之前没喝过星巴克咖啡，在柜台前纠结许久，点了杯不算太贵的美式咖啡，又想着自己在生理期，炎炎夏日里还是要了杯热的。

程冽和季毓天两个人要了两杯多冰的咖啡。

他们握着咖啡走出星巴克，热浪扑面而来，下午两点的阳光是一天之中最毒辣的。

严爱捧着热咖啡直呼好烫。

季毓天说："你那杯那么烫，喝完是不是跟蒸桑拿效果一样？"

严爱："反正是你买的，如果喝了不舒服我就扔了呗。"

"行，我看你才是败家子。"

刚刚那顿饭是程冽请的，这会儿，三杯咖啡季毓天包了。严爱觉得这两个人真有点儿大男子主义，不肯让女生掏钱。

严爱笑他们，说道："你们两个以后要是谈恋爱的话，是不是死活都不会让女生出一分钱啊？是不是？"

季毓天吊儿郎当地说道："你管呢，你废话真多，整天叽叽喳喳的，还那么爱浪费。我认识你以后就再也没有谈恋爱的想法了，女生麻烦得要死。"

严爱烦死他这种死样子了，狠狠地拍了一下他的背。

季毓天吃痛地嘶了声。

程冽对他俩这种不饶人的争吵习以为常。

他笑笑，望向一边，大拇指和食指掐着杯沿，仰头灌了一口冰咖啡。

刺眼的阳光让他不自觉地蹙着眉。

拐角处出现两个女生，她们正好进入他的视野。他认得，这是刚刚和许知颜一起吃饭的那两个女生。

刚才起身结账时，他出于好奇，朝隔壁桌看了几眼，两个女生是短发，分别穿着明亮的黄色和橘色的T恤衫，所以还挺好记的。

他本是无意一瞥，但眼前的情景吸引了程洌的目光。原因很简单，那两个女生走着走着忽然停了下来，有些剑拔弩张的意味。

杨倩芸不知道陈玫怎么了，从离开火锅店的那一刻起陈玫就像个瘪了的气球。陈玫拉着脸，说什么都没好气，杨倩芸心想自己又没惹她。

杨倩芸刚刚只不过说了句“还好有许知颜，不然演唱会肯定没戏”。

陈玫突然奓毛了，压抑着，克制着，但语气还是很凶，说：“够了！你不觉得我们在她的面前跟狗一样吗？”

杨倩芸蒙了：“你胡说什么？”

陈玫：“我们和她相处了两年，你真的觉得她把我们当朋友吗？你了解她吗？你知道她喜欢什么、不喜欢什么吗？刚刚她帮我们付钱的那个样子，清高得仿佛她是个救世主。你不觉得她看我们的眼神里都是怜悯吗？她说我们以后可能见不到了所以请我们，她是真的不打算和我们再见面了，这个意思你察觉不到吗？”

“你疯了？她性格不就是那样吗？”

“我没疯，我就是这么觉得的。我不喜欢讨好她，也不喜欢她目中无人的清高样，不就是一封情书吗？我都说了，扔了、撕了随便她，她至于碰都不碰一下吗？而且你没发现吗？平常你问她题目她都能讲给你听，考试却比你名次还靠后。她就是以为自己是救世主，高高在上地看着我们。我们说什么，她从来不放在心上，杨倩芸，她从来没把我们当朋友。”

杨倩芸看着因为气愤呼吸变得急促的陈玫，沉默了好一会儿，问她：“你是因为帮赵诚递情书才这样说吗？”

陈玫没有否认，继续说道："是又怎么样，不是又怎么样？我喜欢赵诚那么多年，他见她一眼就想追她，换你你不生气吗？刚才我说的也都是真心话。我真的一点儿都不喜欢她那种清高样！"

"我知道她是有些高傲，但她人不坏吧！她还借给我们钱，说借就借，也没提什么时候要我们还。你说她没把我们当朋友，可我们不也没有把她彻底划进我们的圈子吗？她不也照样不了解我们？"

"你怎么还不明白，她不了解我们是因为她不愿意去了解我们，我们不了解她是因为她不愿意说。看似是我们把她排斥在外面，其实是她不愿意融入我们的圈子。就像今天吃饭，我们不叫她，她会联系我们吗？反正……反正……等把钱还清后我不会再和她联系了。倩芸，没有赵诚的事情我还愿意和她相处，但现在我看见她忽然觉得她很讨厌。"

其实陈玫没有把心底的一番话彻底说出来。

她讨厌许知颜的清高是因为自己想成为那样的人，但成为不了；她讨厌许知颜拒绝情书的样子是因为她万分想得到的东西，许知颜却不屑一顾；甚至她讨厌许知颜借钱给她们的样子，这让陈玫觉得自己很卑微。

也许她讨厌的是她自己。

杨倩芸在许知颜和陈玫之间选择了陈玫。她耸耸肩，安慰道："不联系就不联系了吧，反正她要转学了。她连手机都没有，性格又不主动，时间长了我们的关系本来就会慢慢地变淡。好了，你别苦着张脸了，天这么热，你要和我在这里站到天黑吗？有这时间咱们不如赶紧去找黄牛把票买了。"

两个女生从一开始的争吵到手挽手和好，只花了不到三分钟。

程洌不太懂女生，只觉得刚刚季毓天的话还挺对，女生有点儿麻烦，那两个姑娘心眼儿挺多的。

那两个女生离开了这里，穿过马路往前走。

程洌眼前没了人，视野空了一块，所以站在墙转角处的许知颜就这么进入了他的视线。

程冽握着杯沿的手一顿，他眯了眯眼睛，还以为自己看错了。

但那就是许知颜。

她比严爱还高，估计有一米六七。她今天穿的是一套淡黄色的短裙套装，整洁素净，裙子的百褶边轻而易举地衬托出少女的青春感。

她的外形真的挺耀眼的，也许她小时候受过形体训练，她的身姿挺拔轻盈。

她个子高，腿也长，腿纤细笔直，老天爷还给了她一副好皮肤，阳光下她本就白皙的皮肤此刻就像月光下的白雪，宛如凝脂。

但许知颜的眼里没有光。

程冽猜想她应该听到那两个女生的对话了，所以止步于那里。

如果换成严爱，就她那沉不住气的脾气，估计早就撸起袖子上去干了，而许知颜是和严爱完全相反的脾气。

她冷静得异常，就连该有的气愤和伤心都没有。

仿佛这事儿和她没关系，那两个女生说的人也不是她，她只是站在街角看了一场戏。

程冽觉得她不是装的，她是真的对刚刚那一幕不在意，她也没将其放进心里。

她就像黑白漫画里的人物，没有色彩。

许知颜没有停驻太久，转身往回走。

程冽眸色轻敛。他仰头喝了几口冰咖啡，看向还在争执不休的季毓天和严爱，问："要回去吗？"

季毓天扣住严爱的手腕，往边上轻轻一甩，挑眉警告："到此为止！"

严爱喊了声。

季毓天对程冽说："你想回去就回呗，你不是很忙吗？我反正只要赶上明天十点的飞机就可以了。"

"那就回去吧，我……"

"啊！"

程冽话还没说完，严爱忽然尖叫了一声。

季毓天嫌弃地说："你一惊一乍的干什么？"

严爱晃了晃自己的手："我的戒指！我的偶像联名戒指！我刚刚洗手把它摘下来了，它一定还在火锅店！我要回去拿！"

季毓天是服了她了，这她也能忘记。

严爱撒腿朝火锅店跑去，一手握着热咖啡，一手捂着飘荡的小挎包，姿势别扭又搞笑。

程冽和季毓天只好跟上她的脚步，折回火锅店。

严爱做事说话都是风风火火的类型，有时候不着边际也不经头脑思考。

许知颜把人偶挂件交给了火锅店的前台，简单地阐述了几句，随后不急不缓地下楼，打算去图书馆。

刚下到最后一个台阶，她和着急忙慌跑进来的严爱撞了个正着。

严爱跑得急，刹不住车，两个姑娘结结实实地撞到了一起。

"啊——"严爱下意识地喊出声，身子不受控制地往后踉跄了几步，快要倒下时，季毓天冲过去，从后面托住了她。

作用力使许知颜也朝后倒去。本来她还能勉强站稳，但滚烫的咖啡洒了她一身，火辣辣地疼，脚后跟磕到台阶，她失去重心，整个人摔在楼梯上。

她的手下意识地去撑地，手肘内侧剐蹭过台阶，掉了一层皮，突然的摔倒也让她整个人浑身一痛，骨头跟裂开了一样。

程冽怔了一秒，一个箭步跨到许知颜的面前，用身体挡住她。

她穿着短裙，容易走光。

他朝她伸出手："你能站起来吗？"

有一瞬许知颜的眼前是漆黑的，当光线一丝丝地涌进时，她看到了程冽背着光的面孔。

她微微皱着眉，神情很痛楚。但她一声不吭，只是抬手，把自己的手放入他的掌心，借力让自己爬起来。

站起来后，两个人的手很快松开。

许知颜转了转手腕，抬起自己的手臂看了看。

一整杯咖啡泼在了她的身上，她的右手臂红了一片，还有她的腿，也红了一片。

她站起来的瞬间，咖啡顺着她的皮肤流了下去，淌入鞋袜里。

这套浅黄色的百褶裙套装染上了咖啡渍，右侧腰腹那儿湿了一大块。

空气中飘着浓郁的咖啡香气，但气氛有些尴尬。

严爱反应过来后，手忙脚乱地从包里掏出纸巾给许知颜擦。

眼前的姑娘皮肤比她还白，咖啡一烫，皮肤就红得可怕。

严爱慌了，小心翼翼地道歉："对不起啊，我不是故意的，我……我……我带你去医院吧！"

许知颜擦去身上湿漉漉的咖啡水滴，说："不用。"

"可是……你的手……好像还有点儿起泡了。这儿离医院不远，我带你去看看吧。你放心，医药费我都包了，我会负责的！"严爱认真地说。

许知颜用纸吸干溅到发梢上的咖啡，听到严爱担心又诚恳的话，不由得抬起眼帘看她。

严爱长着弯弯的月牙眼，看起来是个单纯的女孩。

其实这就是一场很普通的意外。如果不是因为眼前的一男一女是程洌的朋友，她会觉得自己是不是被什么最新骗局盯上了，毕竟她才去银行取过钱。

许知颜见严爱似乎愧疚得要哭了，抿了抿唇说："没关系，不用去医院，我回去涂点儿药就好了。"

许知颜的声音轻而冷静。

严爱听到她这么说，感觉更愧疚了。

这年头不讹人的人真是万里挑一。

程洌看着许知颜此刻稍显狼狈的模样，低声说："火锅店里有洗手间，你上去洗一下吧，手臂用冷水冲一下。"

严爱："啊，对，你先去洗一下吧！我正好也要去拿东西，我陪你去，你有哪里摔痛了吗？要不要我扶着你？"

许知颜看了眼程冽，点了下头，对严爱说："不用扶，我可以自己走。"

话是这么说，但严爱还是弯下腰一副小太监的模样，准备随时搀一把许知颜。

两个姑娘消失在楼梯口，程冽和季毓天对视了一眼。

季毓天抓了抓头发："这冒失鬼，总是糊里糊涂的。还好那个女生人好，如果碰上难缠的大妈大爷，今天有的扯皮了。"

程冽喝完最后一口冰咖啡，把纸杯投入了路边的垃圾箱内。

他朝四周望了一下，指了下对角的便利店，说："我去下那边。"

季毓天："你干什么去？你不等她们了？"

"我去买个东西，马上回来。"

"噢。"

不一会儿，程冽过来了，手上拿着瓶矿泉水，还有一包抽纸。

季毓天那杯咖啡也喝得差不多了，对着垃圾箱来了个投篮。

他问："你买这些干什么？喝了这么多还渴呢？"

程冽拧开水，把一瓶水倒在地上。他扬了扬眉，说："你说呢？"

季毓天："不是吧，阿冽，让火锅店的人来拖一下不就好了？"

其实洒在地上的咖啡不多，但也是很明显的一小摊。

清水冲进地上的咖啡渍里，将变黏变干的咖啡稀释。程冽抽了半包纸，三两下把这儿清理完。

许知颜和严爱整理完下楼时就看到这个画面。

许知颜的目光在程冽的身上停了好几秒，她的眼眸动了动，嘴角扬起一抹不易察觉的浅淡笑容。

她忽然觉得，程冽这个人有点儿不一样。

严爱还在想怎么补偿许知颜，苦着一张脸，惹了事就习惯性往季毓天身边靠，用眼神询问季毓天该怎么办。

季毓天想骂她，但没骂出口，小声地问道："你自己烫到没有？"

严爱摇拨浪鼓似的摇头。

季毓天："那看来你是对准别人故意洒的啊？"

严爱："你会不会说人话？！"

程洌捏着手里剩余的半包纸巾，视线扫过许知颜的手臂和腿，说："我们还是带你去医院看一下吧，别留下疤。衣服的话……现在也可以陪你去买。"

许知颜摇头："真的不用了。"

程洌："你不疼吗？"

严爱受到惊吓会大喊大叫，这是人的本能反应，但许知颜从头到尾没吭一声。

许知颜愣了一下，眼尾微微上翘，说："疼是疼，但是……"

程洌打断她的话："那你就别逞强了，不去医院的话，至少去药店买点儿药，现在抹上。"

他的声音低沉有力。

这话不是询问，也不是强硬的决定，是让人感到舒适的、恰到好处的关心。

许知颜望着他黑如深潭的眼眸，沉默了。

良久，她说："那好吧。"

步行街上一头一尾有两家较大型的药店，四个人去了离得比较近的街头那家，隔壁正好有个奶茶店，可以去奶茶店里坐着慢慢上药。

严爱平常大大咧咧惯了，第一回碰上这种事，到了药店也全然无主。

买什么药，需不需要纱布，多长时间换一次药，这些都是程洌在问，仿佛是程洌撞了许知颜，把人烫伤了。

奶茶店里设置了三四张桌子供客人休息，但此时除了店员没客人，因为步行街新开了大牌连锁的奶茶店，这种私人小店铺一下子就被比了下去。

程洌和季毓天都喝完了一整杯咖啡，这会儿实在喝不下奶茶。

严爱想着哪有跑到人家店里什么都不点的道理，于是扒着菜单看了半天，点了两杯招牌奶茶。

她问许知颜喝冷的还是热的，许知颜说都行。

于是严爱点了一杯冷的，一杯热的。她想，许知颜应该不在生理期，大夏天的谁爱喝热的？

程洌向店员借用了洗手台，仔细清理干净手后把买的药品拿了出来。

严爱说："要不我来吧？"

程洌拧开碘伏，看也没看她，问："你会吗？"

严爱："……"

季毓天在边上发出了嘲笑声，对许知颜说："你别介意啊，她很大条的，上药这种事情她是做不来的，指不定等会儿把碘伏泼你一身。阿洌细心，会帮你涂好的。"

严爱想帮忙涂药是怕许知颜觉得不舒服，毕竟程洌是男生，季毓天这样解释，也是这个道理。

万一人家女生觉得程洌想占她便宜就不太好了。

许知颜微微颔首。

程洌用棉棒蘸上碘伏，低声说道："把手给我。"

许知颜伸出右手，他一手轻轻握住她的手腕，一手小心翼翼地给她消毒。

程洌抬了抬眼皮："疼吗？"

"还好。"

她的手臂内侧皮被蹭破，泛着隐隐的血痕。也是真的还好，就外侧起了一两个小泡，不然她肯定会很疼。

许知颜见他动作轻柔得不行，莫名挺想笑的。

她说："你可以用力点儿，要不我自己来好了。"

程洌没有听她的，只说："别动。"

消完毒，程洌把医师推荐的烫伤膏挤在食指指腹上，慢慢地涂在她发红的皮肤上，凉丝丝的感觉瞬间覆盖了许知颜的痛感。

他的手法看起来挺熟练的，纱布缠得很好。

许知颜偶尔会将视线落在他的脸庞上。程洌低着头，专心的样子很像为她批改卷子时的模样。

他的眼睛很黑，专注时眼里有种别样的冷漠感。但此刻，也许是因为在涂药，他是温柔的，这两种矛盾的感觉交织在一起，形成独属于他的特质。

冷静不失温柔，沉稳不失张力。

处理完了手，接下来是她的大腿，这地方程洌不方便，也不需要他，不像手臂有的地方许知颜涂不到，纱布也不好缠。

许知颜撩开一截裙摆，按照刚刚程洌的步骤，开始消毒、涂药、贴上纱布。

程洌说："药是两天换一次，如果情况没有好转，你就去医院看看吧，医药费我们会付的。"

严爱疯狂点头："对，我不会耍赖的，我给你留个手机号吧。"

许知颜笑了："真的没关系，我想过几天会好的。"

程洌看得出来，许知颜不在意这些，就跟她不在意那两个女孩议论她一样。

许知颜觉得差不多了，起身要走。

程洌把药品给她装好，说："要不要带你去买衣服？"

她微笑着摇头。

程洌的视线掠过她的腿，他明知道她会拒绝，但出于客气，还是问了句："你要去哪儿？要不要我送你？"

三个人听到这话都是一怔。许知颜回头看向程洌，扬了下嘴角，说："谢谢，不用，我打车就好了。"

程洌："那你记得换药。"

"嗯，好。"

许知颜高挑纤细的身影很快消失在他们的视野里。

严爱又一惊一乍起来："呀，她的奶茶没拿！"

季毓天把吸管一插，说："那我喝。"

严爱在桌底下踢了他一脚。

程洌站在那儿，还看着许知颜离开的方向，若有所思。

季毓天调笑道：“阿洌，连根毛都没了，你还看呢？你不会对人家一见钟情了吧？你还要送人家。”

程洌回过神，轻描淡写地说道：“你扯什么呢？那个女生，我认识的。”

季毓天和严爱都惊掉了下巴，两个人异口同声地道：“不会吧？”

“我补课的学生是她。”

程洌假期会做家教这事他们是知道的，但这么凑巧的事情还挺不可思议的。

严爱说：“既然你认识她，以后她要是有什么问题，你就让她来找我吧。不过她可真漂亮啊，皮肤很白，那套裙子也好好看。她叫什么啊？她好像不是我们学校的吧？”

季毓天：“……”

程洌抽了张纸巾擦手指上遗留的药膏，说：“她叫许知颜，是德育高中的。”

严爱羡慕地说：“啊，名字也好好听。”

季毓天给了她一个白眼：“你一天天的在想什么啊？”

程洌扔了纸巾，轻轻叩了两下桌面：“我先走了，有事电话联系。”

第二章

# 怦然心动的感觉

傍晚，许知颜一身狼狈地回到家，于艳梅什么都没问。

许知颜拿了套换洗的衣物进浴室，于艳梅在厨房洗洗涮涮，一心投入在做晚饭上。

许知颜站在镜子前打量了自己一会儿，干涸的咖啡渍留下大一块小一块的痕迹，她腿上贴了纱布，手臂上也绑了一圈纱布，看起来确实很糟糕。怪不得一路上很多人回头看她。

她脱下这套裙装，打了盆热水，用毛巾擦了身体，接着小心翼翼地把头发洗了一下。

她从浴室里出来，正好碰到刚回来的许志标。

许志标和于艳梅不同，没有于艳梅那么冷淡。

他一眼就瞧见了许知颜身上的纱布，边换鞋边问道："这是怎么了？"

"被开水烫了一下。"

许知颜说完想回房间，但许志标叫住了她，继续关心地问道："烫得厉害吗？"

许知颜说："我涂了药，没事了。"

许志标点点头，想再问几句，但对上许知颜平静的眼眸便不说了。

许知颜握着毛巾回到房间，擦着半干的头发，目光落在书桌上的塑料袋上，里头是程冽买的药。

她不由得回忆起药店里程冽的样子。他有条不紊地描述她的伤情，询问该用什么药，该怎么做。他大概也不是很懂，在医师推荐药时还补充了一句要最好的。

其实她没有烫得这么严重，不过是一杯热咖啡而已。

烫出一片红皮肤和两三个小水泡也让她挺意外的。许知颜小时候不是没有被热水烫到过，那时候调皮不懂事，就爱乱摸乱动，热水洒了一身，但哪里严重到要抹药的程度？

可当时她好像一瞬间就被程冽说服了。

回想起程冽给她抹药的样子，许知颜不自觉地上扬了嘴角。

他还真挺不一样的。

许知颜看了眼自己手臂上缠绕的纱布，这种被包裹的感觉很奇怪，明明是被束缚了，但柔软的纱布和张弛有度的绑带贴合在一起，她的手臂像被什么攫住一样，是温柔的，有温度的。

这有点儿像……像程冽想把她从地上拉起来，握住她的手时的包裹感。

程冽有一双骨节分明的手，这一点许知颜在他批卷子时就发现了。

她没有谈过恋爱，也没有牵过别的男人的手，至于父亲的手，好像稍微长大一点儿后她就没有牵过了。

以前倒是和女同学拉过手，女生的手柔软细腻，她以为牵手都是这种感觉。

直到今天程冽握了她的手。

很明显，男生和女生到底是不一样的。他的手掌要比她的大，手指比她的粗，也许是天气太热，他掌心的温度是烫人的。

这种肢体接触令人印象深刻，此时此刻许知颜还能回想起他握紧她的手的力道和温度。

可能是想了太多关于程冽的细节，这一晚许知颜做了有关程冽的梦。

梦里光怪陆离，她站在悬崖顶峰，脚下雾密云浓。她身穿滑翔伞的装备，顺着风往前飞翔。她害怕高空，害怕坠落。她往下看，底下站着许许多多的人，都是熟悉的面孔，但没有人看她，他们有各自围绕的人。

她觉得自己要坠入深山了，头顶上却腾空冒出一个声音，而自己的手也被另一双手紧紧握住。

是程冽，他伏在她的背后，宽大的手掌覆盖着她的手，用一种能安抚人心的声音说："我会抓紧你的，一会儿就落地了。"

正当她要感激之时，程冽又说："等会儿我可以再带你飞一遍，带你尝试第二种飞行方法，但你必须把你的草稿纸给我看一看。"

清晨六点半，许知颜从这令人哭笑不得的梦中醒来。

吃过早饭，许知颜和往常一样做试卷，偶尔会拿起从图书馆新借的书看一会儿。

因为许志标在家，于艳梅做完午饭后就出门了，听说是新报了一门饮食课。

许志标的周末时光也是无聊的，一个人看看电视，喂喂鱼，在客厅听听音乐，和许知颜同处一个空间，两个人却很少有话题聊。

许知颜看完《一千零一夜》中的一个童话故事后抬眸看了眼时钟，十二点五十分了。

如她所料，门铃声很快响起。许志标过去开门，很客气地迎程冽进屋。

许知颜和上次一样站在房门口等他。

许知颜注意到他又戴上了那副眼镜。

许志标说："最近梅雨时节，总是下雨，你没淋湿吧？快进去吧，我给你们拿点果汁。"

程冽道了声谢，背着书包朝许知颜走去。

许知颜穿了件中长款的咖啡色格子无袖连衣裙，腰间有绑带。她个子高挑，连衣裙很适合她，特别是这种素色淡雅的风格。

但程洌率先看到的是她手臂上的伤，还是昨天他给她包扎的样子。

外面又在下雨，淅淅沥沥好一段时间了，只有昨天，突然冒出一个艳阳天，气温上下起伏很大，一会儿干燥炎热，一会儿湿润凉爽。

许知颜看他脸上有雨水，拿过抽纸递给他："擦一擦。"

程洌笑了下，抽了两张纸擦脸。

他从书包里拿出新打印的一份试卷，说："今天你就做这个吧。"

许知颜没有意见。

程洌见她要动笔，补充道："这次我要看草稿纸，可以吗？"

许知颜蓦地抬头，盯了程洌几秒后，莫名地笑了。

看就看吧，她点点头。

程洌拿出自己要做的题册，随口问道："笑什么？"

许知颜握着笔杆，在组织措辞，想了半天。

她说："昨晚梦到你了。"

程洌愣了下："什么？"

许知颜后知后觉这是一句让人误会的话，解释道："在梦里，你差不多是这么和我说的，说要看我的草稿纸，挺巧的。"

"那你的梦挺有预见性的。"他笑着说。

"大概吧。你呢，为什么一定要看草稿纸？"

程洌说："上次我说过了，看草稿纸能更清晰准确地找到你错误的步骤和解题思路，更方便你记忆和纠正犯错的地方。我补课有一套自己的方法。我希望学生能跟着我的思路走，也希望我没有白收你父母的钱。"

许知颜笑笑，嗯了声，开始解题。

程洌看了眼她的手，低声问道："手还疼吗？"

"手不怎么疼了，应该过几天就好了。"

"嗯，做题吧，还是给你一个半小时可以吗？"

"可以。"

做题时两个人都很专注，笔尖在纸上画写的声音盖过了窗外的雨声，许志标端来两杯果汁后就悄声出去了。

为了不影响他们学习，许志标关掉了电视，一个人坐在客厅里。

一片寂静中，阳台上突然传来砰的一声，把三个人都吓了一跳。

许知颜下意识地看向程洌，两个人对视了一眼。

许知颜放下笔，说："我出去看看。"

程洌没说什么，也跟着她出去了。

许知颜家是三室两厅的大户型，除了主卧有个小阳台之外，客厅边上还有个大阳台，她家没装全封玻璃，阳台外露。

装在阳台中的洗手池水花四溅，玻璃门瞬间被水珠覆盖，配合着外面的雨，有种灾难片的味道。

许志标站在水池前，用手捂着喷涌而出的水，一时情急，扯下晾晒的毛巾裹住水龙头，回过神时他全身已经湿透了。

许知颜和程洌皆是一怔。

许志标六神无主，说："水龙头坏了，我打个电话问问你妈，你们俩……去学习吧，没事儿的。"

即使许志标用毛巾绑了一圈水龙头，但水还是不断地涌出，溅了一整个阳台。

程洌反应很快，说："叔叔，得把总阀门关掉，可能要找小区物业过来处理一下。"

许志标抹了把脸，点了点头，连说："对对对，我去关阀门！你们俩看一下，我下去找物业。"

程洌走到阳台上，看了下情况，回头问许知颜："你们家还有不用的毛巾吗？"

"有，那上面的就可以用。"

许知颜走到阳台上，把晾在上头的毛巾拿下来。

话音刚落，水流冲破了许志标刚刚裹的毛巾，跟喷水枪一样，一道道水花冲在两个人的身上。

许知颜倒吸了一口气。

程洌手疾眼快，把毛巾拧成一团，绕紧水龙头，打了个紧结。

许知颜赶忙把第二条毛巾递给他，包了两条毛巾后，出水少了很多。

许知颜惊魂未定，浅浅吸着气，看向身边的程洌。

他离得近，刚刚飞溅的水一大半都砸在了他的身上，他浑身湿得和许志标差不多。

也不知道是不是他这件T恤比较薄，一碰水，白T恤变得半透明，湿漉漉的布料贴着他的身体，勾勒出他上半身的线条。

程洌是属于脱衣有肉，穿衣显瘦的类型，不是发达的肌肉男，也不是清瘦的身板。他的身姿很挺拔，脊柱沟是凹进去的，腰腹没有赘肉，隔着一层布料，隐约能看见他线条分明的肌肉，紧绷，流畅。

程洌抹了一把身上的水，低头却发现自己浑身都湿了。

他想问问许知颜等会儿能不能让他在她家洗个澡，转头就对上了许知颜的视线，她正看着他。

眼前的许知颜不比他好到哪里去。他头发短，湿了就湿了。但女孩子留的长发，被水打湿了，就像海藻一样，一片一片地贴在她的侧脸处，大大小小的水珠顺着她的脸颊滑落。

她长得本就清丽，此刻就像一朵出水的芙蓉。

可偏偏她的神情有点儿呆。

他好像是第一次看到她这个表情。

程洌刚扬起嘴角，却瞥见她被水打湿的手臂，下意识地皱了眉。

他低低地说："别发呆了，你快去洗一洗吧，受伤的地方不能碰水的，我等会儿帮你把纱布换了。你先进去，这里我看着就好。"

经他这么一说，许知颜才想起自己还有烫伤这回事。

可此刻，她看着程洌湿淋淋的模样，挺想笑的。

程洌见她不动，伸手轻轻拍了拍她的肩膀："还发呆？许同学，快点儿进去吧。"

许知颜笑了笑，说："那麻烦你了，我……我爸爸应该一会儿就回来了。"

许同学。

想到这个怪异的称呼，许知颜跨出一步后，回头又说道："我给你拿我爸的衣服，等会儿你换一下吧，程老师。"

最后三个字她故意停顿，咬字很重，是在打趣他。

说完，许知颜就进去了，只留下程冽一个人凝视着她的背影。他的眼里有一抹不知名的笑意。

许志标领着物业人员回来时，阳台上已经积了些水，水池里放着一个塑料盆，同时，地上还有好几个接满水的脸盆。

许知颜已经洗漱好，和许志标说："盆是程冽放的，他说接的水可以用来洗菜浇花，这样比较不浪费。"

许志标挺惊讶的，笑着说："挺好的，挺好的，他人呢？"

"他浑身都湿了，在洗澡，我拿了一套你的衣服给他，是新的那套。"

"噢，没事，应该的。"

许志标领着维修人员上前查看，许知颜听了一会儿情况，跟程冽和她说的差不多。

时间长了，水龙头松动，顶不住水压掉了，水就跟疯了一样冲出来。这种情况，旧水龙头已经没用了，拧上去也没用，得换个新的，自己修不好就得找个专业的人来修。

他还说什么来着？

对，他还说可以用白色的防水胶布缠几圈。这种安置在室外，长期风吹雨打的水管容易松动裂开，冬天要注意防冻。

这些话是刚刚许知颜换完衣服出来，让他去洗一洗时他说的。

听起来，他的经验很丰富。

许知颜问他怎么知道得那么清楚，他又是怎么说的呢？

他摘下眼镜，抹了把脸，笑着说："我家也有外置的水管和水龙头，以前总是坏，次数多了就知道了。"

许知颜觉得他应该挺有生活经验的，至少比她强，也比许志标强。

许志标是个不太懂生活的人，不会洗衣服，不会做饭，家里的一切大小事务都不用他操心。他只管自己的工作，养着不上班的于艳梅和还需要上学的许知颜。

于艳梅对这些也无所谓。许知颜觉得于艳梅很好地诠释了什么叫家庭主妇。她沉迷于研究食谱，沉迷于参加外面各种填补生活的课程，喜欢操持家务，像今天这种水龙头爆裂脱离，于艳梅应该能很好地解决。

这夫妻俩挺般配的。

许志标和物业的人在阳台上研究着，许知颜看了两眼后回自己房间了。

书桌上搁着程洌的眼镜，上头的水珠他还没来得及拭去。

许知颜握起笔继续做她的卷子，但目光总是被这副眼镜吸引。纠结了一会儿，她拿起了程洌的眼镜。

这是一副款式不怎么新的眼镜，在她印象里好像这种银色细边眼镜只有上了年纪的人才会戴。很奇怪，程洌戴起来却蛮好看的。

许知颜抽了张纸巾仔细地擦拭镜片。

紧接着，她发现了一件事情，或者说一个秘密。

程洌的这副眼镜是平光的，没有一点儿度数。

许志标关了阀门，家里不通水，好在家里的热水壶里有热水，这是于艳梅每天会准备的。

许知颜洗的时候倒了小半壶热水。她没有程洌湿得那么厉害，头发用吹风机一吹就干了。其实她怕程洌不够用，所以只倒了一点点水。

许知颜家里的卫生间很宽敞，一尘不染，就连犄角旮旯都没有灰尘。

洗漱台上只有一个牙刷杯，洗护用品也是单人的。这是三室两厅的户型，主卧应该还有一个卫生间。

所以这可能是许知颜的东西，但黑色的牙刷杯看起来实在有些压抑和奇异。

程洌脱下湿漉漉的衣服，把许知颜给的新毛巾放在热水里泡了一下，也不是说要泡掉点儿脏东西，只是单纯地浸湿它。

他不是很讲究这些，更何况现在情况特殊。

夏天的好处大概就是洗澡比较方便，随便擦几下就差不多了。

许知颜拿给他的衣服是一件白色的T恤和黑色运动短裤。她说衣服是新买的，但款式比较年轻，所以她父亲不是很喜欢。

洗漱完后，程洌拿起换下的脏衣服走出卫生间。

他正想找许知颜，而她大概听到了开门声，很快从她的房间里走出来。

程洌指了指脏衣服说："有没有袋子？我装着带回去洗。"

许知颜盯着他的眼睛，好一会儿后她的嘴角扬起不易察觉的笑意。她说："要不你就洗了晾在这里吧，明天你不是还要过来吗？"

"这有点儿不太好。"

"没关系的，洗衣液就在洗衣机边上，你想用洗衣机洗还是手洗？"

程洌思量了一下，说："我手洗吧。"

许知颜说："洗完晾在阳台上就好，明天可能就干了。"

"好。"

许知颜怕他太拘谨，就站在卫生间门口等他洗完，还可以帮他晾衣服。

于是程洌站在洗手池前的背影就这么落入她的眼里。

今天、昨天，和第一次见他的时候他穿的都是长裤，即使是长裤也难掩他颀长结实的双腿。

现在他换上了运动短裤，结实有力的小腿呈现在她的眼前，男生的腿毛总是比女生的浓密。

不过许知颜欣赏不来。她以前走在路上，看到叔叔辈的男人穿着大裤衩，露着小腿，总觉得这种类型的人一点儿也不符合她的审美。

她和大多数女生一样，喜欢皮肤白、秀气的男生。

程洌再一次颠覆了她的审美。程洌也很干净，但不是奶油小生的那种干净，是富有生活气息的干净。

在许知颜的认知里，男生应该不太擅长做家务，但眼前的程洌洗起衣服来得心应手。他不是敷衍装样子洗，是真的懂怎么洗。

不过也是，他除了当家教以外还兼职运输工作，应该是个很会生活的人。

但是他戴那副平光眼镜又是为了什么呢？他明明不近视。

在许知颜陷入思考的时候，程洌洗完了衣服。

许知颜回过神来，说道：“我可以帮你挂，你给我吧。”

程冽拒绝了，许知颜也没坚持。她和他一起走到阳台上，把晾衣架降下来。

晾衣架上还挂着许多衣服，唯独没有许知颜昨天穿的那套衣服。

晾完，回到许知颜的卧室里，程冽很自然地拿过书桌上的药袋。

他说：“我帮你涂吧，你的手真的别再碰水了。”

许知颜笑了下：“我会小心的。”

这一次程冽更加熟练了，消毒，抹药，绑纱布，一气呵成。

收拾医药垃圾时，程冽问道：“昨天你衣服上的咖啡渍是不是洗不掉了？”

“不好洗，扔了。”她回答得干脆。

程冽：“那……”

像是知道他要说什么，许知颜打断他说：“没事儿的，一套衣服而已，你朋友也不是故意的，本来就是个意外。”

程冽看着她，缓缓地弯了下嘴角，说：“你爸妈不说你吗？还有你的手。”

“他们不在意的，所以没关系。”

她很平静，像是在说今天天气不错。

但程冽的笑慢慢地敛了，他觉得自己可能说了一句不太恰当的话，正想着怎么挽回时，只见许知颜看着他笑了。

今天她好像一直在对他笑。

看到她笑，程冽觉得他刚刚的话应该没有太过分。

配合着，他今天第二遍问道：“你笑什么？”

“没什么，我就是觉得你人挺好的。程老师，继续做题吧！我想赶一赶，还是能在两点半做完的。”

程冽没有再说什么，点头，让她做题。

许知颜投入得很快。她专心投入时整个人看起来很冷漠，眼里有一道精准的光，像捕捉器。

也不知道是因为这个插曲让他分了心，还是许知颜的话让他忍不住多想，程冽莫名地很难静下心做题。

他停在一道公式上十五分钟了，还没个下文。

许知颜的床上放了台式电扇，开的一挡，风力不大，在这凉爽的黄梅雨季，风力正好。

她洗漱完后换了条裙子，一条白色的棉麻连衣裙，裙摆柔软而长，随着电风扇的风一飘一飘的。

裙摆像翻滚的白云，时不时蹭到程冽的小腿上。

第二十下时，程冽浅浅地倒吸了口气。他舔了下唇，放下笔说："你家方便抽烟吗？"

许知颜不解地抬头，两人四目相对。许知颜反应过来，说："我妈不怎么喜欢烟味，你想抽的话可以去楼道那边。"

"嗯，好。"

程冽从书包里掏出一盒烟和一个打火机。他没有把整盒烟拿走，只是从烟盒里夹了一支香烟出来。

程冽走后，许知颜转过头，看了眼香烟的牌子，她对香烟不熟悉，但记住了这个牌子。

红塔山。

这一天，程冽也发现了许知颜的秘密。

他想许知颜应该也不怎么喜欢烟味，绝大多数女生应该不喜欢，所以抽完后他还去楼下站了会儿，散身上的烟味。

程冽回到她家，许志标开了门，许志标正好送物业人员走，水龙头已经被修好了。

程冽怕打扰到许知颜，故意放轻脚步。

他走到她身后时许知颜正好在做最后一道简答题。

程冽没有和她说这是一张他自制的试卷，题目都是从不同的地方收集的，再打印出来，最后两道简答题他故意选了难度很高的题目。

他自己做的时候都费了点儿时间，再加上今天要给她讲解，所以对这道题印象更深刻。

他眼睁睁地看着许知颜在呼之欲出的答案面前拐了个弯儿，为了能够拐个好弯儿，她还思索了一会儿。

他算是明白了，许知颜比他想象的要聪明许多，不愧曾经是市第四十六名。

程冽站在后头，勾着唇角，悄声笑了好一会儿。

程冽没有戳破许知颜，后来两个人各自沉浸在习题里。为了不再分心，程冽故意挪了下凳子，和许知颜保持了些距离。

虽然因为水龙头漏水浪费了点儿时间，但许知颜还是在两点半左右做完了卷子，她的神情显然没有上次轻松。

许知颜把卷子交给程冽批改时还有点儿犹豫，她紧锁的眉出卖了她的想法。程冽能看出来，她应该还在思考，大概是有什么题目难住了她。

程冽说："你是不是觉得这套题比上次的难？"

他的声音把她从解题思路中拉了回来，她的眉宇稍稍放松了些，她答道："这套卷子的出题风格有点儿多变。"

程冽边改边说："这是我拼凑的试卷，是来自全国各地的试卷题目。"

许知颜了然，拿起果汁喝，余光却瞥见程冽一反常态地从最后的题目开始批起。

他的侧脸棱角分明，显得俊朗又刚毅，但许知颜又想笑了。

因为他戴着这副平光眼镜，镜片下的眼眸漆黑如墨，可是他看东西不会觉得模糊吗？毕竟隔了一层东西。

现在闲下来，许知颜又开始思考他为什么要戴平光眼镜。

她记得有段时间很流行戴镜框，少男少女用镜框来装饰自己，难不成程冽也是走这种路线的人？

但这个想法很快被她否定。

她想起那天在火锅店站在程冽身边的男生。那个男生虽然比程冽矮一点儿，但很符合绝大多数女生的审美，肤白，清秀，穿衣打扮很潮流。

如果说程洌那位朋友戴个没用的眼镜用来做装饰，她会觉得没什么问题，但程洌明显不是这样的人。

她算了算，算上今天，她一共见过程洌三次，三次里程洌穿的衣服都和潮流扯不上关系，一件T恤或衬衫，再加上一条长裤和一双不知名的运动鞋就是他的全部。

穿得干净整洁就是程洌的风格。

他看起来不像是很在意外形的人，不然刚刚淋一身水应该会很不爽吧。

就在许知颜想着要不要问他时，程洌说他批改完了。

一百分的卷子许知颜拿了七十五分，很符合她中规中矩的成绩，许知颜也很满意这个分数。

程洌圈出错题后，对照着她的草稿纸看解题步骤，给她把每一道题重新讲解了一遍，连带着知识点和由此可以引出的常见题型也梳理了一遍。

许知颜也和上次一样，没有敷衍他，很认真、很捧场地听他讲题。

程洌看着她故作认真、虚心学习的样子，很想笑，但他忍住了，尽量严肃平和地讲解题目。虽然他不是真正的老师，但还是应该保持自己的“职业操守”。

他知道，许知颜应该在最后一道的最后一小问遇到了问题，她的草稿纸也反映出她在这道题上遇到了问题。

如果许知颜能够做出来，程洌会觉得有点儿挫败感和不可思议，因为他自己做的时候前两问还行，最后一小问解了半天还是做错了。

程洌注意到，在他讲这道题时，许知颜是真听进去了。她那双琥珀色的眼眸紧盯着试卷，她在跟着他的解题思路走。

两个人靠得很近，他能闻到她身上淡淡的沐浴露香气。他太熟悉这个香味了，是每年盛夏都会绽放的茉莉花的香味。

他擦洗时没有用许知颜家的沐浴露或者香皂，所以他闻着她身上的味道，格外明显。

她在白色的连衣裙外套了件米色的针织衫，一头长发披在后面，露出的侧脸白皙美丽。

程冽没有太多形容女生的词语，所以当时见到许知颜的第一眼脑海中冒出的词语就是美丽。

他见过很多很好看的女生，比如电视上的明星、学校里被追捧的校花，但许知颜和她们不太一样。她比电视上的人更真实，比那些涂脂抹粉的女学生纯粹干净。

他当时还把高傲这个词用在了许知颜的身上，原因很简单，一个人的眼睛最能表达情绪，许知颜大大方方地站在那里，又大大方方地打量他，不惧怕什么。

此时此刻他仍觉得许知颜是高傲的，他也终于明白她为什么自信，为什么像一只白天鹅。

她是喜欢学习的，题目都会，她有资本抬头挺胸。

他不知道许知颜为什么故作平庸，瞒了父母和同学。她看起来不像是一时堵气，也不像是恶意报复。她对什么都淡淡的，就像昨天，她明明什么都听见了，但什么都没有做，也什么都没有说。

她有一双明净清澄的眼眸。她不是心高气傲的傲，是一身傲骨的傲。而且，程冽觉得她的平静让她看起来很平易近人，甚至有点儿跳脱的可爱。

就像现在，她聚精会神地听他讲解，她的眼眸、神情和细微的动作，都让程冽觉得她很特别。

无法形容的特别。

许知颜是不知道程冽的心思的。她甚至没空抬头看一眼程冽，因为这道题刚刚足足困扰了她二十分钟。

假期进行到现在，她每天都会做各种试卷和习题，很少遇见这么绕的数学题，有点儿激起了她的征服欲。

程冽最后写出答案的时候许知颜还是没能从这道题里走出来，没有豁然开朗的感觉。

她蹙着眉，轻声说：“再让我看一遍。”

她把程冽的答案拿到自己的面前，对照着图形，又过了一遍题。

程冽坐在一边，不声不响地等她，眼眸里含着浅浅的笑意。他看了一会儿许知颜，把视线从她的脸颊转到了窗台上的虎皮兰上。

虎皮兰在室内植物里算是比较好养活的一种，但许知颜的这盆看起来状态不是很好，盆栽土上还有一层薄薄的白色物质。

虎皮兰旁边的书桌上堆放着一些书籍，是一些大小不一、封皮五颜六色的童话故事书，有大家耳熟能详的《一千零一夜》和《安徒生童话》，还有一些其他书籍。

许知颜的书桌整洁又死板，没有什么符合她这个年纪的物品，所以这些故事书显得尤为怪异。

他记得上次放在这里的是《淘气包马小跳》，现在换成了这些。

他又想起昨天许知颜在吃火锅时和那两个女生说她要去图书馆，他猜测这些书可能是昨天她从图书馆借来的。

因为好奇，程冽轻轻拿过那本《一千零一夜》，翻开第一页，上面果然印着图书馆的印章。

像他们这个年纪的人很少有人爱看童书吧？严爱、季毓天，还有程冽认识的其他同学和朋友，没有人会花时间看这些。

许知颜的兴趣和她这个人一样，有些独特。

这个夏天有些漫长，雨水也比往年多了不少，风雨拍在玻璃窗上，呼呼作响，骤雨快停歇时，许知颜终于从这道难题中解脱出来。

她放松了不少，眼角微微上扬着，她说："我好了，你继续讲吧。"

话音落下，她正好对上程冽似笑非笑的眼眸。

不可否认，程冽有一张英俊的面孔，剑眉挺鼻，黑眸薄唇。人总是喜欢美好的事物，许知颜也是如此。

她不知道自己是怎么了，望向他的眼睛的那一瞬，心像被砸了个洞，心跳骤然漏了一拍。

许知颜很快调整好自己的心情，也刻意避开了程冽的注视。

接下来的时间许知颜很难再把题目听进去，这是从来没有过的情况。

她把注意力都放在了程冽的声音上。他的声音低沉、富有磁性，放慢语速时给人一种平和稳重的信赖感。

下午四点补习结束的那一秒，许知颜松了口气，但下一刻她的心又被程冽吊了起来。

程冽收拾好东西起身，走到卧室门口时突然停了下来，转身叫她。

“许同学。”

许知颜觉得这个称呼真的奇怪，但还是回头应了声：“嗯？”

程冽又用那种似笑非笑的眼神看她，低声问道：“明天你要不要试一下高中奥数？”

高中奥数。

许知颜的第六感在高速运转。她眯了眯眼，轻声问道：“为什么要做奥数题？”

程冽还是没打算戳破她，说：“你以前成绩不错，基础应该很好，做奥数题可以拓宽你的解题思路。这两次补习下来，我觉得有时候你的思路有些问题。”

许知颜的细眉微挑。她没再盘根问底，说道：“那就按照你的安排来吧，你不是说有一套自己的方法吗？”

“嗯，好。那……我走了。”

“嗯。”

许知颜低头看了眼手中的草稿纸，思量着程冽的话，突然想起一件别的事儿。

她转身走出房间，程冽正在玄关处换鞋。

许知颜提醒道：“你的伞，别再忘了。”

程冽绑上运动鞋的鞋带，起身，拿过鞋柜上的雨伞，朝许知颜晃了下，表示感谢提醒。

程冽一走，整个房子好似一下就空了。

许知颜重新回到卧室，关上房门，看着狭小的房间，心里莫名地滋生出失落感。

房间里只留下了一个程冽喝完果汁的玻璃杯和几张覆满他的字迹的纸。

其实她很排斥一个陌生人就这样闯进她的世界，上次程冽来的时候她就不是很喜欢，不喜欢把书桌让出一半，不喜欢有人坐她房间里的凳子，不喜欢这里有陌生人的身影出现。

但因为程冽是个守规矩、话少，又很聪颖的人，她的排斥感减少了一半。

她和程冽不过有两三次交集，但他好像已经变得令她不容忽视。

许知颜把试卷和草稿纸叠在一起，想把它们收进抽屉里，可又想起程冽说的高中奥数。

她在书桌前坐下，仔细看着自己的错题。她坐了很久，久到她百分百确定程冽应该察觉到了什么。

许知颜一直在思索程冽是怎么知道的，整个晚上都心不在焉，也静不下心去完成自己给自己定的作业量。

她的专注力好像就在今天忽然被瓦解，还都是因为程冽。

吃晚饭时许志标和于艳梅提起了程冽，简单交代了下今天发生的意外以及阳台上一套陌生人的衣服。

于艳梅对程冽的印象很淡，几乎回想不起他这个人的形象，比起程冽的帮忙，她更在意程冽的补习有没有效果。

于艳梅问许知颜："这几天学下来你觉得怎么样？"

许知颜在神游，发现许志标和于艳梅都注视自己时，才回过神来，问道："什么？"

许志标说："妈妈问你这几天学得怎么样。"

"还可以。"

"挺好的就好。"许志标顿了顿，又说："明天我送你妈妈去寺庙，下午我也得走了，你一个人在家留个心眼儿。"

"我知道。"

每个月的月中于艳梅会去附近的寒玉寺烧香礼佛，会在寺庙里住一晚再回来。

许知颜知道许志标说的留个心眼儿是什么意思，毕竟家里没其他人在，一个陌生男子在家给她单独补习有潜在的危险，万一出了事儿，他们只会追悔莫及。

可就算他们意识到了这点，还不是更看重自己的事情吗?

也许是许志标想到了许知颜的想法，接下来的时间他没有再开口说话。比起他，于艳梅就显得自然很多，她的眼睛、她的思想从来都只关注自己。

许知颜找了个借口去楼下晃了一圈，雨淅淅沥沥地下，湿漉漉的马路映出五光十色的霓虹灯。

她发现自己没地方可以去，最后来到了这家熟悉的便利店，买走了仅有的两包干脆面。

她这段时间已经集到了十多张不同的卡片。

但这两包干脆面里的卡片都是她有的，这让许知颜心里有点儿不顺畅。

她咀嚼着干巴巴的面，望着被雨水冲刷的城市，忽然想起那晚程洌给她递了瓶水。

其实他大可以装作没看到她，更没必要请她喝水，他们本就不怎么熟。

但可能程洌就是这样的一个人。他十分细心体贴，通过这两天的接触她更确定了这点。

他会在进她家的时候，用塑料袋细心包好湿了的雨伞；会在看见她给他送伞时掐断香烟；会在偶然遇见的情况下贴心地给她递一瓶水。他给她买药时也体现出了细心的特点，就算不太懂，还是很认真地比对药物，和医师说明情况，就连他朋友洒在地上的咖啡他都会自行清理干净。

他也很会顾及他人的感受。比如今天，他提到于艳梅不在意她的衣服和伤时，她能看出来程洌似乎想和她道歉。

她和程洌依旧算不上太熟，可他这样的人，的的确确是个挺好的人。

也许正因为他是这样细心的人，所以能轻易发现她的秘密，也可能是第一次补习时她的破绽就很多了。

今天程洌没有直接问她，也没有和许志标交流有关她的事。她看得出来，程洌想给她做奥数题是真的想给她尝试点儿不同的东西，而不是在影射什么。

她觉得程洌愿意帮她保守秘密。

可许知颜转念一想，就算程洌和于艳梅说了，那又怎样呢？

她几乎可以想象于艳梅听到这件事后的反应。于艳梅会秉持着一贯的冷淡，不温不火地说："既然你都会，那考随大应该没什么问题。"

而许志标会在一旁沉默不语。

许知颜吃完干脆面后决定明天和程洌聊一聊。

许知颜回到家时客厅的大灯已经关了，只留了几盏小顶灯。许志标和于艳梅在他们的卧室里，过一会儿应该就熄灯睡觉了。

许知颜去关小灯时，瞥见阳台上飘荡的衣物。于艳梅把早上晾晒的衣服都收了，唯独没有收程洌的T恤和长裤。

许知颜真的觉得于艳梅这个人冷漠到连最简单的人情世故都不想理会。

这也算是种天赋吧。

许知颜走到阳台上，摸了摸程洌的衣服，衣服已经干了。夏天的衣服薄，即使下着雨晾七八个小时也干得差不多了。

她收下程洌的衣服，拿到自己的房间。

没有意外，她的书桌上有一杯还温着的纯牛奶。许知颜没有喝牛奶，把奶倒进了盆栽里。

许知颜把程洌的衣服叠得像两块豆腐块儿，放在了枕边。

已经是晚上九点，平常这时候她差不多做完一套习题了，或者在吃饭前就能做完，但今天的计划被程洌打乱了。

许知颜看着自己摊在书桌上的试卷，静了静心，准备重新投入进去。

只是她又失败了，握起笔的刹那，她会想起程洌的眼睛。

她找不到合适的词语来形容他的眼睛，如果非要说的话，大概那是一双漆黑的眼睛，和他这个人一样，他的眼眸也是有温度的，像冬日里的焰火。

他笑的时候很迷人。

许知颜知道今晚是做不成题了。她把笔一放，干脆躺在了床上。

但她不想这么一直想着程洌，百般无聊间，靠在床头看起了《一千零一夜》。

后来不知道到了几点，许知颜迷迷糊糊地睡着了。

这一晚，她又梦到了程洌，而梦里的内容实在离谱。

梦里，就在这间狭小的房间里，程洌裸着上半身，头发湿漉漉的。他把她抱在怀里，黑色的眼眸里有笑意，宽厚的手掌贴在她的背脊上。

他用十分喑哑的声音问她："你说跟着我走，真的想好了吗？"

和前一晚的梦境结合，她回头看见悬崖上的人，依旧如此。

她看向程洌，说："想好了。"

两个人贴在一块，鼻尖对着鼻尖，眼睛里情绪暗潮涌动。

夜晚，程洌准备好明天给许知颜的题目后，开始整理客厅。

程扬已经安然入睡。他最近开始痴迷用牙签做数字符号。客厅里胶水、断裂的牙签和零散的纸张摆了一地。

收拾完这些，程洌抬头看了眼挂在墙上的时钟，十二点多了，程孟飞还没回来。

程孟飞最近接了个新活，考虑到花卉盆栽的销售渠道有点儿狭窄，经别人介绍，他认识了几个单位的后勤，有些单位比起购置花卉更想长期租赁。程孟飞就打起了这个主意，租花的价格会便宜一些，浇水施肥也都是自己承包。

一整天程孟飞都在跑单位，签合同。

还有这些天接二连三的暴雨，差点儿淹了花圃，一伙人也是费了点精力。春夏的植物长得飞快，定期修剪、育苗、施肥和锄草都很耗人力。

程洌洗完澡在客厅里坐着，阳台的门开着，暴雨混着午夜凉爽的风徐徐涌入。

他翻了几页高考英语词汇手册，f 开头的单词已经背得差不多了。

搁在茶几上的手机忽然振动起来，屏幕亮起，弹出一封未读短信。

是严爱，严爱问他睡了吗。

程洌盯着这几个字看了好一会儿。

他私底下和严爱没什么交流，在学校里交集会多一点儿，因为坐得近，再加上严爱性格比较开朗，跟谁都能聊。

程洌回复她：没有，有事儿吗？

严爱没有回复他，直接打了一个电话过来。

程洌怕吵到程扬，去了阳台，关上推移门后才接电话。

严爱的声音听着很精神。她问他："喂，阿洌，明天你有空吗？"

"没空。"

"我是说晚上！"

"怎么了？你有什么事情？"

严爱叹了口气："前两天我不是和你们说了嘛，就演唱会啊，你们都不愿意去。可是我早就把票买好了，季毓天那个浑蛋还回老家了。我问了一天，没人陪我去！他们一个个不是出去旅行了就是去补课了，真没劲。"

程洌懂了，说道："但我也挺忙的，实在抽不出时间。"

"噢……那……那……"

"嗯？"

严爱小心翼翼地说："那……那天被我撞到的那个女孩呢？就是你的学生，她愿意去看演唱会吗？"

"什么？"程洌对严爱的想法感到诧异。

"就是……哎呀，反正我找不到别人陪我看，就想着要不要请那个女孩看，毕竟我撞了她。她人也挺好的，一直说没事儿、没关系，我心里头有点儿过意不去。你不能帮我问问吗？"

程洌试想了一番，对严爱说："我觉得她应该不会去的，你会接受一个陌生人的邀约吗？要不你把票转手卖了吧。"

"演唱会是明天！明天晚上七点！我现在卖给谁去啊？我不认识黄牛，又没有什么人脉，而且我很想看啊，只是想有朋友陪着一起看嘛！我要哭了，这年头怎么免费请人看演唱会都没人愿意去呢？！是我哥哥的名气太小，不吸引人吗？可是他们真的巨帅！他们比季毓天那浑蛋帅一百倍！”

程洌笑了。

严爱苦恼地问：“你笑什么啊？我是认真的，你帮我问一下行不行？就算我给她的道歉，好吗？”

程洌思忖片刻，说：“那我明天问一下她，不过你要做好心理准备，她应该不会去。”

“好！谢谢你，阿洌！我手上有三张票，她如果去的话你也要记得来哦！”

“再说吧。”

挂了电话，程洌倚在阳台上抽了支烟。

严爱喜欢那个明星团体，他和季毓天都知道。她就是那样一个人，做什么都风风火火，想到什么做什么。

不过那个团体确实不算太火，至少他和季毓天都不认识。这次的演唱会他们很早之前就听严爱提过了，以为她只是嘴巴上说说，没想到她真买了票。

严爱买了三张票，原计划就是让季毓天和他一起陪着去的。

但他对这些真的没兴趣，加上学期结束，暑假有一堆事情要做。他要帮程孟飞打理花圃生意，照顾程扬，还要兼职做家教。

他马上要上高三了，要做的事情更多了。

严爱的小心思其实他看得一清二楚，她哪里是想请他看演唱会呢？只是她自己不好意思单独找季毓天一起看罢了。

他也不知道季毓天怎么想的，说回随城就回了。

程洌抽了一半的时候想起许知颜，这个聪慧却对周遭的人都很冷淡的女孩。

如果他和她说这个事情的话，她应该一时半会儿反应不过来，然后用那双细长澄澈的眼眸看着他。

她会微微笑着，很客气地拒绝严爱的邀请。

比起她这种疏远又礼貌的微笑，他更喜欢今天白天她发自内心的笑，目光流转，眼含春意。

程冽的脑海中闪过许知颜对他说的一句话——“我就觉得你人挺好的。”

就是这句话，让他下午分心了很久。

从小到大，很多人都这么评价过他。长辈说阿冽是个好孩子，老师说程冽同学是个品学兼优的学生，程孟飞说他的儿子心地善良，成绩也好，就连不太爱说话的程扬也曾抱着他，说哥哥你真好。

但许知颜好像不能和他们归为一类。

他们的评价让他觉得欣慰和满足，许知颜说的话则让他心绪紊乱，像一根羽毛，轻轻拂过心头。

很久以后，程冽回想这一刻，终于找到了合适的词语来形容：怦然心动。

烟燃尽时程孟飞回来了，携着一身的风雨和疲惫感。

程冽听到动静后从阳台上走出来，问程孟飞：“吃过饭了吗？”

程孟飞见儿子又在等他，说：“你大半夜不睡觉等我干什么？你老爹是三岁小孩？饭倒是还没来得及吃，不急，我先冲个澡，等会儿用热水泡点儿饭吃就行，有剩饭吧？”

“有是有，要不我把剩饭用鸡蛋炒一炒吧？”

“别费那功夫了，你赶紧去睡觉吧。”

程冽没听他的话，兀自进了厨房开始忙活。

程孟飞看了眼程冽的背影，笑了笑，转头进了浴室。

这座老旧小区陷入了夏天的黑夜中，只有他们一家还亮着灯。

程孟飞洗完出来，扒了几口热气腾腾的饭，长舒了一口气。

到底是年龄四字开头了，程孟飞渐渐有些扛不住这样奔波和昼长夜短的生活，他的眼袋很重，饱含沧桑的眼睛里布了几道血丝。

程冽坐在他对面，轻声问道：“你说的那几家单位都谈妥了吗？”

“妥了，明天人家就把钱打过来。人家还给我指了条路呢，你猜，除了那些单位的大厅需要，还有什么地方需要租摆花卉？”

“一些短期活动场合？”

两个人说话的声音都很轻，怕吵着程扬。

程孟飞嘿嘿一笑，说道：“到底是我儿子，猜得这么准。人家和我说，还有很多地方需要租摆花卉，比如一些会议、庆典或者庆祝活动。那些场合不都需要植物来装饰吗？以前都是买，现在人越来越精明了，觉得买不划算，都想租。但说实话，租花总没有卖花舒坦，不过也算一条生意路。”

程洌想了想，说：“现在的生意不是比以前好做很多吗？租赁其实是个不错的方案。生活节奏越来越快了，便捷、高效率的东西是现在人们需要的。”

“所以说嘛，社会在进步，人的思想也要跟上，等这事儿弄完了，咱家的名气出去了，你老爸还想再去别的城市试试。我看他们都搞快递，我想着可以借物流生意拓宽下营业范围。”

随着网购的普及，这几年快递业确实快速地发展起来了。

程洌给程孟飞倒了杯温水，笑着说：“你今年怎么跟拼命三郎似的，其实慢慢来不也挺好的？”

程孟飞：“你小子一点儿都不懂得未雨绸缪，先不说之前亏的钱还没还清，就拿现在来说，小扬的病我知道就这样了，但康复治疗不能断。你也要上高三了，再过一年就上大学了，大学毕业了不就得讨老婆了？咱们不赶紧弄点儿钱，哪个姑娘愿意跟着你？这社会别提多现实了。”

程洌第一次发现程孟飞的心思是细腻的，以前从不知道程孟飞会想得这么久远。

程洌说：“那些事儿还早，以后我靠自己就好。我只是希望你稍微顾着点儿身体。”

程孟飞笑得更开心了：“行了，老爸知道你孝顺，你有这份儿心，我就算是爬着送货都是欢喜的。”

程洌笑了两声，转移了话题，说：“明天那辆面包车李叔他们要用吗？”

“面包车？不用，他们明天不出园，你要用？”

“嗯，明天晚上我可能会很晚回来，不过也不一定。”

“行，没事儿，明天我也不出园，晚上我给小扬烧饭。”程孟飞见程洌心不在焉的，笑着道，“干啥啊？明天晚上你要出去约会？”

约会这两个字戳中了程洌的笑穴，他敛了敛眼睫，说：“不是，我就是有点儿事。”

“随你，你要开就开。”

“好。”

次日清晨，许知颜从大汗淋漓的梦中惊醒，睁开眼时天旋地转。

梦里炙热的体温和干渴的感觉久久不散。

她盯着天花板，抬起手，难为情地捂住了眼睛。

为什么这种梦的对象是程洌？自己为什么会做这种梦？

许知颜躺在床上百思不得其解，而梦里一帧帧的画面总是情不自禁地占用她的思绪。

于艳梅制定的生活作息表，许知颜每一天都遵守，只有这天早晨，她像粘在了床上，不想动也不想起。

时间一分一秒地过去，她觉得自己想了很多，可又好像什么都没想。

直到于艳梅来敲门，许知颜才深吸一口气起床。

许知颜站在洗漱台前，看着镜子里的自己，眼神闪躲了起来，而且她的耳朵到现在还是红的。

吃完早饭，许知颜因为梦到程洌而觉得头痛，刚想回房间，于艳梅突然叫住了她。

于艳梅从自己的卧室里拿出了这些天她一直忙的成品，一件黑色的毛衣。

于艳梅在许知颜的身上比量了一番，点着头说：“大小差不多，我去洗一洗，入秋你就可以穿了。”

许知颜没什么表情地看着她，往后退了一步，低声说道：“知道了，我先回房间了。”

许知颜走到房门口时回头看了眼坐在沙发上的许志标，他正在看报纸。

她自嘲地笑了笑，进屋关上门，把自己和他们隔绝。

这个房间，黑色的床单，黑色的书柜，深灰色的窗帘，衣柜里是黑灰色系的秋冬衣物，一切都不是她的喜好。

这一上午许知颜把自己关在房间里刷题，当然，整个许家一如既往地安静。

于艳梅和许志标是不会吵架的夫妻。他们相敬如宾，两个人都有各自的兴趣，互不打扰。不过在许知颜看来，其实许志标更包容一点儿，这种包容让许知颜觉得乏力又难得。

这个家庭有很多地方让人不满意，有很多地方让人心生疲惫，但这种静谧又冷漠的环境，是许知颜喜欢的。

于艳梅早早就收拾好了要去寺庙的行装，和往常一样，帮许知颜把晚饭准备好了放在冰箱里。

因为去寺庙要绕一段路，吃过午饭后，许志标就载着于艳梅走了。

许知颜看着时钟嘀嘀嗒嗒地走，又看不进书了，还有不到一个小时，她就要见到程洌了。

这让她又想起那荒唐的梦，她有点儿难以面对程洌。

十二点四十分时门铃响了，程洌这次比前两次来得早一些。

许知颜深深地吸了口气，调整好自己的心态，去给他开门。

程洌还是那副打扮，简单的T恤和牛仔长裤，干净利落。

许知颜打开鞋柜，拿出一双拖鞋递到他的脚边。她不太敢看程洌，起身后径直走向了厨房。

她问他："你想喝什么？"

程洌在换鞋，听到许知颜的声音，几乎是控制不住地嘴角上扬。

他说："我不喝也可以的，不是非要喝水。"

许知颜没有听他的，给客人倒水是应该的，是礼节，但她家应该没有程洌特别想喝的东西。

昨天许志标端的果汁是于艳梅现榨的，今天已经没有了，许知颜也不知道家里的榨汁机放在哪里。

对着冰箱瞅了半天，许知颜拿出了牛奶，朝站在客厅里的程洌瞥了一眼，问道：“牛奶可以吗？”

“都行。”程冽随性地说。

许知颜给他倒了很满的一杯牛奶，又问他：“要加热吗？”

“嗯？不用，这样就可以了。”

许知颜端着牛奶和程冽一起进了卧室。她其实是有自己的心思的，怎么说呢？如果程冽愿意喝牛奶的话，那今天的分量就不会被浪费了。

与此同时，许知颜再一次觉得程冽是个不错的人。

她没有进卧室，他就在客厅等她。这是属于程冽的教养和礼节。

可惜这样好的人，她却对他有了突兀又过分的遐想。

程冽从书包里拿出昨天许家借给他的衣服。他用干净的塑料袋装着衣服，说：“衣服都洗过了，我也检查过一遍，衣服没有污渍了。”

说起这个，许知颜转身从枕边拿起他的衣服，双手捧给程冽。

她说：“这是你的，要不要给你找个袋子装起来？”

“不用了。”程冽直接把衣服塞进了书包里。

许知颜把许志标的那套衣服送回了主卧，按照于艳梅对衣柜的整理顺序，把衣服放在了最下层。

她发现程冽叠衣服很好看，像商场里的人叠衣服，而她和于艳梅是属于那种只要叠得四四方方就好的人。

许知颜抚摸了几遍衣服，轻轻笑了。

回到她的卧室时，程冽已经把要做的试卷给她摊好了，是两张A4纸大的小卷子，一张是奥数题，一张是高二数学题。

程冽说：“你先把高二的题做一下吧，我选了些比较有难度的，但量少，一个小时应该能做完。你做完之后我们今天可以尝试下奥数题。”

程冽顺便递给她一本关于奥数的书：“如果你对奥数感兴趣的话，这本书你可以看看。”

许知颜在他的身边坐下，翻了几页，这本书是两年前出版的。显然，程冽应该看过无数遍了，封皮已经掉颜色了，纸张也没有那种韧劲。

许知颜笑着问他：“你很喜欢奥数吗？”

“一般吧。”

“那你……”

程洌笑着说：“小时候不知道为什么突然刮起一阵奥数风，班里的同学去学，我妈就让我也去学了。接触之后，我发现奥数其实并不难，还挺能拓展思维的。我希望你也能用不同的思路去解题，除了提高成绩，开拓思维也挺重要的，不是吗？”

不知为什么，许知颜从他的眼里看到了一个很辽阔的世界。

她和程洌真的不同。她不是没有接触过奥数，甚至程洌说的奥数风潮，她也曾深陷其中。

那时候她胜负欲比现在要强，不甘落后，不愿意让人超越自己，学得卖力，学得疯狂，但和程洌的想法截然不同，她所做的一切只是为了在考试时有个好名次。

她觉得所学的一切是为了最后的分数准备的，什么开拓思维，什么课外兴趣，最终的目标只是考上好的高中、好的大学和家里人赞赏有加的目光。

那时候她才多大，十来岁的年纪，还不太懂人情世故，也不懂什么是好的高中，什么是好的大学，大人说有出息的孩子考最好的高中和最好的大学，她就发誓要考最好的高中和最好的大学。

她也不是天赋异禀的人，刚上学的时候英语成绩和数学成绩都不怎么样，家里人对她很失望。

她看不得爸爸妈妈失望的眼神，害怕奶奶的嘲讽，一边哭一边改错题。

老师总说笨鸟先飞早入林，勤能补拙，她真的听进去了。

她除了课间会和同学一起跳皮筋，打打卡片，其余时间她努力地学习，按照老师建议的学习方案来学习。就连周末她也很少出门，不和周围的小朋友玩。

有时候她觉得自己不服输的性格就是那时候养成的。那会儿，她喜欢攀比成绩，喜欢遥遥领先的感觉，也很喜欢爸妈看自己时流露出的淡淡的微笑。

除此之外，她还参加了很多当时流行的课外兴趣班。她天真地希望自己能变得很强、很优秀，能让人觉得她是可塑的，能让爸妈真的喜欢她，并为有她这个女儿而骄傲。

后来她发现，其实这些是徒劳之举。

不过许知颜时常开导自己，至少也得感谢他们吧，如果不是他们给了她动力激发了自己对学习的渴望之情，她不一定能有优异的成绩，也学不到其他的技能。

“你在想什么？”程冽问。

听到程冽的声音，许知颜从回忆中回过神。

许知颜轻轻摇头，笑着说：“没想什么，我只是觉得你说得挺对。这本书我会好好看的，谢谢。”

“嗯，有什么不明白的你可以告诉我。”

“好……”

结束了话题，许知颜拿过笔开始做卷子。

程冽捏着一页题册，指腹摩擦了几下，用余光看了几眼许知颜。

他在思考着怎么说严爱的事情。

踌躇许久，程冽决定如实说就好。

他先是清了一下嗓子，随后用一种轻松随和的语气说道：“我有个事儿想和你说。”

闻言，许知颜下意识地认为程冽是要说她学习的事情。

这也挺好，她正不知道怎么打开这个话题，如果他直说的话，她也会坦诚地和他交流。

但下一秒，程冽缓缓说道：“是这样的，前天不小心撞到你的那个女孩想请你去看演唱会，你愿意去吗？我和他们提起过你是我补课的学生，所以他们知道我认识你。那个女孩叫严爱，性格比较开朗热情。她觉得很不好意思，把咖啡洒了你一身。正好，她买到了票，但是找不到人一起看，就想做个人情请你看，就当和你道歉了。”

如程冽预料的那样，许知颜听到这个事情一时反应不过来，她的神情很好地展现了她的想法：惊讶，意想不到，又有点儿尴尬。

程冽莫名有点儿失落，不过笑着说：“如果你不愿意去的话可以拒绝，我在电话里也和她说过，你应该不太想去……”

“那你会去吗？”

许知颜打断了他的话。

程冽愣了下，随即唇勾了一个更大的弧度。他说：“如果你想去的话，我就一起去。”

“什么时候？”

“今晚七点，卢州体育馆。”

“那我去吧。”她点点头说。

刚刚她下意识是想拒绝的，这个邀请很突然，也很莫名其妙。许知颜本来就不是喜欢出去参加活动的人，跟陈玫和杨倩芸认识两年，几乎没和她们出去逛过街。但望着程冽的眼睛，她忽然想答应这个邀请。

她想试着去了解程冽眼里的辽阔世界，想看看死板的生活之外的样子。

或者说，因为程冽也会去，她才想去尝试。

程冽笑得更开心了，眼睛一眨不眨地看着她，说：“那我现在给严爱发个消息，说你愿意去。”

“好啊。”

“那你的父母呢？他们同意吗？演唱会大概得进行到半夜，你得和他们报备一声才行。”

程冽正准备发信息，突然想到这一点。

许知颜说：“他们不在家，我妈妈去寺庙烧香了，明天上午回来，我不用和他们报备。”

“他们不在吗？”程冽抬起头。

“不在。”

程冽沉默了，然后说：“要不还是不去了吧，也许你信任我，但我想你的父母会担心的。”

许知颜勾了下唇：“如果他们真的担心我，今天会让我一个人在家里吗？程冽，如果你不是个好人呢？如果你忽然心生歹意呢？”

她很平静地说着这些话，语气里没有丝毫对父母的责怪之意，不是体谅父母，而是不在意，就像她第一次给他留下的印象，她对一切好像都无所谓。

许知颜的父母在程冽这个外人看来确实有点儿奇怪，父亲还好一点儿，母亲似乎比较严肃。但今天这种情况他也是第一次碰到。

以往他补习的时候，不论学生年龄大小，家长会陪同，就像昨天和第一次给许知颜补习一样，得留个大人在家里看着。

相比之下，这次许知颜的父母未免太大意了。

家里没有摄像头，也没有第三者在，如许知颜所说，如果他忽然心生歹意呢？

许知颜见他沉默，平缓地说："虽然我们不是很熟悉，但我觉得你是个很好的人。我本来也可以不给你开门的。"

程冽从静默中抬起头，低声问道："那去看演唱会，你真的想好了吗？"

许知颜觉得这话有点儿耳熟，脑海中陡然跳出昨晚的梦境。

梦里，他问她："你说跟着我走，真的想好了吗？"

而此刻的情况也跟梦里一样，悬崖上是相熟的人，却没有一个人把目光放在她的身上。于艳梅没有，许志标没有，那些她曾经十分信赖珍惜的人也没有。

许知颜回过神，说："我想好了，这没什么的。"

她微笑着，好像真的很相信他。

有生之年，程冽第一次觉得心脏膨胀了起来，被一个不算很熟悉的女孩这样信任，他浑身的血液都沸腾了，好像有什么东西在他的心口破土而出。

也许是雄性的本能，他突然滋生出一种想法：今晚，他一定得照顾好她。

程冽的眉眼缓缓上扬，脸上泛起温和的笑意。

他说："我知道了，我会和严爱说的。你抓紧时间做题吧，我……我去客厅待着，你写完了叫我吧。"

"客厅？"许知颜没听明白。

程冽解释说："既然你家里没人在，我们还是分开待着比较好。虽然听到你说我是个好人我挺开心的，但是我们还是隔点儿距离比较好。你也别太轻易地相信别人。如果以后你还有补习需求，遇到的老师不管男女，没有第三者在场的情况下，我建议你还是放弃补课比较好。你是女孩子，女孩子总是更容易吃亏。”

许知颜注视着他的眼睛，他的眼睛漆黑，却蕴藏着一片温柔的天地，她的心头就这样微微热了起来。

听着程冽用这般老成的语气说话，她又笑了。

程冽见她笑，心里的忐忑感便没了。他还挺担心刚刚的对话会让许知颜听了不开心。因为和昨天一样，他似乎再一次戳中了许知颜的心事。

他收拾了题册，拿起书包要往外走，说：“我就在客厅，不会随便走动的。你要是不放心，可以把其他房间的门锁上，贵重的物品收一收。”

许知颜摇头：“没关系，家里也没什么。不过，你真的要去客厅吗？”

她认为他没必要这样做，她已经表达了对他这个人的看法，今天愿意给他开门，愿意接受这个邀请，都证明了对他的信任。

程冽拿上那杯牛奶，低声说：“你好好做题吧，我就在外面。”

她随他去了。

许知颜垂眸轻笑着，那颗心越来越烫，连脸颊都烫了起来。

两个人在不同的空间待着，但这比紧挨着一起坐还撩人。

许知颜撑着下巴，眼前的一道道习题仿佛都有程冽的味道。不难看出，这又是一张程冽自己收罗拼成的小卷子。

回味起刚刚和程冽的对话，许知颜很难忽略那句和梦境重叠的话语。

这很奇妙，连续两晚她都做了这样有预见性的梦，搁在她看的故事书里，像她这种情况是不是说明她有什么隐藏的天赋呢？

抛开这些不切实际的想法，许知颜知道，更多的应该是日有所思，夜有所梦。

她在心里默默发誓，她对程冽没有非分之想。一定是因为昨天程冽被淋湿了，她看到了他的身材，才会做这种荒谬的梦。

程冽的身材真的不错。

在许知颜的印象中，身边的男生很少有他这种体格，少年总是偏瘦一些，不像他，线条流畅又完美。

想到这里，她脸颊滚烫得几乎可以煮鸡蛋了。

因为想着演唱会的事儿和程冽这个人，许知颜忘记了一件很重要的事情。

她昨晚决定今天和程冽聊一聊，关于他突然给她做奥数题，关于他是不是发现了她的秘密。

直到她做完题，准备留程冽吃晚饭时她才想起这件事儿。

她这次没有刻意隐瞒程冽，两份试卷都展现了真实的水平，包括草稿纸。

她注意到，程冽在批改时一点儿惊讶的神色都没有，这更说明他对她这个人心里很有数。

程冽还是什么都没说，反而夸奖她："你做得很好。这道题昨晚我自己做时还卡了一下，后来翻了参考答案，发现有不同的解法。你想听吗？"

她想打开话题的，但被程冽的两种解法打断了。

程冽给她讲题也不像前两次那样了，不是老师在给学生上课，更像是两个人在探讨一道题，让人没有任何压力，甚至让人感觉是愉悦的。

这点许知颜和他又很不同。她对待题目永远是激进的，虽对不同的解法感兴趣，但未曾觉得解题是件愉快的事情。

努力学习，认真刷题，从来都是痛苦的，因为她较真儿。

但这一次，看着程冽轻松的神态，她也放松下来。

那份奥数试卷她做得没有预期的好。她已经很多年没碰过奥数了，可程冽还是夸奖了她。

他看着她的时候，眼里有光。他的声音混着窗外的雨声，显得格外有磁性，她的耳朵都酥了。

但结束补课时，两个人陷入了奇怪的氛围中，他看着她，她看着他，好半天才打破沉默。

程冽问她："演唱会七点开始，我们需要五点多出发，得提前到那里和严爱会合。现在已经四点了，你要不要和我一起吃饭？"

许知颜正有此意。她下午开小差的时候想过今晚的时间安排，如果去看演唱会的话，除去车程，他们还得提前进场，可能还需要时间准备一些东西，比如雨伞、水和零食。

两个人站在书桌前，各自收拾东西。

许知颜把试卷和草稿纸叠在一起，放在桌面上磕了磕，用右手撩起耳边的头发，将头发掖到耳后，半边姣好的容颜就露了出来。

她那双细长清澈的眼眸里眼波流转着，最后目光落在他的眼睫上。她轻轻地说："应该是我问你，你要不要和我一起吃饭。我妈中午准备好了晚上的饭菜，热一下就可以吃。"

这是程冽第一次被女生邀请吃饭。

程冽心头一动，应了声好。

两个人转过脑袋，收拾了半天还没整理好的书桌，最后不约而同地去拿桌上的一张废稿纸，两只手就这么轻触到了一起。

两人的手是热的，烫的。

两个人皆是一顿，紧接着不动声色地佯装自然地收回手。

程冽把那张废纸对折，喉结滚动，说："把这个扔了？"

"嗯。"

下午四点的天还算明亮，可到底烟雨迷蒙，天是阴的。

那雨就像万千银丝，直直落下，玻璃窗上爬满了水珠，但还是映出了两个人的脸庞。他们的眼睛里都含着笑意，淡淡的，宛如春日里欲绽放的花蕾。

之前程冽在客厅里刷题的时候十分规矩，除了借用过一次卫生间外，就没离开过沙发。

他前两次来是直接进了许知颜的房间进行补习，没仔细看过这个家。

这次，许知颜领着他往厨房走，他稍稍环顾了一圈。

这个家真的很干净，所有物品都被整齐有序地摆放着，就连厨房的碗碟都是按颜色深浅摆放的。

许知颜打开冰箱门，小心翼翼地拿出于艳梅中午炒好的菜，盘子上还封了一层保鲜膜。

程洌站在她的身侧，下意识地去接盘子。

许知颜朝他笑了下，说："盘子放流理台上就好，嗯……我把保鲜膜撕了，把菜放在微波炉里热一下应该就可以吃了，饭的话……应该在电饭锅里。"

这下轮到程洌笑了。他看着这三菜一汤，说："这都是你妈妈留给你一个人吃的吗？"

"嗯。"

程洌觉得虽然许知颜的母亲有点儿严肃，虽然之前许知颜说他们不在乎她的伤和衣服，也不在乎今天她一个人在家里安不安全，可好像在吃饭这方面他们对女儿还是上心的。

他没发现，许知颜的笑意敛了些。

她背过身，弯腰把菜放进微波炉里，思量了会儿，问道："你觉得高火，三分钟可以吗？还有，我之前在电视上看到，最好不要把瓷碗放进微波炉，要不要把菜装进塑料盒里再热？"

程洌走到她的旁边，也俯下身，研究了下她家的微波炉。

这是几年前的款式，微波炉只有时间和火候键，通俗易懂，但把两个人都难住了。

程洌自己家是前两年才买的微波炉，买的最新款，有明确的指示，比如米饭需要加热一分半钟，包子需要加热一分钟。

买了微波炉以后他和程孟飞很少用，因为家里的饭菜都是新做好的，要热菜的话也是用煤气灶，快捷方便。

程家买微波炉是因为程扬。程扬虽然不太喜欢说话，但他很聪明，什么都懂。程扬在逛街的时候对这个微波炉一见钟情。

程扬很少开口要东西，所以程洌和程孟飞给他买了微波炉，就当家里添置了一件电器。

那时候程扬痴迷分解电器，那个微波炉理所当然地被他拆开了，后来是程洌将微波炉拿到维修店修好的。

两个人沉默了一会儿，程洌把菜从微波炉里拿了出来，说："我也不太清楚具体的时间和火候，我给你用锅热吧，三个菜很快的。"

许知颜扬了下眉，问道："你会做饭？"

"我会一点儿。"程洌看着她家的厨具，不好直接下手，礼貌性地问道，"是用这个锅吗？"

"应该是的，没关系，你可以直接用。"

程洌把锅清洗了一遍，开火，倒入青椒炒肉。锅遇火，锅内噼里啪啦作响。

许知颜有点儿不好意思了，是她邀请程洌一起吃饭的，却让程洌热饭菜。

她站在旁边，想帮着做点儿什么，但这本来就是一件简单的事情，没什么地方需要她插手帮忙。

程洌动作很快，热菜，盛菜，洗锅，三两下就把三个菜热完了。

许知颜拿了两个白碗盛米饭。她给程洌拍足了一碗饭，生怕男生的胃口大不够吃，盛完后问他："这样够吗？如果不够的话，等会儿你可以盛第二碗。"

如果他要吃第二碗的话她就少吃点儿，因为于艳梅煮的米饭不是很多。

"够了。"他说。

许知颜点点头，给自己盛了小半碗米饭。

程洌在热汤，说："你就吃这么点儿？"

"时间还早，没到饭点，我不是很饿，吃一点儿就够了。"

程洌想到什么，低头一笑，没有劝她多吃点儿，只是微微点了下头。

许知颜家的餐桌是木质的长方形餐桌，挨着墙，墙上有一些照片，被白色的相框框着，程洌在吃饭的时候很难不注意到这些照片。

许知颜在吃饭的时候很安静，透露着一种公事公办的韵味。

他和程孟飞因为白天几乎见不到，所以有什么事情都是在饭桌上说，还可以聊聊家常，聊聊花圃的生意。

程洌吃完一碗米饭时许知颜还没吃完。她细嚼慢咽，很斯文。

见他放筷、擦嘴，许知颜才意识到自己吃饭太慢了。

她终于说话了，问程洌："还有很多菜，你不吃了吗？"

"不了，饱了，你慢慢吃，我等你。"

"不好意思，我习惯吃饭吃得慢点儿。"

"吃慢点儿挺好的，有助于消化，我是习惯吃饭吃快了。"

许知颜眉眼弯了弯，说："听说吃饭快的人性子比较急，你看着不像。"

程洌说："你看着也不像慢性子的人。"

两个人相视一笑。

这样干坐着有点儿尴尬，程洌把擦嘴的纸巾叠成方块用手转着把玩，他想找点儿其他话题接着聊聊。

目光无处安放，程洌索性看向了照片墙，看了会儿，指了指其中一张照片问道："那个穿孔雀服的女孩是你吗？"

七八张照片中，一张最外侧的照片上有个十来岁的女孩，穿着孔雀元素的修身的衣服，化着舞台妆，对着镜头露出了自信而甜美的微笑。

许知颜顺着他手指的方向看去，说："嗯，是我。"

程洌看着这张照片，嘴角噙着笑，不得不说，许知颜从小到大五官变化不大，她很好认，唯一不同的是他没见过她笑得那么开心。

她小时候蛮可爱的。

程洌的视线又瞟向另外一张照片，那是一张全家福，里头的女孩也是十来岁的年纪，但女孩明显不是许知颜。

女孩的眼睛圆溜溜的，乌黑如墨，她梳着一个马尾辫，笑不露齿。

程洌："这个不是你吧？是你的姐姐或者妹妹吗？"

许知颜盯着那个女孩，说道："是姐姐。"

"她和你同年吗？"

他好像从未见过这个女孩。

许知颜淡淡地笑了下，说："她叫许墨光，比我大了八九岁。她已经不在了。"

她不在了，去世了。

程洌手一顿，眸光微收敛。

他有了一个猜测，许知颜的家庭大概是存在一些问题的，但他不能再多问了，他没有这个资格。

程洌沉默了会儿，转移话题："那你的那张照片，你身上穿的是跳舞的服装吧？你小时候学过跳舞？"

许知颜怎么会不知道程洌的想法？但她还是很愿意回答他的问题，也愿意就这样略过姐姐的话题，说些别的话题。

她说："我以前学过民族舞，为了考试加分。那时候很流行这些，都说有才艺的话能加分，学奥数不也是这样吗？"

程洌想到她做的奥数题，问道："你以前学过奥数吗？"

许知颜坦诚地道："我学过，和民族舞一起学的。"

"怪不得……"他轻轻笑着，"我下午还在想，你到底是多有天赋，第一次碰奥数居然做得挺好。"

怪不得，之前他就隐隐觉得许知颜身上有股柔软又韧劲十足的气质，猜想她是不是学过舞蹈。原来，她真的学过。

说起这个，许知颜停了筷子，抬头看向程洌："程洌，我有件事情想问你。"

"嗯？"

"你知道了，对不对？"

没头没尾的一个问句。

可程洌凝视着许知颜的眼睛，很快猜到了她说的是什么。

程洌低声轻柔地说："嗯，我发现了。"

"你不问我为什么？"

"你想说吗？"

两人四目相对，气氛冷了下来，片刻后她缓缓地说："你愿意帮我保守秘密吗？"

"愿意。"

"谢谢……"

程洌垂下了眼帘，说："不过，你就要读高三了，希望明年高考后你能进入心仪的大学。"

他一句祝福表明了自己的态度。

他希望许知颜不会拿自己的人生开玩笑。无论她因为什么选择了隐瞒成绩，但明明是很优秀的女孩子，到最关键的时候该让自己的优秀绽放。

她学过跳舞，学过奥数，也许还学过其他他不了解的东西，曾经成绩优异，从来没有真正放弃过学习，别到最后成了个傻姑娘。

许知颜懂他的意思。

这一刻她几乎陷进了程洌的眼睛里，这种感觉像黑夜里温柔的月光在流淌。

她朝程洌露出一个还算明媚的笑容。

程洌很想安慰她几句，但不了解事情缘由，又能怎么说呢？

最后程洌笨拙地笑着说："我今天说了一些不该说的话，作为惩罚，我来洗碗吧。"

许知颜缓过神来，她的眼神一寸比一寸柔软，同时她又被程洌的话逗笑了。

她起身，收拾碗筷，说道："我来吧，已经让你帮忙热菜了，碗怎么能让你洗？"

"我来吧。"

"没事儿，我来。"

两个人客气了半天，程洌发现拗不过她，想也没想，握住了她的手腕，力道是轻的。

他说："你还绑着纱布呢，昨天说了伤口不能再碰水的，我来洗就好，一会儿就洗好，你可以去准备一下看演唱会要带的东西。"

许知颜反应过来时，程洌松开了她的手。

许知颜没再坚持洗碗，低声说："那我去准备一下，等会儿要不要去楼下的便利店买点儿吃的带过去？"

"不用，我都买好了，你有什么其他想吃的吗？"

“什么？”

程洌把车停在了花店前面，那边有免费的停车位。

傍晚时雨还在下，两个人拿着一把伞走到车旁边。

伞是程洌的，那把蓝色的格子雨伞。

出门时许知颜在玄关处翻找了很久都没找到一把雨伞，大概是于艳梅和许志标把家里的伞带走了。

程洌的伞根本不够两个人撑，他又不敢挨她太近，许知颜看见他把伞往她那边倾，他自己半边身体在淋雨。

来到车边，程洌给她打开副驾驶的车门，撑着伞等她上了车才从车前绕过去，快速地上了驾驶座。

他也没顾上自己湿淋淋的模样，神态轻松地从后座捞起一个沉甸甸的塑料袋。

程洌说：“我没看过演唱会，不知道应该准备些什么，就买了点儿小零食，你看看还缺什么吗？”

许知颜看着满满一袋子零食，一时不知该说什么。

良久，她说：“不缺什么了，这些够了。你……你怎么知道我一定会去？”

“没有，我猜你应该不想去，但以防万一，还是做了点儿准备。”

“包括这个车？”

“嗯，如果去的话，自己开车比较方便。”

程洌的准备实在太充足了，充足到让许知颜有种错觉，程洌好像很期盼她能去看演唱会。

她的眉眼间漾着淡淡的笑，她说：“我们像去春游一样。”

见她满意，程洌也笑了。他抽了几张纸擦完脸后直接发动车子。

许知颜把零食放回后头，这一放才注意到程洌的这辆面包车被改装过，后面是没有座位的，边角隐约还有些泥土。

她想起上次看见他给花店送货用的就是这辆车。

她问道：“你除了给学生补习还送货？”

程洌也记得上次的事儿，答道：“有时间我会帮着家里送送货。”

“家里？”

“我爸是做花卉盆栽批发的，有时候他忙不过来，我会帮点儿忙。”

原来如此，怪不得他给花店送货。

天一点点暗了下来，他们正赶上下班高峰期，红绿灯路口他们堵了一个又一个。

雨刮器一左一右地摇着，像时钟的针摆，数着时间的流逝。

两个人沉默着，怪尴尬的。许知颜抚了抚头发，望着外面的雨，说：“我们到那个体育馆大约要多久？”

“差不多四十分钟。”

绿灯亮起，程冽换挡起步。他侧过脸看了眼许知颜，问道：“时间有点儿长，是不是有点儿无聊？”

“也不是。”

“平常这个时候你在做什么？”

许知颜：“做卷子吧，做到差不多我就要吃晚饭了。”

程冽笑了：“除了做卷子，你没有其他的事儿吗？”

“有啊，上次不是和你说过嘛，我会看书。”

程冽想起她桌上那几本故事书，笑就停不下来了。

他说：“你喜欢看儿童文学？”

“你是不是觉得我很幼稚？”

许知颜看向他，两个人对视了一眼。

程冽说：“不是觉得幼稚，我是觉得很有意思。”

还有半句话程冽没说出口，他觉得她挺可爱的。

许知颜轻轻笑着说：“小时候我看这些书的时候只觉得里面的人很快乐，长大以后再看会有很多不同的感觉。那你呢，你平常这个时候在做什么？”

“我应该在做饭吧。”

“你家里的饭都是你做吗？”

“大多时候是我做的。”

“你会做什么菜？”

程冽："一些简单的家常菜，不过我弟弟喜欢吃粉蒸肉，所以这道菜我做得最好。"

聊起这些，许知颜忽然发现她和程冽是真的不熟。他们对彼此的了解只有对方的名字、年龄、成绩情况和性格。

所以此刻许知颜很放松，望着前面说："你还有弟弟？他多大？"

"他今年十岁，马上要上五年级了。"

"他的成绩和你一样好吗？"

程冽神情没什么变化，温和低沉地说："他生着病，所以没办法好好学习，不过在我眼里他是个聪明的孩子。"

后视镜里映出程冽的眼睛，漆黑而温柔。

程冽这个人不知不觉在她的心里慢慢变得立体起来。

许知颜没有再问关于他弟弟的事情，和程冽之前避开她姐姐的话题一样，她也觉得自己没有资格问，不方便多问。

程冽怕她无聊，从中央扶手里翻出CD。他一手扶着方向盘，一手把CD递给许知颜。

他说："要不要听歌？你看看你想听哪张？"

许知颜被厚厚的一摞光碟惊讶到了，有些碟甚至是七八年前的。

当时流行的歌她记得几首，比如《康定情歌》和《粉红色的回忆》，她总是听到大人们嘴里哼唱着。

不过，这些光碟里外文歌居多。

程冽看着她挑来挑去的模样，笑了。

许知颜感受到他的目光和笑意，问道："你在笑什么？"

"没什么，我就是忽然想起一个朋友说的话，就是那天和我一起的那个男生。"

许知颜记得那个男生："他说什么了？"

程冽："他以前和我说，女生都有选择困难症，也非常喜欢选择的感觉，嗯……就跟逛街一个道理。你是不是不知道该挑哪张？"

"你的朋友还挺了解女生的……不过我不怎么听歌，对歌曲不是很了解，只知道一些热门的歌曲。你喜欢听哪张？"

“那英文歌行吗？”

“行啊。”

程洌：“那就正面数第二张吧。”

许知颜小心翼翼地从薄膜里取出光碟，看了一眼这辆车的播放器。她推进光盘，按下播放键。

第一首歌是来自 Backstreet Boys（后街男孩）的 *As Long As You Love Me*（《只要你爱我》）。

许知颜听说过这个组合，他们貌似挺火的。

她听了会儿，问程洌：“你喜欢英文歌？”

“嗯，还行，能锻炼英语听力。”

许知颜愣了一秒，随即垂下眼眸，连连笑着说：“你听英文歌难道只是为了锻炼听力吗？”

程洌笑着摇头，说道：“我妈是个喜欢听英文歌的人，我从小耳濡目染，听习惯了，这里面好多碟是她留下来的。”

许知颜捕捉到一个关键的词语：留下。

程洌像是知道许知颜在想什么，温和地说道：“她在我十一岁时走了。她是个女警，抓歹徒时牺牲了。嗯……我们今天聊了这么多，是不是算真的认识了？”

许知颜轻柔地说：“算吧。”

到达体育馆后，两个人很快和严爱会合。严爱穿的衣服太扎眼，所以他们在人群中一眼就望见她了。

严爱穿的是在黑夜中会发光的荧光衣，体育馆入口乌泱泱的一片人，只有她会发光。

严爱跟许知颜不是很熟，所以一开始还有点儿拘谨，但她不吝啬表达自己的雀跃心情，满脸欢笑地对许知颜说：“我太开心了！阿洌和我说你会来的时候我快哭了，不然我一个人在下雨天看演唱会也太凄惨了！”

欢喜完了，她十分愧疚地说：“你的手好点儿了吗？”

严爱算是许知颜认识的第一个这么开朗的女孩。许知颜微微笑着说："我的手没事儿了，谢谢你邀请我来看演唱会。"

闻言，严爱眼睛都亮了。她实在太喜欢这个女孩了！她觉得许知颜长得好看，脾气还好。

他们等了老半天，终于要入场了。

严爱看着程冽拎的一袋零食哈哈大笑，打趣他们说："你们俩是来看电影的吧，这哪里吃得完啊？"

程冽："以防万一。"

演唱会快开始的时候许知颜去了趟洗手间。严爱憋不住了，好奇地问程冽："我在短信里问你她为什么会答应来，你怎么不回我啊？"

程冽："我哪里知道她为什么愿意过来，可能是她不好意思拒绝吧。"

"那不管了，反正她来都来了。不过阿冽，你怎么戴起眼镜了，你近视啊？"

"没。"

严爱眨了两下眼，恍然大悟："我忘了，你上次和季毓天说过，你补课前填写的信息是大学生，你不会是想用眼镜将自己伪装得斯文一点儿吧？"

程冽："你知道就别说了。"

"那个女孩不知道你是高中生吗？"

"不知道。"

"那我闭嘴，等会儿别把你的职业生涯断送了。"

程冽等了差不多二十分钟，许知颜还没回来，张望了很久，刚要去找人，许知颜就回来了。

程冽问她："你去了很久，是找不到路吗？"

"不是，在卫生间排队，人比较多。"

程冽点头，从口袋里掏出手机，将手机递给她，说："我的手机你先拿着，里面有严爱的电话，如果你等会儿还想出去，又怕找不到我们，就打她的电话。"

现场灯光忽然暗了下来，灯光暗下的一瞬间，程冽看见许知颜的眼里有一抹光。

黑暗中，她伸手接住了手机，在鼎沸的尖叫声中说了声谢谢。

没过一分钟，程冽又递过来两个东西，是应援头箍。

这是严爱为他们准备的。

程冽问她："你想要哪个颜色？"

应援头箍一个黑色，一个蓝色。

许知颜："蓝色的吧。"

舞台周边有烟火喷涌闪烁，两个人在忽明忽暗的光线中对视了一眼，很无措地笑着。

许知颜问："一定要戴吗？"

"嗯……看你想不想吧。"

许知颜的视线穿过程冽，她看向那一侧的严爱。严爱睁着水亮的眼眸，努嘴暗示她戴上，还大声地喊道："知颜，一起啊！"

伴随着台上组合的出场，以及高亢的一声："Are you ready（你们准备好了吗）？"许知颜的心在今晚彻底沸腾。

她戴上了应援头箍，两个蓝色的鹿角一闪一闪的。

程冽一时看愣了。因为许知颜戴这个头箍很好看，很可爱。

许知颜对上他的眼眸，笑着说："你不戴吗？"

"嗯？我吗？"

"对啊。"

"我戴这个的话，看起来应该很奇怪。"

但程冽看着许知颜充满笑意的眼睛，有些妥协了，试探地问："那我……戴上？这怎么戴？"

许知颜拿过他的发箍，调整好松紧度和后搭扣，对程冽说："你弯点儿腰。"

程冽俯下身。

两个人脸对着脸，只有十厘米左右的距离。

借着舞台的灯光，程冽第一次近距离看许知颜的脸，她眼角的小泪痣将她衬得楚楚动人。

许知颜给程洌戴上头箍，目光下移时，正好撞进程洌漆黑的眼里。

她不知不觉手心出了一层汗。

程洌直起腰，勾了下唇，有些无奈地说：“谢谢，那我就陪你们一起戴着吧。”

许知颜嗯了声，看着他这一米八几的大男生戴这种女生的东西，忍不住笑了。

很凑巧，严爱喜欢的偶像正是ASKY，就是陈玫和杨倩芸喜欢的那个组合。

许知颜对这个组合大概了解一些。这是个出道不久的新人组合，人气还可以，但没到尽人皆知的地步，就如这演唱会的规模，不算大也不算太小。

因为这个组合的人算是新人，自己的歌曲并不多，不能撑起一场演唱会，所以最后翻唱了别人的作品。

演唱会的最后一首歌曲就是那首 *As Long As You Love Me*。

那几句重复的歌词翻译成中文就是：

> 我不在乎你是怎样的人，
> 你从哪里来，
> 你做过什么，
> 只要你爱我就好。

后来，许知颜终于明白了这首歌，原来，真的爱一个人能爱到什么都不在乎。

第三章

# 程老师成了同桌

演唱会散场时已经快十一点了，雨后的深夜很凉爽，甚至有点儿冷，到处湿漉漉的，体育馆外面的紫薇花的花瓣凋零了一地。

他们还算幸运，雨很快停了。

三个人走出体育馆，迎面的风让两个姑娘不约而同地战栗了一下。

严爱直呼：“哇，好冷啊，怎么跟秋天一样？”

程洌说：“最近梅雨时节，气温有些低。严爱，你怎么回去？要不要我送你？”

严爱摆摆手，说道：“不用啦，我表哥来接我，还有五分钟就到了。那你们呢？你要送知颜回去吗？”

“嗯，我送她回去。”

严爱笑嘻嘻地看着许知颜：“那你们路上要小心哦。下次有空一起出来玩啊！”

许知颜把发箍递给严爱，说道：“好，这个还你。”

“不用啦，你收着嘛，就当是看演唱会的纪念品，说不定以后你会喜欢上这个组合的！到时候你就发现自己有了一个限量版应援物！”

许知颜被开朗的严爱逗笑了，说道："谢谢，那我收下了，我会好好保管它的。"

"不客气啦。"严爱说完，看向程洌，毫不留情地说道："阿洌，把你的还给我吧。"

演唱会一结束，阿洌就把发箍摘下来了，因为当时严爱看见他头上戴这东西时大吃一惊。

严爱说她给他是让他拿在手里挥的，不是戴的。

严爱觉得他戴这个有种很别扭的感觉，让她更想不通的是，他居然会戴。

程洌没告诉严爱是许知颜希望他戴的，很无奈地接受了严爱所有震惊的目光。

许知颜也什么都没说，只是站在一旁笑。

程洌把发箍递给严爱，问："为什么你能给她不能给我？"

严爱又震惊了，说道："阿洌，你没发烧吧？我以前送你开过光的佛珠手串也没见你戴过啊，你要这个干什么？你怎么着都不会喜欢上哥哥们的，我才不给你。"

程洌明白了，严爱这是变相给偶像招揽粉丝呢，但许知颜是个连歌曲都不怎么听的人，估计她是不会追星的。

他笑着说："行，我也没真想要。走吧，我们送你到马路边等你哥。"

严爱的表哥说五分钟后到，还真就准时到了。

送走严爱，程洌和许知颜并肩走向对面的马路，他们的车停在那儿。

许知颜没想到会迎面碰上陈玫和杨倩芸，但转念一想，这也没什么，毕竟这是她们很想看的演唱会。

许知颜想和她们简单地打个招呼，但陈玫比许知颜先开口。

陈玫穿着透明的连体雨衣，额前的头发湿湿地贴在一起。她在发抖，低声颤抖着质问许知颜："你为什么会在这里？"

程洌记得这两个女孩。他见状，对许知颜说："我去那边抽根烟，等你。”

许知颜点头。等程洌走了，她对陈玫说：“我和朋友一起来的，你怎么了？”

“朋友？男朋友吧？”

“不是。”

陈玫咬着牙说：“明明就是男朋友，你装什么？因为有了男朋友，所以拒绝别人追求你，你可以直说啊！你有方法买到演唱会的票为什么不和我们说？许知颜，你真的一点儿没把我们当朋友。”

许知颜平静地说：“那不是男朋友，是偶然……”

杨倩芸打断她，很尴尬地说：“对不起啊，知颜，小玫今天心情不太好。因为……我们被骗了，没有买到票。”

“你们没有买到票吗？”

“嗯，进场时他们说我们的票是假票，那个黄牛我们也找不到了。我们就在这里等了一晚上，想看看散场后能不能见到组合的成员。”

许知颜了然，看着陈玫颤抖的样子，说道：“我没欺骗过你们什么，今天是偶然，是无意中认识的一个女孩请我看的，我没有方法或者人脉买到这个组合的票。那个男生也不是我的男朋友。”

她顿了顿，说：“已经很晚了，你们早点儿回去吧，我也要走了。”

陈玫不说话，杨倩芸笑着说：“没事儿，知颜，你走吧，我们确实要回去了。”

“好，那再见。”

许知颜收回目光，没多停留，转身朝程洌的方向走去，但风还是把身后陈玫的话捎到了她的耳边。

陈玫蹲在地上崩溃地大哭，朝杨倩芸埋怨：“为什么我们会被骗啊？为什么就我们看不到演唱会啊？她不喜欢这些，都看到了。她根本就在说谎，明明就是男朋友，哪有什么别的女孩？你现在明白了吗？她真的没把我们当朋友！”

杨倩芸耐着性子说：“你别想太多，也别因为赵诚说了你，你就把事情怪在她的身上，别哭了。”

许知颜轻轻吸了口气，但神色没有多大变化。她走到程冽的身边，说："走吧。"

程冽没在抽烟。他双手插在裤兜里，站在一棵树下等她。

程冽打量了会儿她的神色，见她很平静，松了口气。

许知颜笑了，问他："你看我干什么？"

程冽拿捏了一下，说："想知道你有没有不开心。"

"没有不开心。"她低声说。

午夜的街道上车很少，他们开到一半时又下起了雨，突然的暴雨，没有任何预兆，雨点噼里啪啦地拍在车窗上。

车里播放着一些不知名的外文歌曲。

两个人一路上断断续续聊了些关于演唱会的东西，聊完发现两个人在一些方面挺像的。

比如他们都不追星，都不太喜欢来这种场合，都不太理解女孩们狂热的点。

前两点程冽还能感同身受，最后一点就让他有些诧异了。

他问许知颜："你不喜欢他们这种类型的男生吗？"

"他们张扬、自信，很有舞台魅力，但对于我来说真的没什么吸引力。"

话题就这么转到了理想对象上。

程冽说："那你比较喜欢什么样的？"

许知颜想了想说："以前觉得自己会喜欢斯文秀气、谈吐优雅的人。"

"以前？那现在呢？"

"现在……我也不知道。"许知颜微微斜过目光，看着程冽的侧脸说，"那你呢？"

"我没想过谈恋爱，也没有什么固定喜欢的类型。我想，如果遇见合适的、心动的人，那就可以在一起。"

合适的、心动的人。

许知颜把这几个字放在心底琢磨了几遍。

她说：“也是。你在大学没有遇到想要在一起的女孩吗？”

程冽搭在方向盘上的手一僵。他舔了下唇，欲言又止，最后说：“没有。”

“大学比高中轻松些吗？随城是不是比这里繁华多了？”许知颜闲聊着。

“还好吧。”

“你当年是多少分进入随大的？”

“670分。”程冽开始睁眼说瞎话。

“那分还挺高的，你高中是在哪个中学读的？”

“恒康。”这是真的。

许知颜的细眉扬了下，她重复了一遍：“恒康？”

“怎么了？”

“没什么。程冽，你觉得我能考上随大吗？”

结合今天许知颜做的试卷，程冽说：“只要你高三不掉队，应该能考上。”

许知颜望着外面转瞬即逝的夜景，第一次敞开心扉：“可我不怎么想去随大。”

“中国的好大学有很多，你可以有很多选择的，可以在有空的时候做点儿关于大学的功课，挑一个自己喜欢的大学。”

“你当时为什么选择了随大？”

程冽一直目视前方，刻意忽略许知颜的目光。

他以前不是没有搪塞过一些学生的问题，关于大学、高三生涯和专业选择。

他当初决定冒用大学生身份找补课机会时就考虑过这一点，但现在面对许知颜的提问，第一次觉得心虚。

倒不是因为自己不能很好地回答这些问题，而是他忽然不太想欺骗她。

许知颜见他不说话，问：“你在想什么？”

程洌回了神，如实地说：“没想什么。我想考随大是因为卢州只有一所 211 大学，随城就在卢州边上，随大又是知名的 985 大学。对于我来说，回家方便，它又是所好大学。”

许知颜点点头。

后来许知颜很久都没讲话。她靠着椅背，抬头凝视着夜色，不知道在思考什么。

程洌的脑海里忽然闪过一些片段。许知颜说她父母不在乎她的伤和衣服，不在乎她一个人在家会不会有危险。而他当初和许知颜的母亲交流时，能明显感觉到她的母亲很希望她能考上随大，或者说那不是希望，是一种强硬的要求。

而现在许知颜又说她不太想去随大。她因为不想去那所大学，所以装作成绩很差吗？

可是正常的父母看到上了高中的女儿成绩一落千丈，难道不会立刻察觉到什么吗？

程洌想不通，只觉得许知颜的家庭有点儿问题，也有点儿奇怪。

也许正是因为有问题才导致她好像对什么都不太在意。她明明是笑着的，但给别人的感觉总是格外平静和冷漠。比如刚刚那种情况。

他站在远处望着她们，清晰地看到右边的那个女孩子情绪不太对，虽然听不清她们在说什么，但那个女孩神情激动并且说话很快，说的不是什么温和话语。

可是许知颜和上一次一样，还是不在意，眼底干干净净的。

到许知颜所住的小区楼下时，程洌发现许知颜睡着了。

她安静地靠着椅背，睡得很安稳。

他把车停在路边，想了想，还是没有叫醒她。

程洌关了音乐，想拿出手机打发一会儿时间，找了一圈没找着手机，突然想起，他的手机还在她的身上。

没办法，他就干坐在那儿，随手从吃剩下的零食袋里拿了一粒薄荷糖。

那张薄荷糖的糖纸被他叠成千纸鹤，又被他叠成金元宝，试着叠玫瑰花的时候许知颜醒了。

她捂着后脖颈揉了揉，长舒了一口气，迷迷糊糊的，反应慢了半拍，骤然想起这不是她的房间，这是在程冽的车上。

许知颜刚睡醒，带着点儿鼻音，问道："你怎么不叫醒我？"

程冽打开车内灯，一道淡淡的光线落在两个人的头顶上。他轻轻地说："我看你睡得熟，想过会儿再叫你。"

许知颜轻轻笑了起来，开始收拾东西，怕遗落什么东西。

程冽问她："还有两包干脆面，你要吗？"

"不要了。"许知颜想起什么，说，"里面有卡片吗？如果有的话，你吃完了可以带给我吗？"

程冽怔了一瞬，然后笑了，问道："你在收集卡片？"

"嗯。"

因此她上一次在便利店门口一个人吃了三包干脆面吗？

程冽看着许知颜，眼睛的颜色一点点变深，嘴角的笑停不下来。

许知颜说："很幼稚，是不是？但如果有的话，请给我吧。"

程冽点头："好，我会帮你留意的。"

许知颜低头解安全带的扣子，按了好儿下按不动。

程冽看见，转过身去，说："我来，这个很多年了，有点儿失灵，有时候不好解，平常副驾驶座也不坐人。"

程冽探了大半个身体过去，拉过安全带，握住一节安全带，很用力地按下搭扣，啪嗒一声，安全带被解开了。

因为被他握着一节安全带，所以松开后的安全带没有弹回去，不会打在许知颜的身上。

当他转过身来的那一刻，许知颜的关注点就不在安全带上了。

在这狭小逼仄的空间里，两个人靠得那样近，夜晚，一切静悄悄的，她甚至可以听到程冽的心跳声。

她想往后退一点儿，但无路可退。

程洌一手搭在副驾驶座的椅背上，一手握着安全带，一路送着带子缩回去。

完事了他才发觉，他这个姿势有些不妥，许知颜整个人像被他圈在了怀里。

她身上的茉莉花香又钻进了他的鼻腔里，程洌莫名觉得有点儿热。

他很快收回身子，清了清喉咙说："走吧，我送你进去。"

许知颜嗯了声。程洌又说："你先别动，下雨呢，我撑伞过去接你。"

这一次，他又把伞朝她那边倾斜。许知颜知道，这样的人就算她让他将伞挪过去一点儿，他也不会照做的。

街道两侧成排的梧桐树紧密地挨着，宽阔的叶片交织在一起，风一吹，簌簌地响。

今晚没有月光，只有昏黄的路灯。

程洌把她送到楼下，两个人站在屋檐下，路灯将两个人的影子拉得很长，影子落在雨水里，歪歪扭扭的。

许知颜站在第三级台阶上，能和他平视。她凝视着这张俊俏的脸庞，心头有说不出的悸动。

今天有太多事情值得被记住。

千言万语到她嘴边变成了一句真心实意的谢谢。

许知颜说："今天真的很感谢你。"

程洌喜欢看她这样笑，比起客气平静的笑容，他更喜欢她发自内心的笑容，眼神不会骗人，她是真的觉得今天过得很开心。

程洌一手撑着伞，一手插在裤子口袋里。他嘴角微扬，低声说道："你快上去吧，早点儿睡。"

"那你开车路上小心。"

"好，我会的。"

许知颜往楼道里走了两步，突然转头说："程洌。"

"嗯？"

程洌还站在那里，一双黑眸比黑夜还温柔。

许知颜说：“认识你我很开心。”

程洌的心脏有一块儿地方突然塌陷了，他紧了紧喉咙说：“我也是。”

这一天确实有太多事情值得被记住，程洌回味了一路，进家门的那一刻突然想起，他把手机忘在许知颜那里了。

他在车上明明想着等她睡醒了就向她要的，结果一转眼就忘了。

午夜时分，这片区域一片漆黑。

程洌没开家里的大灯，按照记忆，摸索着进了房间，搁下东西后，习惯性去隔壁房间看了眼程扬，见程扬熟睡他就放心了。

而另外一间房间里的程孟飞，那呼噜声极具穿透力。程洌知道，程孟飞今天一定是累了，不然程孟飞不会打这么响的呼噜。

程洌打算拿上换洗的衣服去洗澡。他也就有那么几件T恤，下意识地想拿那件常穿的，但找了几遍没找到，刚想放弃时，忽然想到那件T恤在他的书包里。

他书桌上的一盏台灯亮着，微弱的光照亮这个雨夜。

程洌从书包里翻出周六留在许家的衣服，不知道是不是他的错觉，这衣服上有股若有似无的茉莉花香，这是许知颜身上的味道。

晚上，程洌就穿着这件有香味的T恤入睡。

其实他今天挺累的，早上四点多就起床了，帮着程孟飞一起装货，重装了下排水系统，阴雨天很适合施肥定植，他又把这些活干了，中午回来做完午饭没来得及休息一会儿就开着车走了。

他怕小型便利店里零食种类不多，特地绕路去了趟商场里的大超市，掐着时间逛了半小时，该拿的都拿了点儿，钱包也空了一半。

去许知颜家他开车开了大半个小时，去演唱会开了大概四十分钟，这一来一回，今天差不多开车开了三个小时。

他是挺疲惫的。但现在深夜一点多，程洌躺在床上丝毫没有睡意。

他将双手交叉枕在脑后，望着黑黝黝的天花板，夜晚的静谧将雨声无限放大。

他脑海里闪过一些片段，比如许知颜说他去演唱会她就去，比如她是那样信任地看着他，比如她小时候笑起来真的很可爱。

当然，现在的她也挺可爱的。她喜欢看童书，喜欢收集卡片，不追星，不怎么听歌曲，每天的生活好像很固定，除了做习题就是一些无关紧要的琐事。

程洌想到她在演唱会上戴着鹿角发箍专注地看表演的模样，忍不住笑了。

虽然初次见面她留给他的印象是个清冷、自信又淡漠的女孩，但随着越来越深入的了解，程洌觉得她对世事的不在意是因为她太明白了。

她总是平静地看待一切，偶尔露出会心的微笑。

他又想到许知颜希望他保守秘密时的神情，她那样倔强、不服输。

说到秘密，黑暗中，程洌微微蹙了眉。

原本，他和许知颜是不会有这么多交集的。她的秘密也好，他的秘密也罢，和以往一样，随着假期的结束，一切都会结束。

他也没想到许知颜会这么快察觉到他知道了。

他本来就没想戳破她的事情，给她做奥数题是不想再用那些常规的、简单的题目和她互相打马虎眼。既然他收了钱，还是因材施教比较好。

更何况，他很欣赏这么聪明的女孩。他觉得能和她一起讨论题目，一起解题，是十分享受的事情。

在饭桌上，她就这么直白地问了他，后头说起大学的事情时他莫名想逃避。

程洌闭上眼，轻轻笑着叹了口气。

程洌不知道，许知颜很快发现了他的秘密。

第二天清晨六点，生物钟把许知颜叫醒。许知颜接了个电话。

昨晚她洗澡时发现了程洌留给她的手机，程洌用的不是陈玫她们那种紧跟潮流的智能机，而是一部不知道什么牌子的直板机，直板机还没有锁屏密码。

她没有碰程洌的手机，想着他发现自己的手机在她的身边，然后他会联系她。

果然，早上程洌就来了电话，在程洌的手机上的来电备注是程孟飞，许知颜判断这应该是程洌父亲的手机号码。

程洌说母亲早逝，弟弟才十岁，对方又是姓程的，那应该是他的父亲。

大清早的，他父亲就算要找他也不会打他的手机吧，所以这只能是程洌用他父亲的手机打来的。

许知颜关上房门后接了电话。

程洌说："是我。"

许知颜笑了："我知道是你。"

那头也有轻轻的笑声，程洌说："手机先放你那儿吧，我周六去拿。"

这让许知颜感到挺意外的。她问："你平常不用手机吗？别人找你怎么办？"

"没人会找我的，这个手机本来就是用来和我父亲还有弟弟联系的，我最近有点儿忙，所以周六给你补习时再拿吧。"

"那好，我会给你保管好的。"

电话那头的程洌在阳台上，刚吃完早饭的他倚在栏杆上，望着东方微亮的光芒，心突然变得宁静平和。

他本来想说"你有事可以用这个手机联系程孟飞这个号码"，但转念一想，她能有什么事呢？他和她似乎还没熟悉到这种地步。

他接下来不知道该说什么了，但听着她浅浅的呼吸声，望着黄梅时节难得的好天气，觉得这个早晨真的不错。

许知颜面带笑容地望着窗外的景色，斟酌着说："今天天气放晴了，不过昨晚的雨真的很大，你昨晚几点到家的？"

"十二点多吧。"

“你家很远吗？”

“坐公交车到你家小区的话差不多得一个小时，开车就比较快，半个小时多点就到了。”

“你住城西？”

程洌：“不是，是城南的老城区。”

虽然许知颜不知道老城区，但还是嗯了声。

程洌握着手机，低声问：“那你呢？昨晚睡得好吗？”

许知颜：“还可以。不过……听你这意思，你是昨晚没睡好吗？”

“有点儿吧，脑子里和放电影一样，我就睡不着了。”

许知颜笑着说：“放什么电影？”

程洌沉默了会儿，笑声从喉咙里溢出来。他没有回答许知颜，反问她：“你觉得呢？”

其实许知颜是明知故问，当程洌把问题抛给她时，她才发现还真挺难回答的。如果她说得太直白显得暧昧，说得含糊又显得十分心虚。

所以许知颜选择再次道谢，她的声音里不是娇柔的甜意，也不是生硬的冷意。她的声音和她这个人一样，是干净、清朗的。

她说：“程洌，昨天真的很谢谢你，我很久没那么开心了。”

“我也很久没这么放松了，我们是不是……应该谢谢严爱？”

“对……谢谢严爱，对了，演唱会的门票是多少钱？下次你帮我带给她吧。”

“不用，是她想请你看的。”

许知颜：“这不太好，还是你帮我带给她吧。”

程洌一手拿着手机，一手撑在栏杆上，用手指敲了两下栏杆，说道：“她肯定不会收的，要不下次有空你请她喝奶茶吧，她很喜欢你。”

“嗯？”

程洌解释道：“因为她现在没什么朋友，以前的好朋友去了国外，她……她真的挺喜欢你的，因为她觉得你长得好看。”

说出这个理由后程洌都觉得荒唐，奈何严爱就是这种脑回路的人，她思维跳跃又天真烂漫。

许知颜还是第一次听到这样的赞美，赞美来自一个与她有过两面之缘的女孩。

她的目光在清晨的阳光下更柔和了，她说："那改天我请严爱吃饭吧。"

门外，于艳梅喊了声她的名字。许知颜一怔，下意识地握住手机往身后藏。

于艳梅隔着门说："吃饭了，我们等会儿就出发。"

"好。"

确定于艳梅不会进来后，许知颜重新把手机贴到耳边，压抑着加快的心跳，尽量平静地说："我有事儿，那就先这样吧。如果你急需手机，除了今天上午，随时可以来找我。"

程洌说了声好。

挂断电话，程洌发现其实他们聊了十来分钟了，但感觉时间短暂得好像只有一分钟。

程洌在阳台上站了会儿，拉开阳台的门，程孟飞和程扬两个人捧着面条碗齐齐看着他。

程洌："怎么了？"

程孟飞吸了口面，模仿着程洌的语气对程扬说："小扬，那你呢？你昨晚睡得好吗？"

程扬不想配合程孟飞演戏，只管吃他的面，但又很好奇哥哥的反应，黑溜溜的眼睛望着程洌。

程洌挑了下眉，也不想接程孟飞这个戏。

他把手机还给程孟飞，说："看货的人七点就到，要不我先去花圃？"

程孟飞："你别转移话题，和你老爸说说，这是和哪家姑娘谈上恋爱了啊？你还看电影看得睡不着？怪不得凌晨三点我起来上厕所，发现你房间的灯还亮着。"

"……"

程孟飞对程扬说："你看看你哥哥，傻不傻？愣不愣？他光顾读书了，都不知道怎么和姑娘相处。你以后机灵点儿，别像你哥。”

程扬吃完了，看看程孟飞，再看看程冽，转身回了房间。

程冽说：“爸，真不是那么回事儿。”

程孟飞说：“随便你，以后你打电话老爸全当没听见。不过……”

程孟飞突然严肃地说道：“不过你注意点儿分寸，你成家的钱我还没攒够呢，没钱给你孩子买奶粉。”

程冽捏了捏眉心，说道：“算了，我出门了。”

程孟飞把碗筷往水池里一堆，抓起钥匙跟上程冽的步伐，又笑嘻嘻地说：“你还是和你老爸说说呗，你们在哪里认识的啊？要不要爸爸给你讲讲我当年是怎么追求你妈的？”

七点，于艳梅在小区门口拦了辆出租车，许知颜和她一起上了车。

于艳梅说：“到恒康中学。”

按照以往的习惯，于艳梅去寺庙的话应该中午时才回来，今天回来得很早，因为要带着许知颜去恒康中学参加面试。

恒康中学，卢州最好的高中。

按照许知颜中考的成绩她是可以进的，但已经隔了两年了，她这两年的考试成绩并不理想，所以可想而知，于艳梅花了多大力气才争取到这次的面试机会。

恒康中学的校长很注重学生的品质和特长，每年会破例招一些有点儿偏科但在某个科目上出类拔萃的学生。

因为这种特别的招生条件，又是卢州最好的高中，恒康中学曾经登上了权威报纸，占了最大版面。这一下子让卢州这个不知名的小城市在教育水平上有了质的提升，教育部门拨款五千万给这所中学翻修校园。

过去两年，于艳梅从来没在意过许知颜的成绩，许志标偶尔会劝导许知颜几句。这个夏天，于艳梅突然意识到，许知颜必须上随大。

所以她费力找家教，费力去打点关系，给许知颜安排转学。她偏执地认为，许知颜只有上最好的高中才有可能去随大。

许知颜当初听到她的决定时，一如既往地波澜不惊，要怎么样都随便她。

出租车开了很久才到恒康中学，和之前那个高中的位置比起来，恒康中学要远一些。

翻修过的恒康中学气势恢宏，一砖一瓦都是新的，透露出严谨治学的学术气息。

许知颜跟着于艳梅穿过林荫大道，绕过两栋教学楼，终于来到办公楼。

于艳梅给校长的秘书拨电话，得和人家打声招呼再上去。

在这打电话的空当里，许知颜走到楼前的一排长廊下，宣传栏里展示着这所学校的建校历史、近期的优秀学生作品和加强体育锻炼的海报宣传语。

在这花花绿绿的一排展示中，一张照片抓住了许知颜的眼睛。

海报上印着几个大红字：全国高中数学竞赛本校获奖学生。

获奖学生有两位，其中一位叫程洌。

如果没有看到程洌的两寸照片，她就当他们是同名同姓吧，但是这就是程洌。

这张照片大概是他刚入高中时拍的吧，程洌的脸庞不像现在有棱角，但那双乌黑的眼睛不曾变过。

在他的照片旁还有学生介绍：程洌，高二（1）班，现担任班长、学生会会长和团支部书记，2009年以全市中考第一名的成绩进入本校。学生介绍下面还有程洌的学习方法，那就是多听多看多背。

他的座右铭是：不登高山，不知天之高也；不临深溪，不知地之厚也。

许知颜津津有味地看着，宣传栏的玻璃上映出她细长的眉眼。

昨天他是怎么说的来着？

他以670分进入随大，大学没有谈恋爱。

有一句倒是真的，他在恒康读的高中。

许知颜眯了眯眼，盯着程洌的二寸照轻轻笑了一声。

许知颜在恒康中学的面试上花费了点儿时间。

那位校长看着就是位彬彬有礼又风趣幽默的人。他对许知颜是感兴趣的，就冲她中考的分数。

校长和许知颜单独在办公室里聊了一上午，于艳梅在会客室等着她。

聊了一番，校长挺喜欢这个女孩的。她回答问题干脆利落，不怯懦、不羞涩，坦坦荡荡，话又说得十分漂亮。

校长问到她为什么上了高中成绩往下掉时，许知颜想起第一次和程冽见面时，他们也进行过类似的对话。

那些久远的事情她并不愿意说得太详细。她说："那时候我刚来到卢州，不太习惯，对高中的课程也不是很习惯，也被一些课外书分散了注意力。"

校长低头看了眼她的资料，心里能理解和体会这个孩子说的不习惯的感觉。

他又问："你小时候学过舞蹈和声乐，毛笔字还拿过市里的奖，这些东西你还在学吗？"

许知颜微微笑着说："上了高中就没有学了。"

"我看你这次的期末成绩很一般，到了这里也许很难跟上其他同学的学习进度，你想来这所学校吗？你做好准备了吗？"

"我想我已经做好准备来这里了。"她说。

接下来的时间，校长给了许知颜语数英三份习题试卷，这不是正规卷子的规格，题量很少，但涉及的知识点很多。

这一次，许知颜没有再装作不会做，没有再把控着做题。

也许校长怕她做得太差，选的题目是比较简单的，这些题目很适合中等成绩的学生。

当外面的老师批改完卷子送进来后，校长不可思议地笑了。他看着许知颜，说："看来你的基础是不错的，这段时间你也在认真学习，对吗？"

“是，家里请了家教，我在补习。”

“好，挺好的。你去把你的妈妈叫进来吧，我需要和她聊一会儿。”

许知颜坐在位置上没有动身，说：“老师，我有个问题想问您。”

校长点了下头，双手合十搁在桌上，示意她问吧。

“学校对于学生班级的分配是按排名来分吗？”

“高一是这样的，高二进行了文理分班，所以是打乱的。”

“这样啊……谢谢您。”许知颜了解了，起身离开了校长办公室，把于艳梅叫了进去。

她没有去会客室坐着，而是站在走廊的尽头，倚靠在窗边，外面是炎炎烈日，不知不觉已经到了中午了。

她不在意那位校长会怎么和于艳梅说，就像前两天晚上她想的那样，就算于艳梅此刻发现了她的秘密又如何？她的妈妈不会有什么情绪的。

来面试之前，许知颜想着，能不能进这所学校都随缘。她本来对这些不在乎，只不过是换个环境继续生活罢了。

如果她能进这所学校，会了了于艳梅的一桩心事，这样接下来的日子她的妈妈应该不会再有其他莫名其妙的举动和想法。

如果她不能进这所学校，那也只能走一步看一步。

可程洌居然在这里，她在宣传栏里看到程洌的那一瞬，真的又想笑又觉得生气，也一下子对这所学校产生了兴趣。

窗外生长了几十年的梧桐树枝繁叶茂，阳光渐渐敛走了昨晚落在地上的雨水和湿气。

许知颜凝视着外面的景色，只觉得这里的操场、教学楼、一草一木仿佛都有程洌的味道。

随大、670分，再次想起这些谎言，许知颜依旧很想笑。

她猜测他装大学生是为了方便被找家教的家长快速认可，大学生这个身份在家长的眼里总是比较有能力的。

但昨天他没有和她坦诚相待，这让她心里有些不痛快，明明她都坦荡地和他说了她的秘密。

如果他和她说了他的秘密，她也会帮他保密的。

不过她换个角度思考，觉得他也确实没必要和她交心，等补习结束了，他们就不会有交集了。

许知颜不知道自己会被分配到哪个班级。她觉得和程冽一个班级的可能性很小，不过他们在一个校园里，一个年级，低头不见抬头见，总会遇到的。

她并不打算和程冽说这件事儿，接下来的每一次补课都不会说，不会戳破这件事情，就和当初他没有戳破她的事情一样。

她也不知道自己这是什么心理，跟恶作剧似的，也跟报复似的。

她不由得开始期待九月开学时程冽在校园里见到她时的神情。

到时候他又会怎么解释自己的大学生身份？

其实如果换成其他人，也许她会有点儿生气，但因为是程冽，她很难真的生气。

一个撑伞往她那边靠的人，一个为了可能会被拒绝的邀约依旧细心准备的人，一个处处留意她的情绪、耐心十足的人。

因为他是这样的人，这个谎言都让他莫名变得有点儿可爱，对许知颜来说，更多的感受是有趣和凑巧。

回家后，许知颜第一时间去看了程冽的手机，没有任何来电和短信。她留意了下手机电量，电量差不多是满的，这类型的手机耗电不是很快，撑一个星期不是问题。

日子和往常一样过着，许知颜不是刷题就是在看故事书。因为天气炎热，她更不爱出门了，连图书馆都不想去。

恒康中学在周四给了她通知，让她准备一下九月入学，还寄来了一份校规手册和入学流程书。

于艳梅很满意。许知颜从她的眼睛里能清楚地看到她的想法，她大概觉得许知颜有百分之八十的可能性上随大。

于艳梅对程冽认可了，因为校长说许知颜的成绩还是不错的，卷子她做得很好。

于艳梅把这归功于家教，许知颜没有辩解。她记得于艳梅说过的话，如果补习效果不错的话，会继续请程洌教下去。

她潜意识里是想再见到程洌的，这个暑期剩余的时间和即将到来的九月，她都挺想见到程洌的。

但总是事与愿违。

这个星期，许知颜没有接到来自程洌的电话。她以为他是真想周六来拿手机，殊不知是程洌那边发生了点儿事情。

周六中午临近下午一点时，程洌如约而至。

许知颜掐着时间，在门铃响起的那一刻，很高兴地走过去开门。

外面阳光很毒辣，照得他额头上出了一层薄薄的汗。

两个人对视了一眼，都浅浅笑着。许知颜给他拿拖鞋，说："今天我的父母还是不在家，他们出去购置东西了，你想喝冰水吗？"

程洌说："你家有冰水？"

"有啊，我上午在冰箱里放了一些冰块儿。"

许知颜去厨房，程洌也跟着她去，他说："我借用一下洗手池。"

"你用吧。"

程洌用清水洗脸，洗去汗水后轻松了不少，扭头就看见许知颜从冰箱下层拿出一些格子状的小冰块儿。

她往水杯里倒了一杯温水，扔了四五块冰块儿进去，递给程洌。

程洌弯着眉眼，接过杯子，几乎一口气喝完了一杯水。

许知颜说："黄梅时节过了，气温就越来越高了。"

"是啊，今天差不多有三十八摄氏度。"

许知颜给他倒第二杯水时，闲聊般问他："你最近很忙吗？"

程洌靠在水池台边上，说："有点儿吧。"

"你在忙什么？"

程洌的眼眸黯了些，他低沉地道："我爸出了车祸，骨折了，我在医院里陪了一个星期。"

许知颜一怔："你……你爸爸现在怎么样了？"

"还好，就是腿骨折了，不算太严重，再过一个星期他就可以出院了。”

许知颜把水递给程冽，顺带仔细地打量了一下他的脸。他不说她还没注意到，他说完后她发现他的脸色明显不太好。

他是没休息好，眼下有淡淡的青色，眼里也有血丝，看起来有点儿疲惫，但可能因为比较年轻，熬几晚也能扛得住。

两个人并排朝房间走去，许知颜早就开好了空调等他。

一入空调房，程冽整个人清醒了不少，心里也少了浮躁感。

许知颜问他：“你爸爸的车祸是怎么回事儿？他是被别人撞了还是他撞了别人？”

不知怎么了，许知颜一想到如果是他爸爸撞了人，那程冽还要帮忙处理纠纷和赔偿，她就有点儿担心。

即使程冽给她的感觉是如此成熟稳重，但他到底是个高中生。

程冽说：“星期一中午，他骑电动车去拿东西，开得比较快，和另外一辆电动车撞在了一起。两个人都短暂昏迷了，醒来后谁也记不清是谁撞的谁。”

“那监控呢？”

“当时正好是中午，阳光很强，那段路的监控反光，没记录到画面。”

星期一中午，那就是她在恒康面试的时候了，那天的阳光确实异常刺眼。

许知颜安慰道：“不过还好，你爸爸只是骨折，好好休养，过段时间就好了。”

“嗯，他养一段时间就好了。”程冽舔了下唇，组织着语言，过了会儿看向许知颜，说，“我有个事儿得和你说。”

许知颜在看他带来的试卷，不太在意地发出一声：“嗯？”

程冽说：“本来我和你父母定好补习到月底的，也就是下周，应该还有两天，但是我爸现在需要人照顾，我想把这个周末上完就不来了。”

闻言，许知颜抬起了头，这是出乎她意料的。在她心里，她已经做好了接下来八月一整个月会见到他的打算。

但是她知道他家里的情况，母亲早逝，还有个好像生了病的弟弟。父亲住院了，程冽自然是要肩负起责任的。

许知颜淡淡地笑了下，理解地说："可以啊，你家里的事情比较重要，如果我爸妈很晚回来的话，我会和他们说的。"

她虽然是笑着的，但程冽还是看见了她眼里的失落。

程冽心中有种说不出的滋味。因为突发事件，补习得提早结束，他也有点儿遗憾，但看着许知颜眼里流露出和他相似的遗憾，他莫名有些兴奋，不知哪里来的兴奋感填满了整个胸腔。

见程冽凝视着她不说话，许知颜问："那你今天过来，你爸爸怎么办？"

程冽敛回思绪，说："我找了个长辈帮忙照顾他。"

"其实这个周末你也可以不用来的，你的手机不是在我这里吗？你打个电话过来我就了解了。"

"我知道。"

他知道，但还是来了。

许知颜心头的失落像灰尘被扫去，瞬间轻松了。她没有看程冽，轻声问："那……明天你还来吗？"

程冽说："我会来的，想把这个周末给你上完。"

第二天中午程冽踩着点到，而许知颜早在客厅里等了一会儿，门铃一响，不出三秒她就给他开了门。

也许因为这是最后一次补习了，许知颜的心理是矛盾的。她想着程冽怎么还没来，会不会他临时决定不来了，但他不是不信守承诺的人。当他真的来了，她见到他觉得愉悦的同时又涌起一股怅然若失的感觉。

今天比昨天还热，程冽进门时携来一股热浪，许知颜站在他边上都觉得皮肤一热。

程冽看着空荡荡的屋子，问她："今天你爸妈又不在家吗？"

“嗯，一个回工厂了，一个去上茶艺课了。”

“那昨晚你有和他们说吗？”

“说了。对了，三个星期补课的钱他们让我转交给你，我拿给你，你看一下对不对。”

说完，许知颜走进于艳梅的房间，从床头柜的抽屉里拿出一个黄色的信封。

昨晚许知颜和于艳梅说的时候，于艳梅只觉得麻烦，因为她还得再花时间去找一个成绩优异的随大学生，她还不能确定再找的人来补课有没有效果。

那是许知颜第一次没有顺从她的意思。饭桌上，她和于艳梅说：“不用再找了，我自己学就可以了。”

于艳梅没说什么，许志标笑着打圆场。许知颜也不确定于艳梅会不会再给她找家教，如果硬是让她补习，她依旧没办法，如果于艳梅不再给她找家教，那这个暑期剩余的时间她应该能预习高三五分之一的内容。

她也不想再接触其他人了，不想再装傻充愣，不想再浪费时间。

程洌又借着她家的洗手台洗了把脸，顶着湿漉漉的脸庞出来时许知颜正站在房门口等他。她靠着墙，捏着信封，不知道在想什么。

程洌走到她的面前，她都没察觉。

程洌轻轻拍了两下她的肩，低声问道：“你想什么呢这么入神？”

“嗯？没什么……这个给你，你数一下。”许知颜浅浅一笑，和程洌进了她的卧室。

程洌的收费标准是一个小时二十元，也就是一天六十，算上今天，他一共给许知颜上了五天课，也就是三百元，信封里的钱一分不差。

程洌收了钱，从书包里往外拿东西。

许知颜把上午做的习题和看的书整理到一边，正打算接过程洌的试卷，没想到程洌从他的书包里掏出了一个盆栽。

许知颜一愣，随即笑着问他：“你怎么带了个盆栽过来？”

程洌把这盆花放在她的书桌上，要了把剪刀，一边剪塑料膜的包装一边说："我看你房间里的这盆虎皮兰快死了，估计根烂得差不多了，救不活了。今天上午回家时我就从阳台上拿了一盆盆栽过来。"

"送给我的？"

"嗯。"

许知颜凝视了会儿程冽的侧脸，随后将视线落到窗台上的虎皮兰上。这盆虎皮兰她买了不到一个月，确实快撑不住了。

程冽带的植物是一种花卉。许知颜对花卉没怎么留意过，叫不上来它的名字。

翠绿的叶片像张开的羽翼，花朵和一元硬币的大小差不多，颜色是讨人喜欢的玫红色，小小的一盆花卉，缀满了花骨朵儿，是一盆光让人看着都觉得很有生命力的花卉。

程冽剪开薄膜，整株植物彻底绽放，似开屏的孔雀。

许知颜用手指拨了拨花朵，笑着说："这是什么花？"

"菊科的一种，名字叫玛格丽特，原名叫木茼蒿。"

"好养吗？"

程冽说："很好养，它喜光喜肥，土干的时候浇透就可以了，每次开完花修剪后它下次就能开得更好。"

这还是有点儿烦琐的。

许知颜低头闻了下，很淡的香味。她轻声问："你怎么送我这个？"

程冽张了张嘴，话到嘴边改了，反问她："想听真话吗？"

"嗯？"

程冽摘去底下的几片黄叶，笑着说："其实我也说不上来，我看你好像还挺喜欢养一些小盆栽的，正好我家里是做这个的，我也是忽然想到，就给你带来了。"

在许知颜房间的外窗台上，有一些只有泥土的花盆，根据他的判断，大概是一些多肉类小型盆栽植物，他可以看出，许知颜把它们养死了。

程洌也知道自己这话不真实，最真实的那番话他说不出来。

昨天下午两个人的交流不是很多，因为她的父母不在家，他还是在客厅里待着。下午是最热的时候，他热得出了一身汗。

他只是干坐着，题做不下去，书也看不进去。

不仅仅是因为炎热的天气，更多的是他的一些想法。

陪着程孟飞在医院待了五六天，他总是会有意无意地想起许知颜，决定做完这个周末不做的时候心里莫名有些不舍。

他还是挺想再见到她的，他觉得她应该也是想再见到他的。

这种猜测让人蠢蠢欲动。

后来给许知颜批改题目和讲题时，他再次注意到窗台上快死掉的虎皮兰，还有那些空置的花盆。

他的脑海里忽然冒出一个很突兀的想法：送她一株花吧，就当他们认识一场的礼物。

他想，她养了这么多盆栽，应该会喜欢花的，而且女生应该都挺喜欢花的。

今天上午李叔过来替他。他匆匆忙忙回了趟家。到家后他忙着洗漱，给程扬做饭，顺带拿了那盆开得最好的玛格丽特。

比起玫瑰、百合这种常见的、艳丽的花，他觉得许知颜更适合这种小骨朵儿的菊科，它们干净清新，朝着阳光肆意生长。

有些话说出来太肉麻，他没办法告诉许知颜，其实他是希望她快乐一点儿。

也许两个人以后再也没机会见到彼此了，但如那晚她说的那样，他也很开心能认识她。

许知颜听到程洌的回答，抬眸看他，她的眼尾微微上翘着，流露出若有似无的笑意。

“我也是忽然想到，就给你带来了。”

这句话戳中了许知颜的心窝。她也不知道自己乐什么，望着程洌漆黑的眼睛，忍不住地笑。

许知颜把盆栽放在窗台上，低声问他：“谢谢你给我带这个，但是程洌，你是不是觉得这是我们最后一次见面了，所以想送我点儿东西？”

他没想到她说得那么直接，程洌从胸腔里溢出一声笑，说：“是吧。”

两个人最后一次见面，他为什么要送她东西？许知颜没问他。

她心里隐隐觉得程洌应该和她有着差不多的想法和感受。

虽然她也对接下来两个人不能见面感到失落，但这不会是他们最后一次见面。

许知颜想到恒康学校的优秀生展示宣传栏，那股恶作剧的心理又涌了上来。

她在椅子上坐下，打趣程洌道：“这个花很可爱，我很喜欢，谢谢你，程老师……”

程洌没有察觉到什么异样，反倒觉得她每次叫他程老师的时候有种很淡的妩媚感。

当许知颜开始做题的时候，他还沉浸在她的那声程老师里，心里像被什么一点点填满，又被什么一点点挖空。

这个下午，时间过得飞快，结束时两个人都看着时钟沉默了会儿。

程洌交给了她一份错题手册，这是这些天补习下来她做错的题目汇总以及知识点的解析和补充。

程洌说每次给学生补习后都会做这样一份错题手册，算是对补课的总结，对学生和父母都算有个交代。

但因为他们补习的次数较少，许知颜本身也不差，所以手册上只有寥寥几道题。

他问：“你要吗？”

“要啊。”许知颜接过手册，还翻了一页看了看。

程洌拎起书包，看了她几眼，目光深沉。他说：“那我走了。”

许知颜欲言又止，最后点头说：“我送你吧。”

但程洌没让她送，他在玄关处换鞋时低声说：“外面还是很热，你别出来了。”

许知颜笑了。她看着程冽，目光和他的一样，充满了流连的意味。

“走了。”程冽说。

他走到外面，欲关上门，许知颜却叫出了他的名字。

“程冽。”

他以为她要说什么，心都顿了一下。可是许知颜只是弯着眉眼，一字一顿地说：“再见。”

他轻轻笑了，低声道：“再见。”

关上门，他慢慢收敛了笑容，不轻不重地呼了口气。

程冽等了会儿电梯，觉得电梯慢，干脆走起了楼梯，没走几步他的脖颈和额头就出了一层薄汗。

夏天的午后和傍晚闷热得让人透不过气。

许知颜站在阳台上等了好一会儿才看到程冽从楼道里走出来。他停在一棵树下，嘴里衔着烟，一手拨着打火机，一手捂着火苗。

他的神情看起来不是很轻松，眉心皱起，或许这是他抽烟时的习惯。

他抽了口烟，顺带摘下了那副眼镜。

许知颜靠在栏杆上，心中忽然冒出一个猜想，程冽戴这副眼镜是不是为了让自己看起来更像大学生？同时让他看起来更有知识一点儿？

如果是这样的话，她真的觉得程冽很可爱。

许知颜一直目送着他。她以为程冽会这样直接走出小区，没想到程冽走到一半时突然回头向上看，他的目光穿过刺眼的阳光，直接落在许知颜的身上。

他夹着烟的手停在了半空中。

许知颜也被弄得措手不及，尴尬地微笑了下，朝他挥了挥手，示意着再见。

楼下的程冽浑身都是热的。他凝视着许知颜，喉咙渐渐被烟熏得发干。

程冽说不清此刻的感觉。

后来九月开学再见到许知颜时他才明白，其实当他决定送一个女生花时就说明他已经沦陷了。

那天分别后，许知颜再也没有见过程冽。

她去过图书馆几次，每次都会故意路过那家火锅店，故意去那条街，明知道程冽不是个喜欢逛街的人，但还是想看看能不能遇到程冽。

她也去过楼下的花店几次，光看觉得不好意思，在那个热情的老板娘那里买了两盆多肉植物。花店的植物形形色色，唯独没有程冽送她的玛格丽特。

老板娘说她不进这个花是因为这种花没那么畅销，比较小众。绿植的话，人们更喜欢绿萝、文竹和吊兰这种不开花的植物。花卉的话，像小玫瑰、铁海棠和杜鹃花比较受欢迎。

其实比起盆栽，最热销的还是各种切花。

马上就到情人节了，店里生意很好，老板娘接到了很多订单。

许知颜挺喜欢这个老板娘的，老板娘说话很温柔，许知颜曾佯装无意地向老板娘问起进货渠道。

大概是因为那天店里没什么客人，老板娘兴致勃勃地和她聊了好一会儿。

老板娘说她之前在城西那边开花店，后来因为那边拆迁，她也要结婚了，就搬到这里来了。她的花都是从孟飞花卉绿植批发那里进的，因为老板是她的一个老熟人，他们认识五六年了，他家的货质量很有保证。

晚上，许知颜躺在床上看《十万个为什么》，翻了几页书，再一次想起程冽。

想起程冽送她花时说的养护方法，再结合老板娘说的话，她想程冽一家应该在这上面花了很多工夫吧。他性格那么好，做事踏实又细致，他的爸爸应该也是个很好的人，所以不会卖那种“假苗”吧。

这不是许知颜第一次无缘无故地想起程洌，在程洌走后的每一天她都会想起他。

虽然两个人真正的接触没几次，但程洌这个人跟刻在了她的心里一样。

程洌会时时刻刻记得她的伤口不能碰水，会担心她迷路，把自己的手机给她用，会留意到她养的植物，会因为没有第三者在场就要和她避嫌，那么热的天，他还守着自己的原则。

明明是个一米八几的大男生，心思却很细腻，叫人心动。

书看不进去了，许知颜心里也有十万个为什么。

为什么她迫不及待地想在开学时见到程洌？为什么一想到他温柔的眉眼她就会不自觉地笑？为什么她会因为没有偶然地遇到程洌而心生失望？

辗转反侧，终于在七夕那天，许知颜找到了答案。

于艳梅没有听她的意见，后来还是给她找了个家教，这回是个快毕业的女大学生，性格还算不错。

七夕那天，那位家教来电话和许知颜请假，在电话里许知颜都能感受她的喜悦心情。

女家教开心得有点儿语无伦次，她说："同学，很抱歉，今天下午我不能去了……我……男朋友，我的男朋友刚刚向我求婚了，我下午……我真的……哎呀……"

这是喜事，许知颜淡淡地笑着说："恭喜你，没关系，你先忙你的事情吧。"

挂了电话，许知颜打算去睡个午觉，但闭上眼后脑海里浮现出一些事情。

求婚。

男朋友。

求婚怎么求？真的会那么开心吗？她以后会和什么样的人在一起？或者说……会有人愿意毫无保留地爱她吗？她能同样那么爱对方吗？

她忽然想起程冽，像程冽这样的人，他如果喜欢一个女孩，一定会一心一意地对她吧？

程冽……

许知颜睡不着了，转过头，望向窗台上玫红色的小花朵，这盆花算是这个房间里唯一比较鲜艳的颜色。

许知颜轻轻笑了。

她觉得自己好像喜欢上程冽了。

因为喜欢，她才这样思念。因为喜欢，所以她觉得他做什么都很好。因为喜欢，所以如果是程冽的话，她愿意毫无保留地付出。

九月初正式开学，许知颜起了个大早，穿上报名那天于艳梅带回来的恒康校服。

恒康的校服是白色的T恤和黑色的休闲长裤，简单干净。

她在镜子前站了会儿，想象着程冽穿这身衣服的模样，就算是校服应该也很难掩盖他的身材吧。

报名那天许知颜没去，是于艳梅代她去的，不然那天她就能见到程冽了。

许知颜没有去是因为发烧了，连着去医院挂了两天点滴，现在烧是退了，但还是咳嗽。

早上，许知颜和从前一样，带上于艳梅给她准备的午餐便当，在小区门口的公交站乘公交车去学校。

恒康比德育要远一些，和以前比她必须提前十五分钟出门。

夏日的热潮已经退得差不多了，九月的清晨有了凉意，许知颜坐在窗边的位置，望着沿路的景色，满脑子都是程冽的脸。

恒康每个年级有十来个班级，因为高二开始文理分科，所以她和程冽分配在一个班级的概率差不多是五分之一。

其实比起理科，她更擅长文科，但毫无疑问，程冽肯定是理科班的。

理科就理科吧，她有信心跟上这个学校的节奏。

许知颜去学校后先去了班主任的办公室，这是报名那天班主任叮嘱于艳梅的。

班主任是好意，说班里有转学的孩子，不管是新来的同学还是班上其他同学都会有点儿不习惯，他们兼顾学习的同时也得学会处理人际关系。

第一节课正好是班主任的数学课，班主任想带着许知颜去教室，让同学们认识一下她。

恒康的教师办公室很豪华，空调冷飕飕地吹着，因为新学期开学老师们都忙得一身汗，只有许知颜一个人被吹得手脚发凉。

许知颜站了有二十分钟，班主任蒋飞捧着一沓复印的卷子回来了，抹了一把额头上的汗，和蔼可亲地对许知颜说："来，你帮老师拿着这个，差不多到上课时间了，你跟老师一起去班里。"

许知颜接过沉甸甸的试卷，边走边看了几道上面的题目，是高三数学题。

蒋飞说："你别紧张啊，咱们班的同学人都很好的，就是女生有点儿少，所以主任把你分配到我这班来了。"

"嗯。"许知颜应着。

蒋飞又说："校长和我聊过，说你特聪明，你的中考成绩很好，虽然你中考不在卢州，但是成绩是实打实的，是不是？这刚开学，老师也有点儿忙，没办法好好和你聊一聊。不过你要是有什么不懂的或者不习惯的事情，随时来找我，或者找班长。"

"好。"

两个人从办公楼一路走到教学楼的五楼，到五楼时许知颜深深地吸了口气，没忍住，咳了两声。

这咳嗽声在一片静谧的楼道里显得格外突出。

一层楼有三个班级，每个班级都鸦雀无声，路过时，许知颜用余光瞥了几眼教室。

教室里的学生个个都低着头看书，有的在预习，有的在背课文，有的在做习题，总之，没有一个人是闲着的。

恒康当真是卢州最好的高中，和德育的氛围完全不一样，这里的学生更自觉，有点儿像她从前拼命读书的那种感觉。

来到高三一班门口，蒋飞用直尺敲了敲门，笑眯眯地说道："早啊，各位同学。"

闻言，学生们抬起了头，准备开始上课。

许知颜站在门口，心跳突然快了起来。她跟着蒋飞进教室，目光却没有任何羞怯。

她笔直地站在讲台边上，把试卷放在讲桌上，接着，视线从左到右扫过去。

带着强烈的期盼，许知颜在这群穿着一模一样的学生中，一下子就看见了坐在左边最后一排靠窗位置的程冽。

其他人都抬着头，只有程冽还低着脑袋奋笔疾书，他投入时神情很淡，漆黑的眼里只有"专注"二字。

蒋飞介绍说："这学期，我们班来了个新同学，她是位非常漂亮的女生。大家也知道，我们班是'狼多肉少'，所以老蒋拜托各位同学，好好照顾一下新同学，让新同学能感受到我们高三一班的宗旨！我们的宗旨是什么？"

底下的同学说道："友谊第一，成绩第二。"

"好，很好，来，你介绍一下自己。"蒋飞拍了拍许知颜的肩膀。

许知颜始终看着程冽，脸上带着浅浅的笑，说："我叫许知颜，之前在德育读书，很高兴认识大家。"

果然，听到她的介绍，程冽写字的手一顿，他猛地抬起了头。

他第一眼就对上了许知颜似笑非笑的眼眸，清澈干净的同时又像带着钩子。

四目相对，许知颜从他的眼里看到了震惊。

蒋飞对她说："许知颜，你就坐班长旁边吧，正好你的个子也高。那个男生是我们班的班长，你有事儿可以找他。"

蒋飞朝程冽抬了下下巴，说道："程冽，好好照顾她。"

微风从窗外吹进，撩起窗帘的一角，也撩起了程冽心里的涟漪。

程冽看着穿着恒康校服的许知颜，看着一步步朝他走来的许知颜，只觉得背脊发热，心头燃起了一团火苗，烧得他坐立难安。

直到许知颜在他的身边坐下，那股若有似无的茉莉花香味飘进他的鼻腔里，他才相信这不是梦，也不是幻觉。

她，许知颜，那个暑期他补课的许知颜，转学到了他的学校，他的班级。

程冽看了眼桌上的试卷，又转头看了眼许知颜，舔了下嘴唇，不可思议地笑了。

许知颜很淡然地掏出课本，用很轻的声音对程冽说："好久不见啊，程老师。"

初秋清晨的阳光透着淡淡的气息，就如她的声音。

许知颜放好课本，坐正后和他对视了一眼，细长的眉眼弯了起来，眼角像被剪开的燕尾，上扬着。

程冽听到这声程老师，笑意更浓了。

蒋飞双手撑在讲桌上，唠唠叨叨地讲着高三应该如何度过，如何备战高考。

可是蒋飞的声音落在程冽的耳里变成了模糊的背景音，此刻他的脑子里只有许知颜这个人。

比起他的惊愕，她似乎很镇定，坐在位子上很认真地听蒋飞说话。

程冽的目光在许知颜的侧脸上流连了好一会儿，他的心里有太多疑问，只是现在他没办法直接问她。

他第一次觉得一节课四十分钟是那么难熬，那么漫长。

她没有和他提过转学到恒康的事情，她好像早就知道他是高中生了，可就算转学，又怎么会这么凑巧来到他的班级？

但和这些疑问比起来，涌上心头的欣喜更让程冽难以集中精神。

他以为再也没有机会见到许知颜了。

在医院陪床的日子他很难睡个好觉，程孟飞动弹不了，前阵子又签了很多订单，许多事情需要他来回跑。

有时候累得晚上睡不着，他躺在医院准点发放的家属躺椅上，看着窗外的月亮。

梅雨过后晴天居多，一天比一天热，月光似乎也一天比一天明亮。

他时常会想起许知颜，想到那天她在便利店前吃方便面的可爱模样；想到她在他的车上睡着后的安静模样；想到最后一次见面，她倚在阳台上，眼含笑意地送他。

其实当时站在楼下，他冲动地想，要不要上去再多说一句话，比如留个电话号码。

最后理智战胜了冲动，他和许知颜似乎没到那种程度。

八月底程孟飞出院了，哪儿都去不了，只能在家休养，花圃里的生意都是程冽在照顾，每年春夏正是生意最多的时候。

程冽曾送货路过许知颜的小区，那天是在深夜，他送完货故意绕到她小区前的那条路走。

街道上人很少，店铺都打烊了，她的小区也只有零星几盏灯亮着，其中就包括她的房间。

她应该是开了书桌上的台灯，所以光不是很强烈。

他就坐在车里很慢地抽了一支烟，盯着她的窗户看了一支烟的工夫，十二点二十分的时候她熄灯了。

他猜她可能刚写完一套试卷，或者花了点儿时间看她喜欢的故事书，再或者她在数收集的卡片。

想到卡片，他有帮她留心过，李叔的孙子很爱吃方便面，他就哄着小孩讨要了里头的卡片。

当时程扬看到那些卡片，很难得地开口问他："哥哥，这个能送我吗？"

程冽笑了，果然啊，小孩子都逃不开这些，哪怕程扬比其他孩子早熟一点儿，兴趣爱好都是电器、数字图形这种，但卡片同样对他有吸引力。

他没有送给程扬卡片，说这是帮一位姐姐收集的。

程扬没再说话，第二天开始用纸笔自制卡片。

再后来，程冽没有刻意绕路去过她那边，他觉得这种行为不是很妥当。

他也没有接到过许知颜的电话。

有时候他会想，他的手机在许知颜的身边放了一个星期，她有存下他的号码吗？如果存了，她会打给他吗？

但她能有什么事情需要打给他呢？

他一边反驳着自己的想法一边又想，她之前说过要请严爱吃饭，他可以帮她联系严爱。

可最后什么都没有，他和许知颜没有再偶然地遇到过，没有了任何联系。

那时望着许知颜的眼睛，他能感受到她也是想再见到他的，但可能萍水相逢，她的这种愿望不是很强烈。

慢慢地，他就接受了现实，想着算了吧，就这样吧，如果高三一年结束了，他还会这样频繁地想起她，那就试着去找她。

许知颜就像投入他平静生活里的一颗石子，一开始是一圈又一圈的涟漪，随后她慢慢地下沉，落入湖底，不轻不重地镶入了柔软的泥土里，下雨时她在，起风时她还在，无论外面有多少风云翻涌，她始终在。

程冽以为当他决定算了的时候就可以忽视她，可当许知颜突然出现在教室的这一刻，他忽然明白，其实那天当他决定送她花时，他就沦陷了。

他希望许知颜能开心一点儿，能多一些十八岁的女生该有的朝气，也希望能有什么东西留在两人之间，表达一些他的想法。

他没有恋爱经验，从小到大也没有真情实意地喜欢过其他女孩子，所以当时还不太明白为什么自己会那样顾虑她的感受，会不自觉地为去演唱会做准备，会很想见她。

但现在见到许知颜，他都懂了。

他也不知道是什么时候喜欢上她的，也不知道到底喜欢这个女孩什么，只是他的目光大概再也落不到别的女孩的身上了。

许知颜上第一堂课的感受是节奏有点儿快。蒋飞喜欢讲拓展题，照理来说每个学期开头的内容不会太难，但蒋飞直接把难度提升了一个度，重点高中和普通高中确实存在教学上的差异。

而且令她难以相信的是，第一节课老师就发卷子了。

下课铃响起，程冽还没来得及和许知颜说一句话就被蒋飞叫去发卷子，好不容易发完卷子，又有同学说拿到的卷子是空白的，没有剩余的卷子，他没办法，只好赶紧跑出去找蒋飞。

他匆匆回来时已临近上课，坐在他和许知颜前面的严爱正歪着身子，手肘撑在许知颜的桌上，叽叽喳喳说个不停。

许知颜是外座，他是里座，还好他们是最后一排，靠近后门，不然他每次进出都得让许知颜让位置。

严爱握着许知颜的手，激动了好一阵："我刚刚看到你的时候真的惊呆啦！你怎么突然转学来这里了？还是这个班！报名那天我怎么没看见你？你的手好像一点儿疤痕都没留，真好，我还一直念着你呢。我让阿冽去找你，他说没你的联系方式，你有手机吗？我们留个号码吧？中午要不要一起吃饭？我和你说，学校里的红烧小鸡腿的味道真是一绝！"

坐在严爱边上的季毓天慵懒地靠着墙，踢了一脚严爱的凳子，说："你嘴上装了机关枪啊？你慢慢说不行？"

程冽整理着桌上的卷子和下节课要用的东西，注意力却在许知颜那边。

只听许知颜说："这是家里的意思，所以我才转到这边。我前段时间发烧了，报名那天就没来。手机的话，我没有。"

那就是凑巧吧，她转到这个班。

程冽在试卷上写上自己的名字，嘴角微微勾起。

严爱说："那我们真的很有缘分！我好开心啊，终于可以有人陪我一起玩了！你看看这个班，只有五六个女生，那几个人只想读书，我也跟她们处不来。一天到晚我只能面对身边这个白痴，无趣得要死。"

季毓天嗤笑了声，说："白痴说谁呢？"

“白痴说你！”

严爱下意识地回答，说完才发现被他套路了，气急败坏地打他。

两个人闹腾的动静很大，震得许知颜和程冽的桌子都动了，恒康用的课桌是两个位子连在一起的那种。

程冽用两手握住桌子往后拉了一下，借力也把椅子挪了挪。

程冽看向许知颜，低声说道：“他们经常这样，你习惯了就好了。”

许知颜轻轻笑了，点头说：“知道了。”

程冽刚想开口说些什么，上课铃响了。他觉得这十分钟未免太短暂，都没来得及好好和她说几句话，明明她就坐在他的身边，离他这么近。

后来几节课后的休息时间程冽都没和许知颜说上话。严爱拉着她一起上厕所，给她介绍学校。蒋飞又把她叫去办饭卡，还有她报名那天缺的课本也到了，让她去拿。

直到上午最后一节课——体育课，他终于和她说上话了。

体育课算得上他们高三唯一能放松的课程。这两年教育局开始注重学生的体育锻炼，加上恒康的校长本就支持学校加强体育锻炼，体育课成了所有老师不敢抢的副课。

热身结束后，体育老师让学生去拿运动器材，说这节课要跳绳，还要扔铅球。

中午的阳光还是很强烈的，跳完绳后大家都下意识地往树荫下靠，只剩体育老师的几名爱将在那边扔铅球，严爱就是其中之一。

季毓天在边上看着她，时不时逗一下她。

上百年的香樟树下，许知颜吃惊地问程冽：“严爱很会扔铅球吗？”

程冽笑着说：“别看她瘦，但是她的力气特别大，初中的时候她练过体育。”

“看不出来……”

两个人望着前面。程冽低头，漆黑的眼眸扫了她一眼。因为刚刚跳绳她出了汗，额角的细发像水草一样贴在额头上。阳光下，她的眼睛跟琥珀一样晶莹剔透。

程冽用很随和的语气问她："你之前怎么没和我说你要来恒康？"

说到这个，许知颜笑着说："如果我去随大，我想我会和你说的，程老师。"

她又拿这个打趣他。

程冽低声笑着："你什么时候知道的？"

"你猜啊。"

"猜不着。"

许知颜说："你不愿意猜的话，那我就不说了。"

程冽妥协了："那……是八月之前吗？"

"是。"

"最后一次补习的时候你已经知道了？"

"嗯。"

"那我差不多知道了。"

两个人一共就见过那么几次，看演唱会那晚他告诉她，他 670 分考上随大，她那时候没什么反应，那就是那个星期吧。

许知颜说："我来这里面试的时候知道的，你的竞赛喜讯在长廊上挂着。不过你居然是卢州中考第一？！"

那是蛮早的事情了。

程冽点头说："运气好。"

"运气好……嗯……"

程冽想起他们最后一次见面时她说的再见，现在想来这句话挺有深意的。

他刚想开口问她，许知颜抬眸看向他，问他："程冽，今天见到我，你觉得开心吗？"

阳光穿过树叶，斑驳的光落在她的脸上，微风一吹，光影也随之浮动，但她的眼神好像格外坚定。她这样不疾不徐、轻缓有力地问他。

程洌浅浅地笑了一下，目光也变得柔和许多，墨黑的瞳仁里映出许知颜的脸庞。她楚楚动人，像春日里最干净、最坚韧的花。

许知颜听到他很低声地说："开心，很开心。"

许知颜觉得她和程洌的关系与其他男女同学的关系是不一样的，就从程洌的这个回答开始。

程洌说话的时候把语气压得很低，眼眸是温柔的。因为他是真的开心，所以说了两遍。

恒康的学习生活紧张忙碌，学生们比在德育要忙一百倍，课间十分钟的休息时间更多时候是用来赶作业的，连上个厕所都是匆匆忙忙的，高三的走廊里很难看到学生出来活动。

教室里鸦雀无声是常态，仿佛只有笔尖在卷子上画过的声音。

就连严爱这个爱说话、爱热闹的女孩都投入进去了。

所以即便是同班同学，他们俩也不会有过多的交集，但许知颜还是在这种紧张的氛围里感受到了程洌的温柔，所以她觉得她和程洌的关系是不一样的。

一段时间相处下来，她发现程洌一般是班里来得最早的人，这一点她和程洌是相似的。

他们都不喜欢踩点到学校，更不喜欢迟到，也不喜欢做事情急急忙忙的，所以每天早一点儿去学校能避免很多意外，可以在早晨把一天的安排梳理一遍。

程洌早到教室的话，会把灯都打开，把黑板上没擦干净的地方擦干净，也会提前开窗通风。这些行为许知颜见过很多次。

有几回，教室里就他们两个人，她就坐在位置上看着程洌一件件地做那些事，程洌好像习以为常。

九月中旬下了几场秋雨，气温降低了不少，清晨的空气是冷的，比起外面冷飕飕的环境，大家更喜欢温暖的教室。

许知颜没忍住，问程洌："你把窗户都打开了，等会儿他们来了还是要关上的，就这么几分钟，其实没必要。"

程洌回到座位上，缓缓地说："最近换季，很容易感冒，班里已经有几个人咳嗽了，你不是刚好吗？多通风就能降低传染风险。"

许知颜捏着英语词汇手册书页的一角，程洌说完的时候，那一角被她捏皱了。

还有一次，严爱打水回来，从后门进的，路过许知颜的书桌时被着急出去的男生撞了一下，水洒在了许知颜的桌上，别的倒还好，就是下节课老师要讲的卷子湿了。

那个男生连声和严爱道歉，许知颜对这些一向抱着没关系的态度。

程洌对严爱也很无奈，叮嘱了几句让她下次打完水把盖子盖上。

上课的时候程洌把卷子放在中间，两个人一起看。

其实语文老师是个不错的人。老师也就是随口一问，问许知颜和程洌怎么用一张卷子，她刚想回答，程洌却抢先回答："老师，我忘带了。"

老师没再说什么，可能因为这本就是一件小事儿，也可能是因为程洌在他们的眼里是三好学生，好学生偶然忘记带卷子是可以忽略的。

在老师转过身往回走的时候，许知颜和他对视了一眼，两个人都很轻地笑了一下。

还有一次，她因为生理期肚子疼痛难忍，实在做不了作业，中午吃完饭就趴在桌子上休息。

许知颜不和他们一起吃午饭，因为每天于艳梅会给她准备好午餐让她带去学校，为此严爱一直很遗憾没机会和她一起吃午饭。

程洌他们吃完饭回来时就看到许知颜趴在桌上。她露着半张脸，紧闭着眼，嘴唇是白的。

严爱小心翼翼地问许知颜："知颜，你是不是身体不舒服？"

许知颜迷迷糊糊的，应了声还好。

班里的学生都有恒康一年四季的校服，但许知颜没有，她身上的夏装还是因为学校有多余的校服先给她的。

那几天一直下雨，天气很凉，本来她还能撑着，但因为生理期就觉得特别冷。

奇怪的是睡了一会儿她好像没那么冷了，醒来时发现身上有一件白色的、宽大的校服外套，外套带着一种淡淡的阳光的味道。

她睁眼的时候正好看到程洌的侧脸。他穿着短袖校服，在投入地解题。

外面狂风呼啸，半黄的落叶被卷起，百年的梧桐树摇晃着，但好像不管怎么样，他们门窗紧闭的教室都受不到风雨的侵袭。

程洌的外套更像一个小小的世界，温暖地包裹着她。

许知颜难得犯懒，睡了一个中午。但她掐着时间，在铃声响起的前一刻，把外套扯下来，还给了程洌。

当时程洌看着她笑了，指了指她的脸说："你都睡出印子了，这里还沾了点儿黑色水笔的墨汁。"

她摸着脸问："哪儿？这儿？"

程洌凝视着她，笑容慢慢变得很有深意，最后他抬手抚上她的脸颊，大拇指的指腹轻轻蹭过她的皮肤。

风很急，雨也很急，但这一瞬间时间被拉长。

严爱关心着许知颜，铃声一响，下意识地转身想看看许知颜怎么样了，结果就看到这个场面，她立刻捂住眼睛扭回身子。

因为动作太大，她的膝盖撞到了课桌的角，她痛得嗷嗷叫。

边上的季毓天扭头说："你能不能别一天到晚这么大大咧咧的？你能不能学学知颜的脾气？阿洌，你化学题做完了吗？我有一道题不会做，你借我看一下。"

季毓天转过身去朝程洌说话的时候只瞥见一个动作，程洌的手好像从许知颜那里收了回去。

但程洌和许知颜看起来没什么异样。

季毓天看了两眼，催道："阿洌，快快快，借我看一眼！"

程洌从一摞卷子中翻出那张化学卷子，递给季毓天。

许知颜用余光看着程洌。她看见程洌递给季毓天试卷后，垂眸盯着自己的手指，指腹捏在一起蹭了蹭。他笑了笑，然后继续做题。

这些细节让许知颜更加确定，与其他人相比，她和程洌的关系是不一样的。

程冽这个人性格稳重、心思细腻。但他看向她时，眼里的温柔很独特，至少他对严爱是没有那些举动和那样的眼神的。

许知颜确定程冽喜欢她是因为一个人：赵诚。

九月底的时候教务处主任给了蒋飞一个关于校园画廊主题活动的绘画通知。因为国庆节后市里有领导来视察，学生需要把画廊设计得漂亮些，内容一定要深刻积极。主任怕高一高二的学生做不好，就把任务交给了高三的学生，也是因为程冽是学生会主席。

许知颜觉得这个学生会差不多形同虚设，德育就没有这些的。

高中本来就短，只有三年，更替很快，长期的活动是不好办的，而且高中课业繁重，特别是高三，老师们都不太希望学生分心。

许知颜问过程冽。程冽说学生会确实是个噱头，也没有那么多活动要举行，最隆重的大概就是运动会了。

蒋飞把这个任务转手给了程冽，在蒋飞的眼里全班就程冽最靠谱，因为程冽不像其他男生那么浮躁，他每次把事情做得漂漂亮亮的。

那个画廊和许知颜之前看到的长廊不是一个东西。画廊就是长达七八米的黑板，还有可以用来展示纸质作品的白墙。

程冽本来计划国庆节要帮程孟飞跑货的，因为程孟飞的腿脚还不适合开车，但因为画廊的事情，他知道自己需要重新安排时间了。

严爱最喜欢这些活动。她抢过程冽手里的活动单，看了好久，最后开心地说："阿冽，我帮你搞呗，国庆节我们一起来学校做啊。嗯……知颜，你不是会写毛笔字吗？你就负责写字好吗？"

因为程冽，许知颜是乐意国庆节出来的，她问程冽："我可以吗？"

程冽点头："当然。"

严爱看着他们两个，总会有意无意地想起那天看到的画面，不知道是不是自己的错觉，她总觉得许知颜和程冽两个人在恋爱。

不过没关系，她喜欢许知颜，也喜欢程冽，如果他们俩能在一起，那大家就可以经常一起出来玩了，她也可以经常看见季毓天了。

当严爱美滋滋地以为国庆节四个人会一起在校园里挥笔创作、嬉戏、吃零食的时候，程冽和严爱说：“你别擅自定主题，蒋飞和我说了，我们和二班一起做这个活动，到时候问一问江黛琳她们的想法。”

严爱跳起来，说道：“什么？！我们要和江黛琳一起做？”

季毓天的耳朵又要聋了，他按住严爱：“你是跳跳虎吗？你给老子坐好。”

严爱撇撇嘴，一副不情愿的表情，说：“那我不参与了，我才不想和那个作精一起做这个事情。”

程冽咳了声，说道：“那就我、毓天、知颜，三个人一起？”

严爱生着闷气，最后妥协道：“那算了，我还是来吧。”

“我看你才是作精，瞎矫情。”季毓天揉了一把她的脑袋。

许知颜看着严爱和季毓天，微微笑了一下。可能感情的事情都是当局者迷，旁观者清吧。

傍晚放学的时候严爱和许知颜留下来打扫卫生，教室里其他人走了，只有季毓天和程冽没走。

平常这个时候他们四个人会一起下楼，一起出校门，程冽和许知颜是坐公交车回去，季毓天是家里的司机来接，严爱是妈妈下班开车来接。

经过这段时间的相处，许知颜大约了解到一些信息。

季毓天是随城人，因为在那边不好好读书，乱花钱，被他爸送到了住在卢州的外公外婆家。季毓天的外公外婆都是大学退休的教授，作风严谨，很会管教孩子。

严爱是土生土长的卢州人，父亲运营着一家糖果工厂，家庭条件还算不错。

那时候严爱问许知颜家里是做什么的，住得远不远，是不是卢州人，许知颜发现自己竟然一时难以回答。但最后许知颜还是坦诚地说了自己的家庭情况。

大概是因为之前她和程洌接触过，程洌对她的家庭情况有过一些了解。提及这个话题时，他没有让她多说，很自然地转移了话题。

他就是这样一个温柔体贴的人，就如此刻，她和严爱在扫地，他先行一步把教室里的椅子都放到桌子上去，方便她们扫地。

季毓天擦完被写得密密麻麻的黑板后，咳了好几声。

走出教学楼时已经快六点半了，下了好几天的雨，终于放晴了，西沉的夕阳从云层里一丝丝地透出来，地上的水都泛着暖色的光。

走到校门口时，许知颜一眼就看见了站在那里的陈玫和杨倩芸。

昨晚她们打电话跟许知颜说明天放学后在许知颜的学校门口等许知颜，还许知颜钱。

这也是符合许知颜的想法的，许知颜不想利用假期时间和她们见面。

但许知颜还看见了一个人。那个人站在陈玫的身边，高高瘦瘦的，顶着一头黄发，是痞里痞气的赵诚。

因为是九月的最后一天，一放学该走的人走了，校门口本就空旷，那三个人显得很惹眼，特别是赵诚闪着光的头发。

严爱和季毓天不知道有人约了许知颜，也不记得两个多月前在火锅店遇到的和许知颜同行的女孩，但程洌记得。

同时，程洌的视线还在赵诚的身上停留了一会儿。

许知颜和严爱他们三个人道别后，一个人走向陈玫。

严爱和季毓分别上了自家的车，车轮扬起一阵风，很快消失在马路上。

程洌站在原地，将双手插在裤袋里，凝视着许知颜和那几个人。

大概因为上次演唱会的时候陈玫失态了，她握着书包带子，歪着脑袋站在一边，一副不打算讲一句话的样子。

杨倩芸把卷起来的一千元现金递给许知颜，很尴尬地说："知颜，你数一下。"

许知颜象征性地数了一下，说："正好。"

淡薄的友情被戳破后，彼此就连多对视一眼都是不自然的，但许知颜没受到任何影响。

杨倩芸看着这样的她，只觉得更尴尬了。

上回陈玫是气坏了才脑子发热什么都说，但也怪不得她，因为上次递情书的事情赵诚把她说了一顿，加上她买票被骗，所有不好的事情堆积到一起，她又见到许知颜出入演唱会，心里不平衡，就爆发了。

杨倩芸抿了抿嘴巴，说：“那我们走了……”

许知颜说：“路上小心。”

“好……”杨倩芸拉了拉陈玫的衣角，小声说道，“走吧走吧。”

陈玫自始至终没看许知颜一眼，但突然抬头瞪了一眼赵诚：“你不走？”

赵诚抓了抓乱糟糟的头发说：“不走，你们先走呗。”

陈玫不管他了，拉起杨倩芸的手就走。

许知颜看了赵诚两眼，并不打算和他说话。她收好钱也打算离开，可赵诚拦住了她的去路。

赵诚没追过姑娘，也一向吊儿郎当惯了，左思右想，说：“喂，你上次为什么不收我的情书？我写了好几天才写好的。”

许知颜往后退了退，语气还算和善地问：“你是想追我吗？”

赵诚乐了，觉得这姑娘真直白。于是他把羞耻心一抛，大大咧咧地说：“对啊，我想追你。”

许知颜淡淡地笑了，说道：“我对你没什么感觉，你还是别追我了。”

“你还没彻底认识我呢，认识了就有感觉了！”

“赵诚。”

还没等许知颜回答，赵诚身后传来一道熟悉的男声，低沉而富有磁性，像秋天的一汪深潭，那是程洌的声音。

赵诚一见程洌，更乐了，惊喜地说：“阿洌？哇……我们有多久没见了？初中毕业后就没见过了吧？你怎么又长高了？！”

程洌笑着说：“差不多吧，你怎么来这里了？”

程洌明知故问。

赵诚说："我陪我的朋友来找个人，喏，就是她。"

许知颜和程洌对视了一眼，她惊讶程洌居然和赵诚认识。

程洌对赵诚说："那你们聊完了吗？聊完了你就让人走吧，她赶公交车，最后一班车是七点十分的。"

赵诚不傻，眼珠子在程洌和许知颜的身上来回打转："你们……认识？"

程洌说："我们同桌。"

"那真挺巧的，你说是不是，许知颜？"

许知颜听得出来，程洌在给她解围。她垂眸笑了声，对他们说："你们慢慢聊，我先走了。"

"哎——不是，我可以送你啊！"

赵诚被程洌拉住，啧了声，说："阿洌你干吗啊？！我好不容易见到你的同桌！"

程洌望着许知颜的背影，见她走远了，对赵诚说："你也知道那是我的同桌啊？"

赵诚一听这话，意味深长地笑了起来，用肩膀撞程洌："不是吧？兄弟，你……我说你……不是吧？喂，我先看上的。"

程洌从容地看着他，没正面回答，只说："要不要去打会儿球？"

"好啊！我已经好久没打球了！"

第二天是国庆节假期的第一天，但许知颜和往常一样早起，收拾了一通准备出门，她和严爱他们约好八点在教师里见面。

许志标在看晨间新闻，见许知颜要出门，问道："要不要送你？"

许知颜说不用。

于艳梅问她："几点回来？"

正在换鞋的许知颜说："晚上吧。"

于艳梅一听，脸色沉了下来，问道："晚上？那你午饭吃什么？"

两年了，许知颜第一次说："我在外面吃。"

“不行！外面的东西不好！我现在给你做，你带过去。”

许知颜神情淡淡地看着于艳梅，问道：“只吃一次也不可以吗？”

“不可以。”

“为什么？”

“外面的东西不好，我和你说过很多遍了。”

许知颜深深地吸了一口气，转过头时正好对上许志标的眼睛。她已经不奢望许志标能说些什么了，也不想多看他一眼，冷漠地移开了视线。

许知颜路过楼下的垃圾桶时，把便当盒里的饭菜都倒了。

她没有当面拒绝于艳梅，因为她希望晚上回来时这个家能维持现在的气氛，虽然有时沉默得让人觉得压抑，但这是她想要的安静。

可是这份午饭她真的不想要。

如果换成以前她可能就这么顺从了，甚至会提前和于艳梅说，让于艳梅准备好。

也不知道从哪一刻开始，她不想再屈服于这种生活。

许知颜是是所有人里最后一个到的。所有人包括严爱之前提过的二班女生。

只有程洌和季毓天两个男生，其余的四个是女生，严爱和其他三个女生显然不是一路人，她一个人噘着嘴坐在位置上，像在跟谁较劲。

而程洌在和一位长相极其甜美的女孩说话，在讨论怎么做好画廊。

两个人挨得很近。女生穿着碎花连衣裙，外头套了件米色的针织衫，长发垂在一侧，一颦一笑散发着清新娇柔的味道。

许知颜站在后门口看了好一会儿，虽然心里好像有点儿不舒服，但她是笑着的。

特别是当严爱开心地叫出她的名字，程洌听到后回头的一刹那，她的眉眼更弯了，视线轻轻扫了他一眼后就移开了。

人都到齐了，初步的方案也有了，一伙人动身去画廊。

严爱挽着许知颜的手臂，嘟囔着给她科普关于那几个女生的事情。

从严爱个人情感浓烈的介绍中许知颜得知，那个美丽的女孩就是江黛琳。江黛琳以前是学跳舞的，所以腰很细，加上皮肤白、眼睛大，是恒康的校花，许多男生把她当宝一样捧着。

但是严爱不喜欢她。

因为高一的时候严爱和江黛琳是一个班的，还是同桌，一开始严爱以为这是个单纯善良的姑娘，加上她喜欢漂亮女孩的天性，以为老天爷赐了她一个天使同桌。

可是江黛琳只对男生温柔，对女生爱搭不理的，平日里讲话总是娇滴滴的，但其他人一不小心就会戳到她的怒点，那冰似的眼神简直能伤人。

严爱还说了一件趣事儿，那时候她们和程洌也是同班，程洌就坐在她们后面。

程洌是他们那届卢州市的中考第一名，人长得挺拔又英俊，性格也非常好，不像其他不稳重的男生。

江黛琳没按捺住，开始暗暗地追求程洌，每天给程洌带早餐，体育课后给他买矿泉水，缠着程洌教她做题。

程洌大概察觉到了这层意思，有意无意地避开江黛琳。

有一天江黛琳上体育课摔了一跤，胳膊蹭破了皮，回到教室里哭哭啼啼地问程洌有没有创可贴，程洌淡淡地说医务室有。

娇气的大小姐脾气上来了，闹着就要程洌陪着她去。

严爱说那是她第一次见程洌冷脸，没好气地让江黛琳自己去。

江黛琳受了挫，就收敛了，因为程洌对她的表示无动于衷，一看他就不好追。因为大美女都追不到程洌，就没其他女孩追程洌了。

严爱最讨厌江黛琳两面三刀的性格，高一时严爱因为她这个性格恶心得差点儿每天把隔夜饭吐出来。

严爱说这也是她高二选理科的原因之一，就江黛琳那文艺腔的样子，江黛琳肯定选文科。

严爱不明白，她都能看明白的事情，为什么那些男生看不明白，还乐在其中？

说着，严爱踹了一脚走在前头的季毓天，凶巴巴地问道：“你的眼珠子往哪里瞟呢？你魂都没了是不是？”

季毓天一口水差点儿喷出来，转过头来，一副要掐死严爱的模样。严爱松开了许知颜，边喊救命边逃。

季毓天把水往程洌的怀里一抛，发狠地追了上去。

“严爱！我今天不教你做人我就跟你姓！”

程洌的步伐慢了下来，直到和许知颜同排，他手里掂量着这瓶水，低声说道：“我和宣传部部长商量好了，二班的那两个女孩和你一起写字，画画什么的交给严爱。我和季毓天负责找资料，还有把白墙那块儿处理好。”

“嗯，可以啊。”

程洌转过脸看她，国庆节假期的天气不错，清晨的阳光很明媚，许知颜的面孔在阳光下楚楚动人。

他的眼里有一抹黑亮的温柔，他问她：“你这个书包重不重，要不要我帮你拿？”

许知颜打趣似的问道：“真帮我拿？”

“嗯。”

许知颜没有真让他拿，只是看着他扬了下嘴角。

两个人细微的神情和动作通通落入后头江黛琳的眼里，江黛琳甜美的笑容快要挂不住了。

第四章

# 冬夜里的焰火

程洌和季毓天一开始是用手机查资料，但只有严爱、季毓天和江黛琳用的是智能机，总归不太方便。

程洌在办公楼里晃了一圈，见教务处主任还在学校，就和主任借了电脑和打印机。

当他和季毓天捧着资料回到画廊时，几个女孩已经把框架打了一半，地上的丙烯颜料摊了一大圈，这颜料还是昨天程洌接到通知后连忙去美术老师那里借的。

一切都太急了，没给学生多一点儿时间准备，而且他们现在是高三生，平常连打个盹儿的时间都是奢侈的。

许知颜从小就没有绘画天赋，班里和美术沾边儿的事情都轮不到她，所以她看着严爱熟稔地规划版面，一副兴致勃勃的模样，觉得挺好的，严爱是个很有朝气的姑娘。

严爱用三角尺打线条，站在椅子上回头问许知颜："直吗？均匀吗？"

许知颜说："均匀，这样差不多。"

二班那两个姑娘听到许知颜说话，忍不住扭头看了她一眼，嘀咕道："她什么都不会，跟着来干吗？站着指挥吗？早知道我就多叫几个人来了，这今天弄得完吗？"

她们虽然是嘀咕，但其他人都听到了。

啪——严爱把三角尺拍在黑板上，翻了个白眼说："有些人少说几句话就弄得完了。"

"你有病吧？"

"你说什么？"严爱瞪大眼睛。

"我说你……"

"好了！"江黛琳甜美的声音插进来。她看了一眼不远处走来的程冽和季毓天，笑着说："咱们安安静静的，好好做，今天肯定能做完的。"

说完，江黛琳又看向许知颜。许知颜身材高挑，但不是那种干瘪的瘦。她的长相不符合现在的主流审美，但五官拼凑在一起，让人莫名觉得很舒服。江黛琳不知道她这个人就是那样，还是她五官呈现出的感觉。她看起来很高冷，虽然会笑，但仿佛什么都进入不了她的眼底。

刚开学的时候年级里就传遍了，说一班转来个学生，大家觉得稀奇是因为高三居然还有转学的，转学生也不是因为户籍问题才过来的，还有一个原因是这个学生长得很漂亮。

路过一班时江黛琳瞥过几次，出早操时也留意过，她觉得许知颜还没到很漂亮的地步，只不过皮肤很白罢了。

今天许知颜穿的是牛仔裤和白衬衫，十分简单朴素，脸上也没有化一点儿妆，可能因为她很白，眼角那颗咖啡色的小泪痣显得格外突出。

江黛琳低头抚了抚连衣裙的裙摆，依旧觉得在外形上她是压许知颜一头的。

她对许知颜说："你可以帮我们一起打线条吗？这样的话我们在中午前就可以写内容了。"

许知颜轻轻笑了，点了下头。

她对这些没有经验，刚刚严爱和她大概说了下，她就试着照严爱说的做。

她要做到线条均匀笔直，得设定好空间距离，左边每条线之间的节点都是她画的，整个布局是严爱设计的。

她刚刚只不过是帮着严爱看一看效果而已。

她不知道是不是自己的错觉，隐约觉得江黛琳对她是有敌意的，如果是的话那应该是因为程洌。

她其实早该想到的，像程洌这样的男生怎么会没有女孩喜欢？她没想到对方还是这样漂亮的女生。

不过许知颜也挺好奇的，程洌面对这样漂亮的女生居然不动心。许知颜庸俗地想，如果她是个男生，有女生每天给自己送早餐，体育课后给自己买水，黏着自己，她一定会心动的。

也许这也是她会喜欢上程洌的原因，程洌是多么细心体贴，她被他真心地照顾着、关心着。

许知颜拿上尺子正准备量的时候，身后传来脚步声。她知道是程洌他们回来了。

紧接着她听到程洌说："我和季毓天去买点儿水，你们想喝什么？"

严爱最先开口，拿粉笔头扔季毓天，说："我要喝奶茶！"

季毓天："学校里哪有奶茶？！"

"我是说阿萨姆奶茶！你是笨蛋吗？"

"……"

画廊里扬起一阵穿堂风，拂起江黛琳的裙角，她朝程洌温柔地说："你们喝什么我们就喝什么吧。"

程洌点头，表示了解了，然后看向在专心画线的许知颜。

她把衬衫袖口卷了起来，露出一截纤细白皙的手臂，一头长发被束起，风一吹，宽松的衬衫贴到她的身上，勾勒出她姣好的身材。

大概是因为她天生有一双笔直细长的腿，不管她穿短裙、牛仔裤还是校服裤，都能很好地展示她的腿部线条。

他走到她的身边，低声问道："你呢？想喝什么？"

"都可以。"

"那要凉的还是热的？"

许知颜转过脸，对上程冽充满笑意的眼眸。

她家没有喝凉水的习惯，这是她说的，可是在学校里许知颜很少喝热水。他也不知道她到底习惯了喝热水还是心里比较喜欢喝凉的。

而且她的午餐都是自带的，他可以看得出来她的父母对她的饮食应该很注重。

许知颜也笑了，知道程冽指的是什么。

她说："常温的就可以了。"

程冽点头："那给你买果汁，行吗？"

"可以啊。"

江黛琳看着这一幕，眼尾的笑一点点消失，粉笔在她的手里被折断。

程冽表现得太明显了，他的语气和他的神态都出卖了他。

江黛琳不明白程冽为什么会喜欢上许知颜。不过刚开学一个月，许知颜看起来要成绩没成绩，要才华没才华，话也不是很多。

江黛琳高一时曾追过程冽一段时间，但程冽的态度告诉她，她没戏。

没戏就没戏，喜欢她的男生那么多，她不在乎程冽一个，但往往越得不到的越让人惦记。

不过好在程冽对谁都一样，压根儿没有谈恋爱的想法。她说他人好吧，他确实很好，谁有事儿找他帮忙，能帮的他一定帮；她说他有点儿冷淡吧，他真的挺冷淡的，他对什么都没太多兴趣，一心扑在学习上。他对自己的要求很严格，自制力也非常强。

她曾想过程冽喜欢上一个人后会变成什么样，没想到他是这般绕指柔。

中午大家打算休息一会儿去吃饭的时候许知颜确定了一件事儿，江黛琳对她真的有敌意。

她写完一块儿内容后从椅子上下来，打算和程冽他们去吃饭，谁知江黛琳望了一眼黑板，呀的一声叫了出来。

严爱听到这个声音，心里一沉，对许知颜小声说："她要开始表演了。"

江黛琳指指许知颜写的那块儿内容说："你这个内容不对，我让你写的是第二段，你怎么写了第三段？而且颜色用黄色会不会太亮？"

许知颜眯了眯眼。她很确定，当时分配内容的时候，江黛琳让她写的就是第三段。

许知颜从前一心只顾读书，很少掺和女生之间的事情，而那时班里的女生都相处得很好，也许是因为当时女生们年纪小，比较单纯。

像江黛琳这种人她是第一次碰到，拙劣的把戏一下就能被揭穿，甚至她还觉得江黛琳有点儿好笑。

江黛琳很为难地看向程冽："阿冽，这怎么办啊？丙烯是擦不掉的。"

程冽说："是不是哪里弄错了？知颜应该不会犯这种错误的。"

"可是就是写错了啊……"

程冽把许知颜的那页资料拿了过来，看了一通后说："两段内容差不多，我觉得也可以，都是弘扬正能量。颜色的话，等会儿让严爱画画的时候稍微注意点儿色彩搭配就好了。"

江黛琳："那如果到时候出问题了怎么办？"

程冽皱眉："一段文字而已，内容也没什么问题，怎么会出问题？做事情要懂得变通，如果这段内容和我们的主题确实不搭，或者有不好的信息在里面，那肯定要重写。但打印的这些资料我和季毓天都过了一遍了。"

江黛琳勉强地笑了笑，说："那好吧，那等会儿……大家写的时候要稍微仔细点儿，别再出错了。"

严爱白了她一眼，拉过许知颜的手，说："走啦，我们去吃饭。"

许知颜和程冽对视了一眼，她意味深长地勾了下嘴角。

四个人是在学校食堂吃的，国庆节期间学校里还有很多少数民族的学生留校，所以学校的食堂周末和节假日都开放。

但开放的窗口只有一个，没有严爱最爱吃的小鸡腿。许知颜难得和他们一起吃饭，严爱都没办法让许知颜吃上小鸡腿。

严爱想起刚刚江黛琳的嘴脸，气得把荷包蛋戳了两个洞。

她说："她就是没事儿找事儿，矫揉造作得不行。她不就是个宣传部部长吗？她不就长得漂亮点儿吗？莫名其妙，明明是她让知颜写那个东西的，现在又说写错了，就是故意找事儿。"

季毓天："吃饭的时候少讲话，你想被噎死？"

"噢……季毓天，你看上江黛琳了是不是？你听不得我讲她坏话！"

"我有病？我对女生没兴趣。"

"嘁。"

许知颜吃东西还是一如既往地慢。她问程冽："真的没关系吗？"

"没事儿，只要内容通顺、符合主题就好，本来每个框里的内容都是独立的。其实比起文字，板报第一眼看的是整体效果。"程冽吃饭时故意放慢了速度，说完后看了季毓天和严爱一眼，说道："你们俩吃慢点儿，她吃饭慢。"

话音落下，还在吵闹的季毓天和严爱瞬间闭嘴，两个人很默契地开始打量许知颜和程冽。

突然，严爱笑了起来。她努力憋着，差点儿把面条憋得喷出来。

许知颜始终低着头，慢条斯理地吃饭，但她的眼里漾着很淡的笑意。

吃完午饭，四个人想回教室休息一会儿。十月初的天气很晴朗，到了午时阳光就显得有些强烈了。

严爱走到教学楼前忽然说想买冷饮，不由分说地让季毓天陪着，把人拉走了。

季毓天一头雾水，新买的T恤差点儿被严爱扯破。

他热得一身汗，没好气地打严爱的手，问她："你干什么？我没说要陪你去。"

见他要走，严爱迅速拉住他的手腕，不管不顾地强拽着他往小卖部走。

其实她力气再大也抵不过季毓天，但他就这么被她拽走了，嘴上依旧不依不饶的。

季毓天觉得很奇怪，看着在冰柜前挑挑拣拣的严爱，问道："你不找许知颜陪你，找我干什么？”

自从许知颜来了以后，严爱干什么都要拉着她，没以前那么缠他了，这也正常，女孩子都喜欢手拉手一起上厕所。

严爱在磨时间，很不屑地看了眼季毓天，说：“你是白痴。”

“我是不是今天教你做人教得不够彻底？”

她更不屑了，但见他额头汗淋淋的，顺手拿了瓶矿泉水扔给他，说：“这个请你喝啦。不过你是真傻还是装傻啊？”

“什么？”

两个人买完东西往回走，严爱却把他拉到一棵大树底下乘凉。

严爱说：“你有没有觉得阿冽和以前有什么不一样？”

季毓天想了想说：“成绩更好了点儿。”

“不是这个！你真的是白痴！我是说阿冽和知颜！”

季毓天仰头喝水，说道：“他们俩不一直那样吗？而且他们暑假就认识了，比我们早。”

严爱打量着他，问道：“你是不是没有恋爱细胞啊？你不觉得阿冽喜欢知颜吗？”

“咯咯咯！”

“……”

季毓天：“你也太能掰了吧？你比我早认识阿冽，他什么想法、什么性格你不知道？”

严爱狠狠地给了他一掌，振振有词地分析道：“首先，暑假我让阿冽帮我请知颜看演唱会，阿冽一直不想去的，但是最后他们两个人都来了，更奇怪的是阿冽当时居然愿意戴头箍。其次，我上一次看到阿冽用手给知颜擦脸，我的天，你真的是没看到。最后，你不觉得阿冽对知颜格外关心吗？”

“这有什么，你上次不也硬给我戴了什么狗屁兔子发卡？还有啊，你趴课桌上睡觉我不照样给你擦口水？你要喝什么、要吃什么，我什么时候没给你买？”

严爱愣了一下，面无表情地问：“你喜欢我啊？”

季毓天："你信不信我揍你？"

"嘁……"

"都是朋友间会做的事情，你想那么多干什么？再说了，就算阿洌喜欢知颜，和我们俩站在这里有关系吗？"

严爱扶额，说："我是想给他们一些单独相处的机会啊，你真的什么都不懂！季毓天，以后谁和你在一起真是倒了大霉！"

许知颜和程洌上了五楼，两个人都出了些汗。

教室里即使门窗都开着，电扇转着，但莫名就是散不掉热气，明明刚开学那段时间比现在要热多了。

两个人坐在自己的位置上，摆弄了会儿课桌上的书本。但现在不是平常上课的时候，他们此刻不用做作业，也不用预习，课上需要的书本都带回家了，现在课桌上的书和卷子都是无关紧要的。

一时他们不知该干什么。

程洌见她脸颊红扑扑的，鼻尖上也渗出了许多汗珠，抬手把电扇的风速开到最大。

许知颜从包里拿出程洌之前买的果汁，一口气把剩余的喝完了。

程洌说："我给你扔？"

许知颜看着他，笑而不语，只是点了下头。

程洌扔完瓶子，转身回来，看见许知颜在用卷子扇风。他忽然想起一个地方，说道："要不要去走廊尽头？那边是个风口，应该比教室里凉快一些。"

许知颜说："好啊。"

这栋教学楼的隔壁是艺术楼，图书馆和音乐教室都在那栋楼里，两栋楼之间有一棵历史悠久的槐树，枝繁叶茂，十分遮阳。

凉风一阵阵地扑面而来，许知颜双手交叉靠在不锈钢的栏杆上，深深地吸了口气。

程洌说："等热过这阵子气温就要下降了，班主任和你提过秋冬校服的事情吗？"

“他说过，高一新生报尺寸的时候把我的加上了。”

“那国庆节后你应该就能拿到校服了，早晚比较凉，你可以自己带件外套。”

许知颜淡淡地笑着：“我正有这个打算，不过也还好，前些天下雨才觉得有点儿冷。”

正聊着，两个人身后有三三两两的脚步声，许知颜下意识地回头看了一眼，是江黛琳她们。

她们午餐应该是在校外吃的，许知颜刚在食堂里没看到她们。

江黛琳见程洌和许知颜在吹风，没走过去，也没打招呼，只是多看了程洌几眼才进了自己的班休息。

许知颜将这一切看在眼里。她垂眸回头，右手撑着下巴，笑盈盈地问程洌：“听说那女孩喜欢你，追过你。是不是因为你，她中午才那样说的？”

许知颜是面向外面的，而程洌是正对着走廊的。他后背靠着栏杆，双肘撑在上头，听到她的话，转过脸看她。

许知颜的语气很轻松，也没有任何对江黛琳的埋怨。

程洌习惯了，她就是这样，对大多数事情不太放在心上，不是因为大度善良，好像只是觉得不值得为这样的事情上心。

组织了会儿语言，程洌说：“我不知道。”

“不知道她喜欢你啊还是不知道她依旧在意你啊？”

这话好像怎么回答都是个错，程洌扬了下眉毛，说：“你听严爱说的？”

“嗯，她说那个女孩以前每天给你买早饭，还给你送水。说真的，你为什么不喜欢她？如果我是男生，我一定会心动的。”

程洌被她逗笑了，又反问她：“我为什么非得喜欢她？”

“这样的女孩子你都不喜欢，那你喜欢什么样的？”

许知颜说这话真不是在试探程洌，恰好话题落到这里，顺其自然地就问出了口。

但程洌的目光深沉了一些，和上次的回答差不多，他说：“遇到了我就知道自己喜欢什么样的了。那你呢？你上次说自己以前喜欢斯文点儿的，当时不知道，那现在知道了吗？”

许知颜很认真地思考了一下，说道：“没有什么标准吧，就像你说的，合适的、心动的就可以了。”

“你觉得赵诚怎么样？”

程洌不说她都快忘了这个人了。

许知颜耸肩笑了下：“他不是我喜欢的类型。不过你怎么会认识他？”

程洌说：“以前我们是初中同学，关系处得还不错。你和他认识是因为……那个在演唱会上遇到的女生？”

“嗯，他们好像是不错的朋友。”

“以前有很多男孩追你吗？”程洌忽然问道。

许知颜：“没有，我连朋友都不太多，哪里会有人追我？如果硬要说的话，赵诚算是正儿八经的第一个吧，不过我希望他不要再来找我了。程洌，既然你和他关系不错，下次有机会帮我传达下我的这个想法吧。”

“他应该不会再来找你了。”

“嗯？”

风在初秋的午后轻轻吹着，槐树的绿叶被吹得哗哗作响，几片早黄的叶子随着风落下，正好落在许知颜的头上。

程洌始终凝视着她。

他觉得有点儿不可思议，许知颜这样的女生居然没被什么人追过，他以为得过五关斩六将才能站到她的身边。

他轻轻笑了，抬手拾起那片叶子，低声说道：“因为我和他说，我在追你。”

昨晚他约赵诚打篮球，男生之间的竞争总是如此简单迅速，谁也没说规则，但当一个小时的时间他赢了赵诚十四分后，两个人都心知肚明。

当时赵诚倒在地上气喘吁吁，说：“愿赌服输好吧？女神让你了！

不过阿洌……女神可难追了，你得费点儿心思，要是你追不到，放弃了，打电话通知我一声，我没皮没脸的，我接着追！”

程洌把球砸了过去，赵诚手疾眼快地接住球。

他没回赵诚的话，把赵诚拉了起来，说打完球就回去了。

回去的路上他把许知颜想了一千遍。说实话，他也没有信心能追到许知颜。

但他总感觉他和许知颜的关系很微妙。她看他的眼神、和他说话的语气，都和别人不一样，他也不知道是不是自己自作多情。

那天，她问他见到她开不开心，这个问句本就充满深意。她会这么问，只能说明她在意，在意他想不想再见到她以及见到她后的心情。

她为什么会在意？是不是因为她有着和他差不多蠢蠢欲动的心？

他没追过女生，总觉得女生的心思比较难琢磨。许知颜还不像严爱什么事都写在脸上。她对谁都客气又疏远，对什么都淡淡的。

他思考了很久，怕太直白把许知颜推远了，又怕太含蓄没效果，最后用了最老套的办法。

他喜欢一个人，那就对她好吧。

正是因为他喜欢，所以会忍不住对她好，关注她的一举一动，在意她的每一个神情。

在他原本的计划中是不存在恋爱这一项的，包括上大学，他都没准备交女朋友。

他要做的事情太多了，没办法肩负起应有的责任，也没有能力给一个女孩安稳的生活。

许知颜真的完全打乱了他的节奏，暑假和她分别后的那段时间，他试图让自己的生活回到正轨，好不容易定下心，没想到会在恒康见到她，见到她的一瞬间他知道自己完了。

什么责任，什么能力，什么计划，都被多巴胺抛到九霄云外。

他最强烈的欲望就是想和她在一起。

但他不知道许知颜是不是也喜欢着他。

本来他是想慢慢来的，但现在说到赵诚，说到理想对象，脑子一热，话就这么被他说出了口。

他想看看许知颜的反应，想得到点儿信息。

程洌看见许知颜抬起眼眸，细长的眸子里有树叶的影子在晃动。她慢慢勾出个笑容，当真是媚眼如丝。

他不知道是不是真的太热了，她的耳朵都红了。

她什么都没回答，只是笑得很有意味。

程洌的话听起来很自然，他还试图用几分玩笑的口气去掩盖自己的羞涩。

可当许知颜和他对上视线的一刹那，第六感告诉她，程洌说的是真心话，他是真的想追她。

就是这一天，她确定了程洌是喜欢她的。

许知颜没有回答程洌，因为那一刻她不知道怎么接这话。

如果她直截了当地问程洌是不是真的在追求她，也许他们在那天就会在一起，但她没有这么说。

虽然她和程洌认识的时间不算很长，但她对程洌这个人的性格很了解。他能这么说多半是在试探她的想法，是在暗示他的心意。

他当时说完，许知颜的心跳都快了几分，她觉得满足和愉悦，但下一秒还有别的情绪涌出来——迷惘和害怕。

他们才十八岁，还没真正尝到生活的滋味，还没经历过人生的大风大浪，如果她和程洌在一起，他们能在一起多久？

她不知道以后程洌会不会在性格上有很大的变化，就他现在的性情而言，许知颜相信他会始终如一、体贴温柔。

可她要的不是一时的冲动和新鲜感，也不是两三年的青春年华。她自己都做不到对未来的承诺，怎么要求程洌做到？

她也害怕当她满心投入后，有一天会和程洌分道扬镳。

她看着程洌倚在栏杆上，微风拂过他的衣袖，斑驳的阳光下双眼漆黑如曜石。他凝视着她，他的眼里只有她，听他那样温柔低沉地说话，她便很难克制自己。

他抓住那片叶子的时候也彻底抓住了她的心。

许知颜一个人挣扎了很久。她喜欢程洌这件事儿应该只有她和程洌知道，她没打算告诉别人，包括严爱和季毓天。

那天之后，程洌对她和以前一样。他没再说过暗示的话，和她的关系也保持得恰到好处。

那些细节上的温柔和明目张胆的体贴他都不吝啬，却又不会让她感到有压力和不舒适。

他们就这么过了一个多月。

许知颜没有办法心安理得地享受程洌对她的好，但又喜欢他注视着自己，关心着自己。

她有时候觉得自己变成了一个很讨厌的人。

让她下定决心和程洌在一起是因为一件小事儿。

十一月中旬，初冬，卢州的初冬并不温柔，狂风大作，细雨绵绵。

周五晚上她回到家里，风很大，连伞都不能撑，淋了一身雨，到家时许志标已经回来了。和往常一样，父母一个在厨房里忙活，一个在客厅里看电视。

吃完晚饭，于艳梅从许知颜的卧室拿出一件黑色的羽绒服让她试试。

许知颜看到这个颜色，目光一寸寸地黯了下去。她看着于艳梅固执又冷漠的眼神，心里忽然涌上一阵不耐烦的感觉。

于艳梅递羽绒服的手还在半空中，她说："穿上看一看。"

算上前面两次，这是许知颜第三次反抗了，她下意识地用手去推衣服。

许知颜的个子比于艳梅要高，许知颜垂眸看着她，气势不输于艳梅。

许知颜说："我不想穿。"

于艳梅对她的想法感到不可思议。许知颜从来没有抗拒过她，从来没有说过"不"字，于艳梅偏执地认为许知颜没有什么资格反抗他们。

于艳梅是从不让步的人，她说："现在就试。"

"我说了我不想。"许知颜的声音轻而坚定。

见两个人有些剑拔弩张的意味，许志标赶紧过来劝说。他扶住于艳梅的肩膀，柔声说道：“别动气，你刚吃完饭，知颜应该是这几天要考试，绷太紧了。来，衣服给我，我和知颜说，你去准备洗澡吧。”

于艳梅本就是个话不多的人，看了几眼许知颜后转身回了卧室。

许知颜刚要回自己房间，许志标叫住了她，深深地叹了口气说：“知颜，和爸……和我聊一聊。”

她和许志标很少说话，聊天的次数更是屈指可数。

两个人站在阳台上，外面风是风，雨是雨，冷风刺骨，却吹不散许知颜眼里的漠然神色。

许志标捧着这件羽绒服，又连连叹了好几口气，说道：“你就让让她吧，一件衣服而已，当时我就和你说过了，她啊……受的刺激太大了，人变得很执拗。”

许知颜凝视着外面的震风陵雨，神情没有太大波澜，许志标的话更是和两年前如出一辙。

许志标说：“让让她，好不好？知颜……”

许知颜没回答，也没有接受那件羽绒服。她回到房间里，和之前一样做作业、刷题。

过了很久，直到深夜她才放下笔，抬头的第一眼就看到了程冽送她的那盆充满朝气的花。

它的生命力很旺盛，被修剪过后开了好几拨花，入冬了，它仍开着。

她又想起程冽。他在演唱会上问她喜欢黑色的发箍还是蓝色的发箍。

一个不怎么熟悉的人都知道怎么去尊重对方，为什么她所谓的家人不知道？

她回想起从记事起的种种事情，好像不知道从什么时候开始，她已经不是她了，别的小朋友有喜欢做的事情，她没有。她的生活永远是名次、成绩、奖项，她卑微地希望能用这些换来父母真心实意的喜欢。

又是从什么时候开始，她悲哀地发现，这世上其实没有人真的在意她？

从前是讨好，现在是顺从，她一直被忽视、被替代，但凡许志标真把她当女儿看待，他就不会对她说让让于艳梅吧。

她要让多久，顺从多久？他们让许知颜穿许墨光喜欢的衣服，用她喜欢的黑色用品，考她曾经想去的大学，那许知颜自己呢？

她的人生又是从哪一刻开始变得这样任人摆布的？

许知颜盯着那盆花坐到了清晨，天微亮时，风雨停了，温暖的太阳露出来，光芒从东边一丝丝地张开，含苞待放的花蕾迎着光，十分缓慢地盛开。

许知颜动了一下喉咙，倔强地没有流一滴眼泪。她维持着死板的作息时间，像被奴役惯了，六点，准时去洗脸刷牙。

又是月半，于艳梅要去庙里烧香，而这一天是许知颜的生日。他们不记得，也不在意这件事情。

许知颜已经很多年没过生日了，从小到大也就吃过那么几回生日蛋糕，有时候她自己都忘了生日这回事儿。

偶然听同学说起生日，看他们相互祝福，她才会想起自己的生日。

这一天，许知颜也忘记了自己的生日，直到家里的电话响起，程冽的声音出现在电话的那头。

许知颜没有手机，所以把家里的电话给了他们三个，季毓天和程冽从来没有打过，严爱在周末时打过几次。

所以程冽打电话过来，许知颜以为程冽有什么重要的事情，他在电话那头犹豫了半天。

许知颜问了他好几遍，最后逗他说："你再不说，我挂电话了。"

程冽斟酌着说："你今天方便出门吗？"

他记得，她爸爸每个周日要回厂，每个月中旬她妈要去寺庙，所以他想她应该是能出来的。

许知颜觉得程冽是想约她，也许还有严爱、季毓天。她说："我能出来。"

程冽说："要不要一起吃饭？"

"吃饭？就我们两个人吗？"

“嗯。”

许知颜刚笑了两声，只听程洌又说：“今天不是你生日吗？我……我正好也没什么事儿，雨也不下了，我们……可以一起吃个饭。”

她的笑容慢慢地僵住，她抬头看了眼墙上的日历，今天是她的阳历生日。

她问程洌：“你怎么知道的？”

“上次你填家庭信息表格时我看到的。”

他看到了她的生日日期，记住了。

许知颜握着电话，盯着日历，久久说不出话。

程洌说：“如果你要留在家里过，不方便的话就不出来，我就是随口问问。”

“没有。”许知颜说，“家里不过生日，我们可以一起吃饭……不过程洌……”

“嗯？”

许知颜抬了下眼皮，浅浅地吸了口气，压下喉咙里的酸涩，故意问他：“那你有没有给我准备礼物啊？”

程洌在那头低声笑了，说：“有。”

许知颜快要溺毙于这份温柔里，笑着说：“去哪儿吃啊？”

“你想吃什么？”

许知颜知道他的家庭情况。他不是富裕人家的孩子，不像季毓天和严爱。她问过他学习那么忙，为什么他还要装大学生去给别人补习，程洌说因为缺钱。

他对她没有隐瞒，很直白地说了家里的情况，虽然他家缺钱，但也不是很糟糕。这两年他的父亲打理花圃是赚钱的，只是之前赔的钱还没还上，他当家教是为了赚点儿生活费。

许知颜说：“我们去吃碗面吧，不都说过生日要吃长寿面吗？”

程洌应该在想去哪家面馆，片刻后，说：“可以啊，我知道一家餐馆的面很不错。”

“地址呢？”

“那个地方有点儿偏，没有公交车能到，你要打车吗？”

“不然呢？你要接我吗？”

许知颜这话是开玩笑的，但她没想到程冽说：“好啊，我接你，你下来吧。”

许知颜瞳孔猛地收缩，说：“程冽……”

“我在你家小区外面，就上次停车的地方，你一出来就能看见我。”

“你什么时候到的？”

“刚到。”

许知颜觉得这肯定是假话。她不信，问道：“是吗？”

简单的一个反问让程冽妥协了，他笑着说：“一个多小时前吧。”

许知颜也妥协了，轻轻地说：“那你再等我十分钟，我换个衣服就下来。”

程冽说：“不着急，你慢点儿，别忘记带钥匙，也别穿太薄的外套，今天还是挺冷的。”

许知颜说十分钟就十分钟，不一会儿程冽就看到她从小区门口那边走来。

她穿了件白色的外套，里头是很柔软的粉色毛衣，一双长腿被牛仔裤包裹着，午后的阳光给她镀上了一层温柔恬静的光。

这是程冽第一次看她穿粉红色的衣服，她皮肤白，穿什么都好看，只是在他的印象里，她穿冷色系的衣服次数偏多。

程冽站在路边等她，借着这看不清人神色的距离，目光在她的身上多逗留了一会儿。

其实他希望许知颜慢点儿下来，这样他好多点儿时间散烟味。

他在这里待了一个多小时，抽了一个小时的烟，车里烟味重，他身上的味道肯定也重。

许知颜的生日是他在半个月前无意中看到的。认识这么长时间，他们从来没聊起过年龄和生日的话题。知道了她的生日以后，他不能装作不知道，心底也陡然冒出许多想法。

他要不要准备一份生日礼物？他要不要问问严爱，商量着一起给许知颜过个生日，还是自己给她过？她喜不喜欢过生日？生日那天她能抽出时间给朋友吗？

可能因为她是他喜欢的女孩子，所以他不想浪费任何一个与她有关的日子。

在他的认知里，女生都喜欢过节收礼物，她们天生喜欢浪漫，渴望惊喜，至少他的母亲是这样一位女性。

那时候程孟飞制造了很多令人哭笑不得的惊喜，有成功的也有失败的，但不管怎么样，当时母亲都十分感动，从她的眼神里程冽能感受到母亲的激动之情。

这种爱意的表达能扫去生活带来的疲惫感，那个瞬间他能看到自己父母的眼里重新燃起的对生活的激情和韧劲。

他不知道许知颜会不会喜欢这种有些俗套的流程，也不知道这样能让两个人的感情更进一步还是让两个人变得尴尬。

那天，许知颜没有给他任何表示，一般女孩子沉默可以理解为她在逃避或是委婉拒绝，但他始终没有从她的神情里看到这些。

她更像是不知道怎么回答，又不好意思多说。

当然这都是他的揣测，那天回去后他想了很久。他和许知颜不是非得在一起，他也不是非得快速地追到他，感情的事情还是顺其自然比较好。他做好他该做的，终有一天他们之间会有答案。

可想法是理性的，举止是感性的。

除了周一到周五，他还想在周末见到她，想每天见到她。所以他借着生日见她，借着生日表达自己的心意，借着生日想让她开心一点儿。

喜欢一个人总会有许多这样情不自禁的期盼。

但有时候看着许知颜，他告诉自己不能被感性侵占，所以就要不要打电话约她出来这件事儿想了一个星期，到她家楼下后又踌躇了一个小时。

他抽了五六支烟，想来想去还是没想明白，思绪总会飘到不相关的事情上。

比如这个星期一直在下雨，气温骤降，周三早上他坐的公交车被迫绕路，因为雨天路滑出车祸了，这个学期他第一次迟到了。

早上许知颜看到姗姗来迟的他时表情由紧张慢慢变成轻松，问他怎么来晚了，还以为他生病了。

比如再前一段时间，运动会的时候，他报了五十米短跑，许知颜在终点等他，手里握着一瓶矿泉水。她始终笑着看着他，递水时还打趣他，怕他不接受她的水，她暗指以前江黛琳体育课后给他送水的事情。

当场他就喝完了那瓶水。然后许知颜笑得更厉害了，在边上没人的时候说："短跑也会那么渴吗？不撑啊？"

她笑起来的样子好像越来越可爱了。

感觉是一件非常神奇的事情，他能感觉到他和许知颜之间微妙的气氛。她的眼神、她的笑容都在告诉他，他对她来说和别人是不一样的。

当脑海里不断浮现出许知颜看他的眼神和甜美的笑容时，他拨了许知颜家的电话。

听到她声音的时候，话哽在喉咙里，他竟不知道怎么开口。

那一刻他挺想笑的，笑自己怎么连话都不会说了，笑自己不知不觉变得多思多虑了。

但最后他还是顾虑许知颜的想法多一些，怕太直接让她尴尬，也怕她没时间，所以刻意装作这是一场巧合。

当许知颜问他有没有礼物时，他知道她是真愿意出来和他一起过生日。

看着此刻许知颜一步步朝他走来，程冽不禁扬起了嘴角，落在许知颜的眼里，她只觉得他比初冬的阳光更温柔。

程冽把副驾驶座的椅套换了，许知颜记得夏天的时候椅套是看起来有些年头的暗红色，现在是蓝色条纹的。现在的椅套崭新，十分厚实柔软。

他可能洗过它，椅套上面有淡淡的金纺香气，但这种香气没办法掩盖住烟草味。

许知颜系上安全带后问他："你抽了多少支烟啊？"

程冽发动车子，知道瞒不过她，诚实地说："五六支吧，味道很重吗？要不我们打车去？"

"还好，我只是想不通。"

"嗯？"

"我想不通你怎么在这里待了一个小时才给我打电话，你是怕我不出来吗？"

程冽："我想你今天过生日，也许你父母带你出去吃饭了，或者有亲戚朋友过来和你一起过，怕打扰你。"

许知颜笑着，转头看向外面的风景，两侧的树木的叶子已经凋零得差不多了，生出了独属于冬天的萧瑟感。

她说："我一般不过生日，你今天打电话我才想起来。"

这又是一个不应该提起的话题，但许知颜说的时候永远是事不关己的语气，她不在意的事情又增添了一件。

程冽没问她为什么不过生日，也觉得询问她家里的事情不合适，就他了解的情况而言，她的父母可能有些疏忽她。

两个人都不想让这些话题将气氛变得尴尬和伤感。对许知颜而言，她能够坦然说出口的都不再是值得在意的事情。对程冽而言，他明白她的想法，今天既然她愿意出来，那就尽可能留下一些美好的回忆。

所以程冽问她："那你想过生日吗？"

如果自己在意，一个人过生日也是过；如果自己不想过，被一群人围着也没意思。

许知颜想了会儿说："一般般吧，可过可不过，以前看到别的同学过生日我还是羡慕的，但那时候年纪比较小，有想吃蛋糕的成分在里面。"

程冽弯起嘴角："那你现在还想吃蛋糕吗？"

"你没买吗？"许知颜故意这样问。

"你猜啊。"

许知颜打量着他的眼神，扭头朝后车座张望，果不其然，后面有个蛋糕盒子。

许知颜搭在安全带上的手一点点地收紧。她垂下眼眸，笑了笑，说："多少钱买的啊？我把钱给你吧。"

"挺便宜的，六寸的蛋糕能有多贵？要不等会儿你请我吃面？"

许知颜点头，缓缓地说："好啊。"

程冽说的这家面馆真的挺远，他开了足足一个小时的车。他们到的时候四点多，差不多是吃晚饭的时间。

面馆在一个偏僻的小镇上，这里烟火气十分重。入冬室外气温低，面馆里热气腾腾，这让许知颜想起电影里的画面。

面馆生意红火，程冽说这家面馆前几年上过电视，所以在这一带挺有名的。

两个人在狭窄的二楼入座，暖气开着，温暖如春，架在角落上方的老式电视机正播放着一部电影，右下角印着电影名《堕落天使》。

许知颜环顾了下四周，和程冽各点了一碗招牌烫面。老板是个五六十岁的光头大叔，脸上泛着油光，和程冽显然是老相识。

老板挤眉弄眼地问程冽这位小美女是谁，问他是不是谈恋爱了。

程冽看了几眼许知颜，没解释也没正面回答，对老板说："叔，再拿壶热饮过来吧，她的那份面里不要放葱。"

"好好好，叔请你们喝吧，今天的玉米汁特别棒！我让小齐给你们端来。"

许知颜不可思议地看着程冽，说："你怎么知道我不吃葱？"

程冽说："那次在你家吃饭，我看你吃得慢，吃什么都会拨开葱花，你在学校里不也这样？你带的饭盒里葱花永远是剩得最多的。"

许知颜回想这些事情，惊讶于程冽对她的关注，也佩服程冽的细心。

她想程冽应该连严爱爱喝什么饮料都不清楚吧。

许知颜问他："那你呢，你有什么不吃的吗？"

"没有，我什么都能吃。"程冽顿了顿，说，"你是不是还不爱喝牛奶？"

许知颜抬起右手撑着下巴，饶有兴致地看着程冽："这你又是怎么知道的？”

她在学校一般只喝矿泉水，偶尔会喝点儿碳酸饮料。他总不会是因为她从来没买过乳类饮料得出的结论吧。

程冽点了下头，算是确定了这件事儿。

他说：“你房间里那盆虎皮兰是用牛奶浇的吧？”

“原来是因为这个啊。嗯，我不能喝牛奶，喝了以后会觉得不舒服，但不是很严重的那种情况。我……我的妈妈不知道，她每天晚上会给我热一杯牛奶，我没办法就浇花了。”

程冽笑了：“所以你窗台上的花都是这么死的？”

“应该是吧。”

许知颜淡淡地笑着。

其实她知道，牛奶可以倒在别的地方，但她就是想看看那些花能坚持多久。这种恶意执拗的心理她不太想告诉程冽，但她隐约又觉得程冽能察觉到。

许知颜转了话题：“这家面馆你是怎么知道的啊？以前常来？”

她说的时候服务员正好端上烫面，面条是手工拉的，汤汁浓郁醇香，配料丰富，十二块一碗很值。

程冽抽出筷子递给许知颜，说：“我小时候就住在这一带，那时候我父母因为不想做饭经常带我来吃，后来搬到了老城区那边我就不常来了。上次来好像还是过年的时候，我和我爸回来扫墓，顺道来了这里吃饭。”

许知颜被戳中笑点。

虽然于艳梅对饮食方面很偏执，但在许知颜的印象里，多数家庭的父母还是乐意做饭的，省钱又健康，对孩子的身体也好。

怎么程冽家就格外不一样呢？

许知颜说：“你父母为什么不做饭啊？”

“我爸不会做饭，我妈是片警，她很忙。他们俩啊，其实都不喜欢做饭，也没人愿意刷碗，每次吃完饭整理饭桌都得斗一阵嘴。”

“你爸妈的感情很好。”

“嗯，他们是自由恋爱，感情确实很好。”

但许知颜记得上次程冽说过，在他十一岁的时候，他的妈妈因公牺牲了。

许知颜没深入了解他的家庭，和程冽一样，她和程冽都不愿意窥探别人的家庭和伤疤。

许知颜问：“所以现在是你做饭？”

程冽给她倒了暖暖的玉米汁，笑着说：“大多数时候是我，我爸手艺一般，我弟弟不太喜欢吃他做的饭。”

“那你觉得累吗？”许知颜忽然这样问他，她的声音被面汤笼上一层热气，轻柔平静。

程冽说：“不累，我觉得现在挺好的，挺开心的。”

许知颜凝视着程冽。他的声音、他的体格、他的思想和一些行为都不是同龄男生比得上的，他更像是阅尽千帆的男人。

他比她努力生活，比她思想通透，也比她成熟稳重。

也许这是她会喜欢上程冽的原因吧，他的身上有她羡慕的东西，有她渴望得到的东西。

从她认识他的那天开始，他就以一种润物细无声的方式慢慢地渗透她的生活，让她觉得自己是值得被喜欢的，是有人在意的。

两个人吃完面的时候，那部播放的电影也正好接近尾声，台词是这样的——“我已经很久没有坐过摩托车了，也很久未试过这么接近一个人了，虽然我知道这条路不是很远。我知道不久我就会下车，可是，这一分钟，我觉得好暖。”

正值周末，老面馆的生意异常火爆，狭小的二楼坐满了人，多数是五大三粗的工人，他们叫上几瓶啤酒，来一碗热腾腾的面条，围了一桌，用方言说着些琐事。

相比之下，程冽和许知颜两个人显得格外突兀，一对略显青涩的男女，桌上还放着一个生日蛋糕。

程冽插上蜡烛，将蜡烛一根根地点燃。

许知颜捧着玉米汁边喝边看他，挂在唇角的笑就没停下来过。

她没怎么正式地过过生日，从小到大也没有吹过蜡烛，没许过愿，在这个已经半成熟的年纪里做这事儿忽然有点儿磨不开面子，觉得怪尴尬的，边上还有那么多叔叔辈的人。

本来她是打算吃完了就走的，但程洌说这会儿不吹蜡烛等会儿就没地方吹了。

两个人大眼瞪小眼，最后都没忍住，笑了起来。程洌说："你许个愿吧，吹完蜡烛再走。"

她破天荒地同意了这种肉麻的事情。

在周围的人有意无意的注视下，许知颜闭上眼，简单地许了个愿，轻轻地吹灭了蜡烛。

她吃了大半碗面，实在吃不下蛋糕，但因为程洌还是吃了几口蛋糕。

他给她切了一小块蛋糕，许知颜勉强吃了几口，因为蛋糕是程洌买的，是他的心意，所以许知颜笑着对他说："蛋糕很好吃，奶油一点儿都不腻，你也尝一尝啊。"

"不了，我不怎么吃……"

话还没说完，许知颜叉起边上自己没有吃过的地方，蛋糕已经被递到了他的嘴边。

程洌下意识地张嘴，那一小块柔软的蛋糕在他的嘴里慢慢地化开，很甜，但真的一点儿都不腻。

程洌凝视了会儿许知颜，咽下蛋糕后，扬起淡淡的、富有深意的笑容说："走吧。"

他们走出面馆，天已经黑了，冬天的天总是黑得比较早，冷风迎面而来，地上湿漉漉的，前些天刮风下雨，地上的湿气还没散。

许知颜不自觉地缩了下脖子。

程洌笑她，说："不是让你穿得稍微厚点儿吗？你很冷吗？我那车的暖气坏了，你要是冷的话就没办法了。"

两个人往车的方向走，许知颜摇头说："现在还没到最冷的时候，也不算太冷，是面馆里面太暖和了。”

程洌把蛋糕放在后座上，从扶手里掏出一包未开封的暖宝宝递给她。

许知颜一愣，随即问他：“你不是说要是冷的话就没办法了吗？”

程洌说：“我开玩笑的。贴两张在身上吧，你穿得这么薄。”

“你专门为我买的吗？”她明知故问。

“嗯，我想着你应该……嗯……应该会觉得有点儿冷。”

程洌想了半天，却不知道怎么说这件事儿。他和许知颜只是同学和朋友关系，如果他直接说是考虑到她正处在生理期会让她觉得不适，也会显得他特别下流吧。

可他就是记住了，因为九月中旬有一天，她疼得趴在桌上睡了一个中午。

他对女生这方面的事情不是特别了解，只知道大概的周期和一些反应，这是上生理课时老师说的，其余的科普来自严爱。

严爱从来直言不讳，那几天严爱会变得格外暴躁，每次和季毓天吵架都会扔出一句“我在生理期，你不能让让我吗？”。

严爱说女生在生理期心情容易不好，有的人会觉得肚子很疼，得多喝热水，好好休息。

季毓天曾嘲笑严爱生物白学了。

程洌没见过许知颜发脾气或者突然性情变化很大的样子。无论哪一刻她都是平静的，带有笑意的，但身体的反应她没办法克制。

许知颜没想到这一层，虽然她是在生理期。她撕了一张暖宝宝贴在腰后，靠着柔软厚实的座椅套，一会儿整个人就暖和了起来。

程洌看了眼手机上的时间，现在是五点十分，还早，但也可以说挺晚了。

他问许知颜：“今天是你的生日，你还想去哪儿吗？或者想做点儿别的事情吗？还是你想回去？”

许知颜也不知道还想做什么，说道：“我不回去，今天家里没人，我可以在外面多待一会儿。你有什么想做的吗？”

“你想去逛街吗？你想去电玩城吗？”

“你喜欢这些吗？”

程冽的手搭在方向盘上。他转过头，微微笑着说：“我对这些不怎么感兴趣，只是一时想不到带你去哪儿玩。”

许知颜懒懒地靠着，吃完饭就有些困倦了。她看向程冽，和他对上视线，缓缓地说：“那就哪儿都不去。”

“嗯？”

许知颜勾了下唇：“程冽，要不我们去看星星吧？”

程冽怔了一下，对她的想法感到不可思议，不过今天她想做什么都行，哪怕她说想去摘星星，他都会陪着她。

程冽干脆地点头，说：“行啊，正好今天没下雨，天也够晴。我带你去个公园吧，那里没什么灯火，应该能看到星星。”

“好啊。”

许知颜的生活很枯燥。她没什么社交活动，也不爱去娱乐场所，平常去得最多的地方就是图书馆，但今天总不能让程冽陪她去图书馆吧。

比起逛街，她更希望能安静地坐在一个地方，周围没有其他人，就这样和程冽待在一起说说话，说什么都行，和喜欢的人在一起，这个夜晚、这个生日已经足够完美了。

所以，她忽然灵光一闪，说了个极具浪漫色彩和理想主义的提议，没想到程冽二话不说就答应了。

程冽所说的公园是一座开放式的自然公园，说是公园，倒不如用一个山头来形容它更合适。这里没有人工栽种的花草，也没有刻意铺垫的道路，只是在旁边设立了一些石头长凳而已。

但这里确实是个清静、视野开阔的地方，他们可以俯瞰卢州的大好夜景。许知颜第一次发现，这个不怎么发达的小城市居然也有这样繁华璀璨的景色，底下灯火闪烁，天上星光明亮。

许知颜站在山头上，深深地吸了口气，空气里夹杂着初冬枯叶被分解的味道，还有扑面而来的清新感。

程冽打开车灯，两束灯光打在她的身上，她的外套帽子上的绒毛在风中柔顺地飘荡着。

程冽站在她的身后，看了好一会儿她的背影。

她很瘦，好像一吹就会散，但又十分坚韧，骨头比石头还硬。

许知颜转过头来找程冽，正好撞上他温柔的眼眸。她朝他露出一个笑容，细长的眸子弯起，光芒和程冽一起落进她的眼里。

她说："你站在那里干什么？你不过来吗？我刚刚好像看到那家面馆了，不知道是不是。"

程冽扬了下嘴角，注视着她的眼神一点点被她的笑容软化。

他慢腾腾地走过去，和她并肩站着，看向许知颜手指的方向，说："那不是面馆，我记得那边应该是家服装店。"

"这样啊，那里远看还挺像那家面馆的。不过你怎么知道这个地方的？这也是你小时候经常来的地方吗？"

"嗯，我小学是在这片儿读的，后来我妈去世了我和我爸才搬走。那时候我年纪小，调皮，放学了喜欢和同学到处乱跑撒野。这里以前没变成公园时，几乎没什么人来，那时候生态也比现在好很多，野果和野花特别多，我就和同学一起掏掏鸟蛋，爬树摘果子。"

许知颜想象着那些画面，说道："你小时候居然是这样的性格啊！"

"男孩子，静不下心。你呢，你小时候不玩这些吗？"

"我啊……我……有和同学玩过卡片，跳跳橡皮筋，捉迷藏，差不多就这些。"

程冽："嗯，好像那个时候女孩子都喜欢跳橡皮筋。"

"好像是吧。"

那些记忆对许知颜来说已经变得十分久远和零散了。

两个人吹了会儿风，程冽低头看她，她的鼻尖都红了。他说："你要不要去车里坐着？"

许知颜回过神，点了下头。

程冽把椅子往后拉到最后，往下掰，将椅背调成最舒适的角度。

许知颜看着这样的他，心再次被暖化。

两个人半躺着，仰望着这漫天繁星，周围静谧得没有一点儿声响，狭小的空间里，呼吸声和心跳声被无限放大。

许知颜看着屹立在万家灯火中的一座灯塔，忽然想到一件事儿。她转过头，笑盈盈地说："程洌，你不是说有礼物吗？"

她不说程洌都忘了。

程洌笑了笑，从后头拿过一个小袋子递给她。

许知颜说："我可以现在拆吗？"

"拆吧。"

这是一个很小的袋子，许知颜想着也许是一条项链或者手链。她想，按照程洌的性格，这应该不是什么别出心裁的东西。程洌虽然细心，但毕竟没有任何哄女孩子开心的经验。

她拆开礼物后，和之前想的差不多，这是一条由红细绳和玉佛组成的项链。玉佛是淡绿色的，晶莹润滑，一元硬币大。

许知颜拎起玉佛，放在车内的灯下仔细地看。

她说："这不会是你去庙里求的吧？"

"差不多吧。"

"什么叫差不多？"

程洌说："你喜欢这个吗？"

许知颜的视线落在他的脸上，她说："喜欢。"

不管程洌送她什么她都喜欢，哪怕没有礼物，今天对她来说也十分难忘了，从来没有人这么在意过她。

眼神无法骗人，程洌看得出许知颜是真喜欢这个礼物，这让他轻松了不少。

许知颜为了表示对这份礼物的喜欢和感激，晃了下玉佛，说："你能帮我戴上吗？"

程洌眸色温柔，微微地笑了，接过玉佛，轻声说："你转过去吧。"

许知颜坐直，拨开长发，背对着程洌。

昏黄的灯光下，许知颜白皙的皮肤被染上一层醉人的颜色，程洌闻到她身上淡淡的香气。他的目光掠过她的头发、后脖颈、拢着头发的手，最后才落在红绳上。

冰凉的玉佛贴在胸口的刹那，许知颜浅浅地吸了口气。

“好了。”程冽说。

许知颜摸着玉佛，转过身来，老套地问他：“好看吗？”

程冽的嘴角噙着笑，他说：“好看，你皮肤白，戴它很好看。”

许知颜凝视着他，他那双漆黑的眼睛里总是有温柔的情意流淌。她捏了捏玉佛，看向前方。

她说：“你为什么要送我这个？”

程冽知道自己可以编个理由糊弄过去，可是他不想这样做。他想告诉许知颜，她对他来说很不一样，他长这么大第一次有这种感觉。

如果刚刚许知颜没有喂他蛋糕，也许他会随意找个理由，但那一刻他觉得许知颜应该是喜欢他的。

这种事情总归要男孩子主动一点儿。

程冽组织了会儿语言，缓缓地说：“这是我小时候戴的，上高中后就不戴了。因为打篮球不方便，我也总觉得男孩子戴这个有些秀气。我弟弟也有一枚，颜色稍微有些不一样……我妈信佛，所以我们出生时她就去庙里给我们求了这个，说是能保平安。我……知颜……”

许知颜望着满天的星光，忽然觉得鼻子发酸。

她和程冽认识多久了呢？她算了算，差不多有五个月了。不管是第一次见面还是现在，程冽总是给她多留三分余地，做事情总是顾虑着她的感受，怕她觉得尴尬，又怕她觉得不舒服。

但他对她的温柔是不留余地的。

许知颜压下这种酸涩的感觉，比他早一步开口，平静地说：“程冽，我懂你的意思。”

程冽一顿，眼眸微动，下意识地看向她。

许知颜感受到他的目光，视线从夜空转到他的身上。她轻轻地笑着说：“我们还年轻，我可以相信你吗？”

她知道他们这个年纪的人无论许下多少诺言都不能当真，也知道程洌已经把最珍贵的东西给了她。他对她的珍视和心意，她从他的眼神中就能感受到。

她需要一个承诺点燃她的决心，她要让自己也同等地对待程洌，让自己放下满腹的担忧之情，让自己去尝试从来没有过的事情。

她是笑着的，但程洌从她的眼里看到了茫然和害怕，就像她初次给他留下的印象。

程洌根本说不清自己为什么会被她吸引，也许是因为她本来就长得漂亮，也许是因为她聪颖且和他有共同话题，也许是因为她茫然消沉得让人好奇，让人不禁想要抬手抹去那些消沉的气息。

就像现在她问的这个问题，如果不是因为太害怕，她又怎么会这样问？偏偏她骨子里还是那样倔强，倔强得让人忍不住心疼。

程洌的目光一寸寸地黯了下来，他凝视着她，说：“你看过鲁迅的《两地书》吗？我很喜欢里面的一句话。”

“什么？”

程洌抬手抚上她的脸庞，用指腹轻柔地蹭过她的脸颊，温柔低沉地说：“我将目不斜视，而且永远如此。”

那座遥远的灯塔闪着微弱的光，薄如轻纱的烟云顺着风游荡，月光忽明忽暗，光影穿过肆意生长的树木落在他们的身上，车内的暖色小灯流淌着静谧的光，他们一半隐在黑夜里，一半于光芒下。

程洌说不清自己为什么会伸手去抚摸她的脸庞，所有的一切都是他情不自禁的。

他看着她那样笑，忍不住开始心疼她。他一直希望她能开心一点儿，希望她不再那么消沉茫然。他去抚摸她或者去拥抱她，都是想表达自己对她的爱惜和心疼。

他很少触碰女生，就连记忆里母亲的手、脸庞和怀抱，他都记不清了。许知颜的皮肤和看起来的一样，和他想象的也一样——光滑细腻，好像他再用力一点儿就能将它蹭破。

对许知颜来说，这也是第一次。程洌的手是热的，带着一种男人独特的粗糙感，一遍又一遍地抚过她的面颊，似安慰，似第二种承诺。

她紧了紧喉咙，琥珀色的眼睛里有光在晃动，是今晚皎洁的月光。

她伸手，轻轻地覆盖上程洌的手，露出的笑容温柔而坚韧。

她不知道怎么回应程洌，目光也移不开了。程洌的眼眸仿佛是最深最黑的夜，仿佛是带着旋涡的。她陷在他视她若珍宝的眼神里，陷在他温柔深情的抚摸里。

有很多东西已经无须再言，她和程洌都懂，他们彼此都能感受到来自对方的爱意。

程洌一定明白她，明白她不是真的要一个虚无缥缈的诺言，明白她对他到底有多心动。

即使如此，程洌说的话还是让她的心泛起阵阵涟漪。她是个庸俗的人，喜欢程洌英俊的外表，也喜欢他这种与众不同的情话。

她看过《两地书》，那是鲁迅和许广平来往书信的合集。她觉得高一的那个假期无聊，去图书馆找书时偶然翻到这本书，看的时候她为鲁迅的文字惊叹，也为这样的感情感到会心的温暖。

她没想到两年后，会有这样一个男生对她深情郑重地用书里的话立誓言。

许知颜的笑容一丝丝地漾开。

“程洌……”

“嗯？”

许知颜轻轻地叫他的名字，在这个逼仄的空间里，在当下这个暗流涌动的氛围里，她的声音像划过夜空的一颗火石。

两个人四目相对，彼此能听到对方的心跳声。

电光火石的一刹那，她的呼吸骤然靠近。

许知颜一手握着他的手，一手环上他的脖颈，贴面靠近他。

程洌呼吸一滞，喉咙也瞬间干涸。

映着昏暗的光线，程洌感受她滚烫的耳朵。

这样的触觉让他的眼眸黯了又黯。

两个人几乎脸贴着脸，呼吸缠绕着，两颗年轻的心脏跳动如擂鼓。

她靠在他的耳边说："程冽，我相信你的这个承诺。"

说完她缓缓地离开他，和他对视，明明脸颊微红，但眼神丝毫不闪躲，仿佛是她刻在骨子里的倔强。

那束温柔且暧昧的光打在许知颜的脸上，任何细微的表情都逃不开程冽的眼睛，程冽记不清这是第几次这样近距离地看她的脸了。

当初他给她补课时以及在演唱会的时候他们离得很近，两个人成了同桌后，在她睡着的时候他偷偷地凝视过她，但没有一次能和现在比，感觉也是完全不同的。

那时候他多看她一眼都觉得自己下流，也不敢产生任何逾越的想法，但这会儿，有什么东西悄无声息中让血液沸腾。

今天的一切都不在计划内，他情不自禁地抚摸她的脸颊也是意外的举动，但没想到许知颜比他更直接。

不过也是，她不是遮遮掩掩的性格，只是平日里话不是很多，她总是安静地坐在一边，听别人讲话。

他没办法克制自己，那根属于理性的弦已经被她剪断了。

程冽看着她。

许知颜一手被他反握着，一手撑在中央扶手上，整个上半身都是前倾的，他收着她的腰，她不得不仰头去看他。

她的眼前是放大版的程冽的脸庞，他的眼睛是狭长的，极深的双眼皮，浓密的睫毛更是锦上添花。

男生的皮肤没有女生那么细腻，但他的皮肤没有什么瑕疵，是颠覆她审美的坚毅俊朗的面孔。

看着这张令人怦然心动的脸，许知颜忽然轻轻地笑了一下，声音像钩子，问他："干什么啊？"

"不干什么，就想近距离看看你。"

周围安静，他的声音格外温柔，她甚至还听到了程冽喉结滚动的声音。

也许是她的癖好，她有点儿抵抗不住这样的程冽，性感明明是用来形容女人的词语，但此刻她觉得程洌是性感的。

他的声音是具有蛊惑性的，也是许知颜从未听过的音色。

两个人面对着面，耳朵有些热。

程洌低笑一声，关了内车灯和之前打开的外车灯，两个人立刻陷入一片黑暗里，黑暗让他们稍稍放松了下来。

许知颜没忍住，笑了一下，借着月色看他，问他："你是因为什么才对我有不一样的感觉？"

程洌说："不知道，就是想每天都看见你。"

"你以前交过女朋友吗？"

"没有。"

"那你喜欢过谁吗？"

"没有。"

程洌低声笑了，此刻问这些问题的许知颜像在跟他撒娇。

她说："那你不问问我吗？"

"不用问，我都知道。"

两个人四目相对，距离极近。

"你从哪里知道的？"她的声音已经轻到不能再轻，像是呢喃。

"从这里知道的。"

程洌把声音压得很低很低，指腹轻轻地按在她的唇上，意有所指。

程洌原本打算七八点就送她回去的，今天也只是想叫她出来简单吃个饭而已，发展到现在的地步实在出乎他的意料。

结束时已经十点多了，看时间的时候两个人都不太敢相信，明明感觉只过了一会儿，怎么已经过去好几个小时了？

她不知为什么，忽然不敢看程洌，疯狂过后整颗心脏被羞赧感覆盖。

她又不愿意表现出自己羞涩的一面，只好转过头，避开程洌的视线，看着窗外的夜色，努力平复着自己的心情和呼吸。

程洌哪里会不知道她的想法？他现在也算是摸清她的脾气了。

他似笑非笑地看着她，手指轻轻地钩起她垂落在耳边的头发。月色下，她那张白皙干净的脸庞上红晕久久不散，像浮在清水上的桃花花瓣。

不管他看第几眼，那嘴唇依旧能激起他蠢蠢欲动的心。

好在程洌勉强还能清醒过来。他算着回去的路程，算着自己到家的时间，算着明天周一应该几点起床，最后发现不能再拖了，也告诉自己来日方长。

他的手掌贴着她的脸颊，手心是烫的，她的脸颊也是烫的。许知颜好不容易压抑下去的波澜因为他手掌的抚摸又涌了上来。

许知颜不动声色地吸了口气。

许知颜被迫和他贴近，抿了下唇，尽量平静地说："怎么了？"

程洌觉得她真是越来越可爱了，她的每一面都让他爱不释手。

他不由得产生一种恶作剧心理，故意凑到她的眼前，想让她看自己。许知颜无处可逃，对上程洌含着笑意的眼眸，忍不住也笑了。

两个人鼻尖对着鼻尖，眼里的温柔似水。

程洌低声说道："从这里到你家要一个小时多一点儿，晚上我会开得比较慢，所以现在得送你回去了，再晚你明天上课会困。"

"嗯。"

他话是这么说的，举动却像拖延症患者。

程洌摸了摸她的脸颊，说："再过一分钟就走。"

许知颜轻轻地笑了。她闭上眼，安静地靠着程洌，享受着这个平凡夜晚里属于他们的悸动和美好。

这一路对两个人来说有些短暂。许知颜坐在副驾驶座上望着满天繁星，头一回心底莫名其妙地涌出许多话题。她有很多话想和程洌说，是一些零碎的小事儿。

她想多了解他一些，想知道程洌的喜好。

像参加比赛问答，她把自己想问的都问了，比如程洌喜欢什么颜色、喜欢吃什么不喜欢吃什么、最喜欢的作家和书籍以及未来想做的事情。

虽然程洌觉得这样很公式化，但面对这样可爱的她，她想怎样就怎样吧，到后面他开始期待许知颜到底对他有多好奇，他会毫不吝啬地向她展示自己。

许知颜之所以想了解他还有一个原因，程洌无微不至地关心她，但她显然没有他那么细心体贴，在和他认识的这些日子里，她是享受的那一方。

不过程洌的喜好和她猜想的差不多。他就是个普普通通的大男生，温柔地对待着这个世界，就连喜欢的颜色也是最干净的白色。

开车到车少的地段，他会伸手去握她的手。

手被他捏得很软，心也开始变得柔软起来。

程洌对她总是那么温柔，她能感受到他对她的尊重和珍惜。

她像被他捧在手心里的珍宝，她不由得想起这个说法，第一次真正地体会到这是什么感觉。

他们到小区外时已经十一点多了，街道上几乎没有人，商店也都关门了，寒风呼啸，干枯的树枝在路灯的照耀下映出略显狰狞的剪影。

程洌俯身过去给她解安全带，许知颜没有像上一次那样想躲开，相反，她眼含笑意地一直盯着程洌。

程洌解开安全带后没有回去，反而伸手捧住了她的脸，轻轻地抚摸了两下。

他说："早点儿睡，你记得定个闹钟，明天的气温和今天的差不多，校服里可以再加一件毛衣。这些暖宝宝你拿着，肚子疼的话可以在外面贴一张。"

前面的话许知颜听着是正常的，最后一句话让她愣了一下。她眯了眯眼，笑着问道："你怎么知道？"

程洌的眼里满是缱绻的柔情，他揉了揉她的脑袋说："猜的。"

这个亲密的动作让许知颜觉得自己像个小孩子，只有小孩子才会被大人们这么叮嘱，这么关心。

程洌说："下车吧，我送你到楼下。"

说完，他刚想转身，却被许知颜拉住了。

外面的风一阵比一阵狂，树干的影子落在风挡玻璃上，两道纠缠的人影被树影覆盖，暧昧的喘息声也被风声覆盖，萧瑟静谧的午夜街道上是炽热的眼神在交缠。

程洌低声问道："你不想让我回家了？"

许知颜睁了睁眼，淡淡地笑着。这个夜晚他们已经够疯狂了，再疯狂一点儿又怎么样？

"晚几分钟不行吗？"

程洌早发现了，她的眼里是有媚意的。她的眼睛有时候特别勾人，比如现在。

他深吸一口气，被打败了，也没问许知颜愿不愿意，用力搂住她的腰，将人抱了过来。

许知颜跨坐在他的腿上，被抵在方向盘上，因为太突然，她不得不伸手撑在车窗上，借力稳住自己的身体。

程洌还没拔车钥匙，她的后腰正好撞在喇叭按键上，一声长鸣划破黑夜，让两个人都不由得心里一紧。

程洌轻轻笑了，扶着她的腰，顺便拔下了钥匙。

这一声车鸣让许知颜的心跳快了几分，程洌已经凑了上来，似笑非笑地看着她。

两个人甜蜜后轮到她问他了："不想让我回家了？"

程洌将她的话原封不动地还给她，逗她说："晚几分钟不行吗？"

许知颜笑了："你这么晚回去你爸爸不担心吗？"

"他知道我今天有事儿。"

"他不管你？"

"嗯，他都随我。"

许知颜挑了下眉，缓慢地说："这样啊……那你别回去了。"

程洌从喉咙里溢出一声笑，胸腔微微地震动，满眼宠溺地抚摸她的脸。

他说："好了，走吧，我送你到楼下。"

话音落下，他捏了捏她的手，左手开了车门，扶着许知颜让她下车。

下了车许知颜才知道初冬的深夜有多冷，她脸上的红晕被冷风吹散，但心是热的，怎么都吹不平静。

怕被别人看见，两个人并排走的时候隔了点儿距离，影子交叠在一起。

到楼道口时，许知颜想起那晚和程洌去看演唱会，也是如此深的夜，也是满地的雨水，也是这样的站位。

现在回过头来看，那天她好像就已经喜欢上程洌了，喜欢上这个俊朗又温柔的大男生了。

那晚她说很开心认识他，今晚也是差不多的心情。

两个人相互注视着，程洌还想再叮嘱什么。但许知颜像是知道他要说什么，先开口说："我明天会多加一件毛衣的，今天也会早点儿睡的，你到家了能给我打个电话吗？"

程洌点了下头，说："好。"

许知颜踮起脚，轻轻地抱了一下他，浅笑着说："那我上去了……阿洌……"

因为这个称呼程洌感觉背脊一热，他笑了很久，低声说道："上去吧。"

这晚两个人都没睡，后来的那通电话直接从深夜打到了天明，谁也不觉得疲倦。

冬日的夜晚，他们一个窝在客厅的沙发上，一个坐在床头，声音放得再低还是会觉得惊扰别人，有时片刻忽然没话说，听着对方的呼吸声也是满足的。

程洌心疼她，几度欲挂电话，但许知颜不愿意，她不觉得累，也不觉得因为生理期有什么不舒适的感觉。

这一生她第一次如此眷恋一个人。她都不知道为什么会这么喜欢程洌，先前还能抑制，还能伪装，但现在怎么装？

真是情人眼里出西施，程洌在她的心中几乎是完美的，完美得让她不想放下电话。她很想再和他说些什么，但越是这样越说不出话，不过一想到那头是程洌，沉默也够了。

程洌很容易对她妥协，第一个喜欢的女孩，谁舍得轻易告别，舍得惹她不开心？

他找了很多话题，小时候养过的狗，花圃里的花，母亲还在时的一些趣事。他可以没有顾虑地讲出童年的许多事情，但许知颜不能。

她安静地听着，偶尔会问几个问题，也会笑，但很少讲自己的事情。

她自己也意识到了，怕程洌觉得她不够坦诚，很无奈地说她小时候的生活很枯燥，实在没什么好说的。

程洌会引话题，问她小时候学跳舞的事情，问她从前的学习方法，慢慢地，话题就延伸到了习题上，谈论这些，许知颜的话就多了些，她对学习是有方法和心得的。

无论她说什么，程洌都觉得她很可爱。

喜欢一个人就是这样，对方做什么自己都会觉得可爱，他会忍不住用宠爱的眼神去看她，心也会随着她的一颦一笑化成水。

这么回忆起来，他觉得自己可能在那晚就喜欢上了许知颜，那天她坐在便利店前吃方便面的时候。

一个怪异又可爱的女生。

程洌坐在床上，背靠着墙，左手握着手机，右手靠在膝盖上，听着电话那头许知颜温和的声音，几乎不敢相信他们真的在一起了。

许知颜许久没听到他的声音，忍不住叫他的名字，程洌开口回答，但他的声音低沉沙哑。

许知颜以为他累了，想休息了，有些愧疚地说："困了吗？那你去休息吧。"

程洌说："没有。"

"那你的声音怎么这么沙哑？"

程洌笑着说："有吗？可能是因为我有点儿想你。"

许知颜没能抗拒这种情话，又不知道怎么回答，贴着电话在那边傻笑。

她变得快不像自己了。

第二天两个人和往常一样很早到了学校，季毓天和严爱来了以后打量了他们很久，都觉得他们有种说不出的怪异感。

他们像是熬夜了，神情有些疲惫，但又不像，因为都红光满面的。

季毓天看着程洌书桌上的两罐咖啡，狐疑地问道："大清早你就要提神？昨晚帮你爸送货去了？"

程洌挑了下眉，不动声色地继续解他的题，回答："我通宵研究了几道题，今天有点儿困。"

这个解释季毓天是相信的。程洌有时候确实会这样，年级第一也不是瞎吹的。

严爱就比季毓天敏感多了。她先是从书包里拿出给许知颜的生日礼物，然后笑着问道："你昨天怎么过的生日啊？"

许知颜没想到严爱会给自己准备礼物，愣了一下，直到严爱把礼物塞进她的手里。

她半天才回过神来，说："昨天……"

许知颜话没说完，严爱突然眼睛放光。她啊了一声后，像发现了什么新大陆，装神弄鬼地对许知颜说："嘘！我知道了！你不用说！好姐妹都是有心灵感应的。"

季毓天惊讶于许知颜昨天过生日，说道："你怎么知道的？阿洌你也知道吗？你们没人和我说。"

严爱的视线在程洌和许知颜之间移动，她说："我呢，一开始就和知颜交换了出生年月日，还有星座和属相，至于别人怎么知道的我就不清楚了。"

许知颜笑了，只觉得严爱有些古灵精怪，但看到严爱朝她挤眉弄眼的时候她突然想起程洌送她的玉佛。

程洌说是上高中后才不戴的，一进高中严爱和程洌就是同班，还是前后桌，可能那时候程洌戴过一阵子，严爱知道这是程洌的东西。

季毓天是高二时被他父亲送到这里的，所以他应该不知道。

许知颜朝严爱露出一个笑容，算是默认了她的猜想。

这是她和程冽意料之外的事情，她自己都还没缓过神来，更别提和严爱说了，如果严爱发现了的话她也不想否认。

但是严爱的礼物实在出乎她的意料。

小学的时候她过过几个生日。那时候同学都年纪小，不会有这种浪漫举止。上了初中后她和班里的女生关系不算近也不算远，因为没有特别亲近的同学，所以也没有人给她送过礼物，一张贺卡她也没有收到过。

上了高中，来到卢州，她没有主动去交朋友，因为自身的问题也让陈玫和杨倩芸很难对她真的敞开心扉。

许知颜知道自己的问题，所以听到她们评论自己的时候没有生气，也不想因为这些事情让自己徒增烦恼。

认识程冽，来到这个学校，又因为程冽认识了严爱和季毓天，她没有刻意去疏远谁，但也没有主动地靠近谁。

可不知不觉，她好像已经融入了这个小群体，迷恋程冽的温柔体贴，喜欢严爱的开朗单纯，欣赏季毓天的大气幽默。

这是属于程冽生活的一角，是他辽阔世界里的一份美好，也是因为程冽，她才愿意去伸手触摸。

许知颜拿着严爱的这份小礼物看了很久，没有急着拆开礼物，只是静静地看着。

所有人在早自习埋头读书的时候，程冽忽然抬手摸了摸她的脑袋。

许知颜回过神，收起了礼物，和程冽对视了一眼，开始准备接下来的课程所要学习的东西。

严爱左等右等，终于等到了中午，迫不及待地想吃完饭后拉许知颜一起上厕所，问个究竟。她快好奇死了，她的大脑里已经演绎了无数个版本了。

她想象不出程冽那样正经的人私下是怎么和许知颜相处的。然后严爱就看见了更不可思议的一幕。

一直都是他们三个人一起去食堂吃饭的，但今天她不知道怎么回事，下课铃响起后程洌没有动。他依旧在解题，没有要去吃午饭的意思。

季毓天没吃早饭，早就饿昏头了，催了程洌好几回，见人不动，问："你不吃饭了？"

程洌抬起头，说："你们先去吧，我做完这道题就去。"

严爱咦了声，推着季毓天走了。

教室里的其他同学走了，程洌终于放下了笔，转过头去看许知颜。她正不疾不徐地拿出便当。程洌盯着她看了一会儿，开口问道："困吗？"

"有点儿。"

"等会儿我给你带罐咖啡吧？"

"好啊。"

许知颜喝了一口水，实在忽略不了程洌灼灼的目光，转头看他，问道："你不去吃饭了？"

"一会儿就去。"

"你一直看我干什么？"

程洌笑了，低声说道："我看我的同桌也不行吗？"

许知颜的耳朵变得有点儿热。

她只好岔开话题："你再不去食堂就没位子了。"

程洌看着她一点点变红的耳朵，心软成一片，也终于理解为什么有些男孩就喜欢欺负女孩，这么可爱谁能忍得住？

他合上课本，说："那我去食堂了，除了咖啡还要我带别的吗？"

"不用了，你快去吧。"

"嗯。"

他们的位置就在后门边上，程洌转身就能出去。

许知颜分明听到他开门的声音。但下一秒不知怎么的，他转身来到了她的身边，左手撑在她的课桌上，右手抚着她的后脑勺，俯身的时候携来一阵风。

"知颜。"他叫她的名字。

许知颜抬头，目光交缠。程洌弯腰，勾起她耳边的发，轻轻地笑着，说：“要不要抱我一下？”

可就在一刹那间，她和程洌看到了站在后门口的季毓天和严爱。

季毓天：“我拿个饭卡……”

严爱：“我让他刷我的卡，他偏要回来拿。”

季毓天：“……”

严爱：“我们走了，你们继续。”

严爱拖着季毓天飞速地跑开，只留下一阵穿堂风。

程洌的双手插在校服裤口袋里，他看着两个人逃窜的背影，很无奈地笑了两声。程洌摇摇头，和许知颜说：“你快吃吧，我去和他们说。”

食堂的四人桌上三个人面面相觑，边上还坐着一位不认识的同学。察觉到这三个人之间怪异的气氛，那位同学以最快的速度吃完饭溜了。

严爱比季毓天淡定得多，而且她知道从程洌的嘴里是问不出什么的。她专心地吃饭，偶尔抬头看一眼程洌。

她还是等会儿去找女方满足自己的好奇心吧。

季毓天抓耳挠腮的，刚刚那一幕对他来说冲击力太大。

季毓天盯着程洌看了好一会儿，那不相干的同学一走，他忍不住问道：“什么时候的事儿啊？不是……你们俩，我怎么平常一点儿都没看出来呢？你别告诉我在暑假的时候你们就……”

程洌本来没想这么快告诉他们，但被看见了，这也没什么，季毓天是自己最好的朋友。

但可能是程洌性格的问题，对于一些细节他不太想多说。

程洌想了想，回答道：“昨天。你们俩别一惊一乍的，不然等会儿多尴尬。”

“昨天？”季毓天笑了起来，“阿洌你行啊，看不出来啊！”

“……”

季毓天：“我真震惊，阿洌，之前你怎么什么都没和我说过啊？不够意思！”

程洌说：“这有什么好说的？”

“好兄弟这都不说？以后我们毕业了，几年没见到，估计你孩子上街打酱油了我还以为你是单身呢。”

程洌笑了笑，说道：“没那么夸张吧。我和她……真没什么好说的，顺其自然而已。”

“行吧行吧，顺其自然，你说什么就是什么。不过你们俩以后收敛点儿行不行？我和严爱可都是未经世事的小孩子，幼小的心灵经不起这种摧残。”

程洌看了眼严爱，意味深长地弯了下嘴角，说了声“知道了”。

严爱朝季毓天翻了个白眼，吃完最后一口红烧土豆，端起餐盘走了。

其实刚刚碍于严爱在场，季毓天只能半调侃半问，比起程洌是什么时候和许知颜在一起的，他更好奇程洌怎么突然开窍了，好奇喜欢一个人到底是什么感觉。

吃完饭季毓天让程洌去小卖部买水，正好，程洌要给许知颜买咖啡和巧克力。

当看到程洌结账时拿了条巧克力，季毓天喝着水，笑得肩膀都在抖。

出了小卖部，两个人慢悠悠地往教学楼走，一连几天阴雨天，这两天天气特别晴朗，中午的阳光温暖舒适，能扫去人一身的寒气。

季毓天拍了拍程洌的肩膀，特好奇地问道：“现在没别人，你真不打算和我详细说一说？”

“说什么？”阳光有点儿刺眼，程洌眯起了眼睛。

“虽然知颜这姑娘挺好的，人美心善脾气好，但看着不是这么好糊弄的人啊。”

程洌回忆了一番。他好像也没刻意做些什么，就如他之前说的，一切都是顺其自然发生的。

“什么糊弄，用词谨慎点儿。”他说。

季毓天耸耸肩：“行行行，不过阿洌……”

“嗯？”

季毓天把水瓶抛转着玩，他的眼色深了些，却还是那副吊儿郎当的模样，他问：“你说……怎样才算喜欢一个人啊？喜欢女孩子是什么感受啊？”

程洌扬了扬眉，问道：“你喜欢上谁了？”

“我？别开玩笑了，我就瞎问问，你回答我啊，到底什么感受啊？”

程洌说：“就是想每天都看到她吧。”

还有其他肉麻的话程洌说不出口了。

季毓天还是糊里糊涂的：“这样啊……算了，关我什么事儿？不过话说回来，你们俩以后结婚的时候可别忘记喊我。”

“你想远了。”

“阿洌，你说这话今晚就得跪搓衣板吧。说真的，你没想过以后吗？还有半年就毕业了，你们没计划考一个大学什么的？我瞅着你们两个都是特较真儿的人，估摸着你们大学毕业就能结婚吧？”

季毓天从未想过程洌和许知颜有什么，就是因为程洌这个人在他心里的形象太固定了。

季毓天高二从随城转到这里，从发达的一线城市转到小城市，对比显而易见。他刚来的时候改不掉一身的少爷脾气，看谁都不顺眼，除了程洌，和班里的其他男生处不来。

程洌好说话，也不乱说话，季毓天与他打篮球、写作业，两个人相处得很好。

男生交朋友的标准就是讲义气，三观同，两个人有话说。

慢慢了解了程洌后，季毓天发现这位朋友太强了。程洌做什么事都是有计划的，目标清晰，无论是学习还是家里的生意，都能处理得很好。

身边的人总是能影响自己，季毓天的脾气也是这么慢慢地收敛的。

虽然季毓天和许知颜认识的时间不算长，但这段时间相处下来，他觉得程洌和许知颜是真同桌，做事态度像一个模子刻出来的，两个人都是稳重、深谋远虑的性格。

这样的两个人在一起，应该不像其他人一样是玩玩的，季毓天是真觉得这两个人能直接走到结婚那一步。

季毓天说起这些时，程冽的目光落在了远处的操场上。

当程冽喜欢上许知颜的时候，他就已经规划好了一条属于两个人的道路，因为许知颜是他生命里的意外，他不愿意抹去这份意外，那就只好为这个意外重新开辟一条路。

他的目标是随大，但之前许知颜说过她不是很想去随大。

这几个月许知颜的月考成绩都名列前茅，她凭分数以后完全有可能去个好大学，她想去哪儿他都会支持。

他不会让她拿前途开玩笑。

即使以后两个人不在一个城市，他也有自信做到眼里和心里只有她一个人，他也是这样相信许知颜的。

他还没来得及问她的想法，这些还是需要两个人商量。

如果未来顺利，他当然希望初恋成初婚，也许是少年不知天高地厚，青春热血易沸腾，他总觉得这辈子很难再喜欢上别的女孩了，许知颜在他的心里实在太独特了。

她是通透的，也是妩媚的，是自信的，也是消沉的。

他喜欢她笑起来的模样，喜欢她身上那股子韧劲，也喜欢她安静、淡泊的性格。

比起同龄的女孩，她似乎更成熟一些，也正因为这样，才激起了他的保护欲，这是男人的天性。

程冽不清楚许知颜到底为什么这样消沉，也不清楚她之前种种怪异又可爱的举动是为何。他猜测过，他想也许这和她那位过世的姐姐有关系，她的家庭出了点儿问题。

但这些都没关系，他能感受到许知颜正在一点点地发生变化。

他想填补她人生缺失的一角，想看她发自内心地笑，想让她安心地依赖他。

因为喜欢，所以他想让对方快乐，舍不得对方掉一滴眼泪。

这满腹的柔情和细腻的心思，程冽都给了她。

程冽了解到许知颜最深的秘密是在第二年初春，事情也远比他之前揣测的复杂许多。

他和许知颜在一起后一切如常，高三的生活实在太忙碌，好在两个人是同桌，抬头就能看见对方。

除了严爱和季毓天没人知道他们这事儿。

他和许知颜从没有吵过架，不过她和他闹过一次脾气，是属于开玩笑的那种。

那是寒假的时候，四个人约着出去玩，去寺庙为高考许愿。

四个人里只有程冽一个人是信佛的，他信佛的理由很简单，他的母亲是佛祖的忠实信徒。

许知颜虽然不信，但怀有敬畏之心，排着队，跟着人潮跪在蒲团上，虔诚地叩拜。

她许愿希望自己能和程冽去同一所大学，她和程冽讨论过对未来的规划，她想和他一起去随大。

她之前不愿意去是因为于艳梅希望她去随大，因为叛逆，她才不想去随大。但又因为那是程冽准备了三年要去的大学，她想去随大，想和他在一起，然后再选一个自己喜欢的专业。

出了寺庙，四个人朝热闹的街市走去，说起信不信佛的问题，严爱和季毓天又吵了半天。

程冽牵着许知颜的手走在后面，轻声说："有时候人遇到绝境，信仰能支撑起一个人的意志，我妈以前总这么说。"

许知颜点点头，无意中将这句话记住了，很久以后也切身体会了这句话的含意。

但那时她只想到了于艳梅。于艳梅每个月中都会去庙里叩拜，也算是她在绝境中最无力的挣扎吧，如果没有这份信仰，许知颜觉得于艳梅应该熬不下去。

在馄饨店里吃饭时程冽遇上了八九年没见面的小学同学，他根本没认出来对方，还是那个同学先和他打招呼的。

这是一位女同学。

那位同学瞅着他们成双成对的，寒暄了几句后故意抖出了程洌的陈年旧事，说以前程洌每天都会给他后头的一个小女孩带一粒椰子糖。

那个女同学讲完之后可能觉得有点儿不太好，补救了几句，说这是童年趣事。

等那个女同学走了，严爱和季毓天看好戏似的看着眼前的两个人。

许知颜知道这都不算什么，但因为是过年，又因为第一次和朋友在外面，她很开心，于是配合着严爱和季毓天的眼神，故意问程洌："你之前不是说从来没喜欢过别的女孩吗？"

程洌捏了捏眉心，连笑了好几声。

许知颜说："椰子糖什么味道？是不是很甜啊？"

严爱乐得岔了气。

后来天黑了，程洌送她回家，他和她解释了那件事儿。他小学三年级时，那个女孩老凶他，为了让她不闹腾，他就给了她几粒糖，没多久人家就转学了。

许知颜兴致未减，故意说："嗯，听起来还挺遗憾的。"

程洌没办法笑着跟她好一个解释。

外面是人来人往的街道，混着浓郁的年味，人声鼎沸，烟火缭绕，天一点点暗下来，突然，几束烟火穿破人海，冲向黑暗的夜空，烟火璀璨的光落在了两个人的身上。

2012 年的春天也随之缓缓而来。

第五章

# 毕业后的吻

高三第二学期的生活节奏再一次被加快，刚开学没多久大家就进入了备战高考、全面复习的状态。

虽然学校明面上不鼓励私下补习，但班里没一个同学真不去补课，一天只睡五个小时成了常态。

许知颜在德育松散了两年，来到恒康后，上学期的进度她能跟上，但这个学期风暴似的学习强度着实让她头痛了一阵，以至于开学第一个月她的月考成绩倒退了些。

她转学过来后再也没有拿考试开过玩笑。她清楚地知道，这里的每一个学生当初都是凭实力进来的，每个人对名次的争夺仿佛豺狼追食物。

她必须以同等的努力展现自己的实力，通过考试认清自己的排名。

不再管于艳梅和许志标的看法，不论他们是欣喜还是平静，她现在只想为自己努力，为程洌努力。

所以失败的月考没有带给她很大的打击，她看清了自己的短板，很快规划出接下来要走的路。

程洌的成绩很稳，年级第一这个位置从来没有被撼动过，许知颜觉得这也正常，程洌显然比她更有抗压能力，心态也比她好上百倍。

看着程洌比她略高的分数，许知颜和自己较劲过，也有那么几个瞬间她不是很想和程洌讲话，自己憋着劲在那边解错题，分析自己的问题所在。

程洌把她的一举一动都看在眼里，独自笑了好一会儿。

她就是那么倔，不服输，也正是因为她的这种性格，让她看起来更有魅力。

程洌主动示好，抽了点儿时间提前把题给她讲了。恍然大悟的许知颜勉强释怀了，盯了程洌好半晌，似笑非笑地说“谢谢程老师”。

这句不轻不重的打趣正好落在前来寻求正确答案的严爱的耳朵里，她深深地叹了口气，又默默地转身回去，踢了下季毓天，要他的卷子看。

这两个人多有情趣啊，还程老师。

春寒料峭，昼短夜长，每次他们高三放学的时候天已经黑得不见五指，高三多数学生为了节省时间，在学校附近租了房子，像程洌和许知颜这样在学校和家之间往返的属于少数。

两个人来回的路程还都不算短。

这些天还出了个轰动卢州的新闻，一位年轻女子遭尾随被杀。同样的新闻还有许多，别的地方频繁出现女大学生失踪案。

程洌每晚吃饭时都会和程孟飞一起看看新闻，加上手机短信的推送，自然而然关注到了这些案件。

虽然觉得这种案件发生在自己周边人身上的概率很小，但程洌还是会担心许知颜。她没有手机，他更不方便每天晚上往她家里打电话确保她安全。

想了想，他和许知颜说了自己的想法，接下来的一个月他每天晚上送她回家，等到三月末白昼时间就长了，就没那么恐怖了。

许知颜是个信息很闭塞的人。她不经常看电视，也不经常听歌，她的生活简单又乏味，听到程洌这个提议的时候，她第一反应是程洌想和她多一些相处的时间。

当程洌把缘由说清楚后，许知颜笑了很久，她看程洌的目光再一次变得很温柔。

她当然愿意程洌这样做，但也十分心疼程洌，这样他放学后得在公交车上花将近一个半小时，浪费了时间，也浪费了精力。

于是，每晚放学回家的这段时间成了两个人难得的独处时间。他们没有太多言语，也不用做什么，只是安静地靠在一起，偶尔还能坐到座位上，望着路边的夜景，一整天绷紧的神经会变得很放松。

到站后程洌会目送她进小区，怕被相识的人看到，两个人会保持着距离，也不会讲话。

但三月中旬的时候他们还是被发现了。那天下雨，在公交车上，许知颜站着靠在程洌的怀里睡着了，有小偷顺走了她的雨伞和钱包。

两个人下车时才发现，好在雨伞不值钱，钱包里也只有一些坐车的零钱，证件不在那个钱包里。

春风冷飕飕的，雨密又急，正值换季，程洌怕她感冒，没办法，只好撑着伞送她进小区。

他们以为没人看见，殊不知当时于艳梅从便利店买盐回来，正好撞见这一幕。

于艳梅当时只觉得程洌眼熟，但已经忘记了程洌，比起程洌是谁，她更在意的是许知颜没有把心思放在学习上，和男同学的关系好。

于艳梅查了家里座机的通话记录，找出了一个经常通电话的陌生手机号码。她拨过去的时候发现她的手机里有这个号码，显示的是家教老师。

她这才开始仔细地回忆起来。他身上穿的是恒康的校服，哪是什么随大的学生？

不过她觉得这不是重点。

第二天傍晚放学，许知颜和程洌被叫到了办公室。两个人听到这个消息时下意识地都知道即将会发生什么。

带着疑虑，两个人收拾好东西去往办公楼。

程洌说："别担心。"

许知颜听到这话，笑了两声。她有什么好担心的，横竖不就那样？

她觉得自己挺平静的，抬头去看程洌，他比她更平静。程洌带着一贯的轻松神态，就好像他们现在是去拿作业或者帮老师干点儿活。

可当许知颜看到站在办公室里的于艳梅时，很难再平静。

办公室里的其他老师下班了，只有蒋飞一个人。

春雨霏霏，一阵又一阵拍打在玻璃窗上，窗户上映出程洌和许知颜的身影。

办公桌上放着一张程洌的二寸照，是他用在家教信息上的照片。

于艳梅面无表情地对蒋飞说："就是这位学生，其他事情我不说了，请他立刻和我女儿分手。"

蒋飞敲了敲桌子，严肃地说道："程洌，你好好给我说清楚。"

程洌看了他一眼，没有回答。

于艳梅见他不说话便觉得他这是隐晦地承认了，眼眸冷若冰霜，声音也有些许颤抖。于艳梅一字一顿地说："谁允许你靠近她？你想要她死是不是？她死了你会跟着去死吗？你们这些男生懂什么？一个个就是恨不得把人逼死！"

她语言犀利，仿佛想把人扎破。

这番让人摸不着头脑的话让程洌和蒋飞都短暂地愣了下。

程洌开始打量起于艳梅，紧接着低头看了眼许知颜。她站在他的身旁，神情冷淡，还带着一丝厌倦神色。

于艳梅依旧不依不饶，一步步逼近程洌，好像陷入了属于她自己的世界里。

她自顾自地说着，又好像宣泄着。蒋飞见事态不对，赶紧好言相劝。

许知颜浅浅地吸了口气，冷漠地说："够了。"

她抬起头，继续说道："老师，我妈妈的状态不是很稳定，我打电话让我爸爸来接她吧。"

蒋飞看出来了，因为于艳梅忽然不说话了。她呆呆地倒在了座椅上，双手掩面，嘴里不知道在喃喃自语些什么。

许知颜翻找出于艳梅的手机，给许志标打电话。

程冽看了眼在外头打电话的许知颜，眉心始终蹙着。

蒋飞把他拉到一边，瞅了眼情绪大变的于艳梅后，压低声音和程冽说："怎么回事？高三了你不好好学习干什么啊，还有半年忍不住啊？你看把人家妈妈气的，赶紧断了，听到没？"

程冽知道蒋飞不是刻板的人，但他现在发现自己错了，他忽视了许知颜的家庭。

她家庭的问题比他猜测的要多很多，这种状态的于艳梅已经和绝大部分家长不同了。

许知颜说她的父母不在意她的伤和安全，她每天会带便当来上学，他初始以为这是母亲的爱，这么长时间了解下来发现这其实是一种强迫，她不想去的随大是于艳梅的愿望。

从这些细枝末节中，他能感受到许知颜的身不由己，和她对自己封闭的原因。

原来，她似乎比他了解的更加压抑。

程冽回过神，看向蒋飞，应付着，沉重地嗯了声。

许知颜打完电话回来，淡淡地说："我爸爸一会儿就来。"

蒋飞叹口气，对许知颜说："你们还有几个月就毕业了，这段时间你们应该好好冲刺高考，你看看你们的成绩……成绩好也不能这样！你们成年了吗？是，过了18周岁了，但成年了也不行，你们还是高中生！别让老师不省心，别让父母担心！知颜啊，老师不是在凶你，你看看你如花似玉的，多才多艺，老师可喜欢你了，但学生就该有学生的样子，咱们要以学习为主！"

蒋飞讲到后面讲不下去了，感觉讲什么都没有说服力，讲学习吧，这两个人的成绩都是顶尖的；讲性格吧，他们都是做事儿稳妥的孩子，讲得多了又怕在这个节骨眼儿上影响他们的心态。

许知颜默默地听着，没有反驳蒋飞。程冽目光沉沉地看着她，喉咙一点点变干。他看到她这样，只觉得好像一瞬间又变回了原来的样子，她的眼里没有了光。

正好是周五，许志标要回来，接到许知颜的电话，改道后不出十五分钟就来了学校。

许志标赶到办公室，连连和蒋飞道歉，了解大致情况后说了许知颜几句，看到程洌后更是惊讶了好一阵。

许志标对这事没有于艳梅反应那么强烈，扶起于艳梅后对许知颜说："我们走吧，有事回去说。"

许知颜摇头，目光冷漠而坚定。她说："你们先回去吧，我等会儿自己回去。"

许志标看着情绪糟糕的于艳梅，顾不上许知颜，说道："那你注意安全，我先带你妈去趟医院。"

许志标的话让蒋飞瞪大了眼睛，他不由得在心里感慨：这是什么父母？！

许知颜始终很冷静，说："老师，我们可以走了吗？"

蒋飞挠了下脖子说："老师的话你们要放在心上，好好学习，听到没？走吧走吧，回去路上注意安全！"

许知颜没有等程洌，像个木头人往前走，脚踩进水坑，裤脚湿了也不在意。

程洌跟在她的身后，凝视着她。

下着雨，她撑着伞，将自己的情绪禁锢在伞下的狭小世界里。

这一刻程洌觉得他还不够了解她，也觉得没有保护好这个女孩，还没有办法撑起她的世界。

快走到车站的时候，许知颜忽然停住了脚步。她猛地从自我的世界里抽身，转身去找程洌的身影。

程洌就在几米开外，漆黑的眼眸里只有她一个人，他的视线像一根绳子，自始至终都拉着她，那些心疼和宠爱他总是这样不吝啬地展现给她。

许知颜心头微动，浅浅地笑了下。

是啊，她还有程洌，再不是一个人了。

她停下的时候程洌也顿住了脚步，他一手撑着伞，一手插在裤袋里，注视着她。

他看到许知颜朝他走来。天是黑的，在路灯昏黄的光下，她的神色忽暗忽明，他唯一能看清的只有她那双清澈的眼眸。

她的眼里有太多东西，程洌一时分不清，但对上她眼睛的一刹那，他的心颤了一下。

她收了伞，不顾路边人的眼光，直接扎进了他的怀里。

“程洌……”她叫他的名字，声音是如此依恋。

“嗯？”

他下意识地搂住她，眼眸黯淡了许多。

许知颜闭上眼，感受着他的心跳声，带着几分疲倦轻轻地说：“我今天不想回去。”

在宾馆前台登记时程洌握着她的手，眼神示意她真的想好了吗？许知颜递出自己的身份证，澄澈的眼眸里没有一点儿后退的意思。

程洌想要个好点儿的双人床房间，但许知颜要了最便宜的大床房。

宾馆位于老街的一个转角处，附近有一些老旧的小吃店，下着雨，几乎没有人来往，这家宾馆的生意更是冷清。

像是见多了他们这样子的小情侣，老板都没正眼瞧他们，走个流程扔出房卡后继续玩斗地主。

宾馆一共两层楼，没有电梯。两个人走上二楼，找到207号房，房间在走廊的尽头。

他们一推开门，一股潮味扑面而来，但好在房间还算干净整洁。

程洌打开了所有的灯，便宜有便宜的道理，房间里只有床头两盏八十年代风格的灯是好的，悬在天花板上的大吊灯不亮。

猩红色的窗帘半遮着，高窗外面是万籁俱寂的黑夜，混着春天的细雨，湿润又岑寂。

程洌把书包放在柜台上，转身去看许知颜。她坐在床边，好像在想什么。

她说她不想回去，一开始他只当她是没缓过神来，需要一点儿时间冷静下来，但当她说想在外面住一晚时，他才意识到她是真的不想回去。

他们能住哪儿？他说送她去严爱那边，她不愿意。她笑着，蛊惑般地问他："你不愿意和我开房吗？"

她很疲倦，却还在竭力向他表现自己轻松的一面，她的话也没有那种意思，他能感受到。她只不过是想在一个没有其他人的地方，和他在一起。

他知道，她此时此刻很需要他。

但理性和传统的思想告诉他，两个人贸然来开房不是什么好事，万一有人查房，万一被其他人看到，女生总是更容易受伤的那一个。

再者，他又该怎么向她的父母交代？虽然他们好像并不是很在意许知颜。

可她是许知颜啊，是他喜欢的女孩，是他小心翼翼地珍惜着的人。他怎么忍心丢下她，任由她今晚一个人辗转反侧？

程冽看了她一会儿，走到她跟前，蹲下，握住她撑在床上的手，眼眸含笑，问："晚餐想吃什么？我看到楼下有一个水果摊，还有卖馄饨和面条的，我下去给你买。"

许知颜回过神，视线落在程冽这张英俊又棱角分明的脸上，床头昏黄的灯光给他镀上一层温柔的光芒，她忽然想起第一次见到他的那天。

他靠着小区的外围栏，雨后的阳光洒在他的身上，他一脸轻松地抽烟，眸光坚毅，有那么几秒，她被吸引了。程冽的身上有种她说不清的力量和安全感，以及硬朗外表下似水的温柔。

许知颜也喜欢看程冽笑，他一笑那种冷漠感就没了，他看她的时候总是那么柔情蜜意。

她第一次相信、喜欢并在意一个人，眼神是藏不住的。

许知颜不想用忧愁的神色面对他，这个傍晚发生的事情已经足够不愉快了。

她很快调整好自己的情绪，和往常一样，笑着说："吃面条吧，最普通的就可以了。”

程洌：“那我一会儿就回来，如果有人敲门你别开门。”

“嗯。”

程洌拿上伞，出了房间。

许知颜浅浅地吸了口气，后知后觉地开始环视这个房间。房间狭小老旧，不过卫生间是干净的，她用冷水洗了把脸。

她找到廉价的一次性拖鞋，脱去有些湿的帆布鞋，本来想冲个脚，但她的校服裤脚也湿了。想了想，许知颜干脆拿上浴巾去洗澡。

她只是简单地用热水冲了一下，没洗头，几分钟就好了。

程洌提着两碗面回来时，许知颜正好打开浴室的门出来。

她携出一些热气，浑身散发着沐浴露的清香，长发盘起，但遗漏了几缕，那几缕头发跟海藻一样，贴在她白皙的脖颈上，白色和黑色交织成一种蜿蜒的美感。

程洌一愣，下意识地觉得自己应该回避一下，但她已经洗完了，也没有什么好回避的。

许知颜上身穿着毛衣，下身裹着白浴巾。她也是头一回在男生面前穿成这样，自然而然的生理反应让她雪白的皮肤染上一层淡淡的红色。

她捂着腰间浴巾的结口，说道：“身上有点儿黏我就洗了个澡，水还挺热的，你要洗吗？”

程洌把面放在桌上，拆着筷子说：“我吃完饭再洗吧，你……冷吗？我给你开空调吧。”

许知颜点点头。

程洌不敢多看她，忙着找空调遥控器，研究了会儿，发现空调是坏的。

“要换房吗？”他问。

许知颜在吃面，说道：“不用了，没关系的，我也没那么冷，你快过来吃吧，面坨了。”

两个人坐在床头，就着电视机下的长桌吃面。

那个电视机只有一个频道可以看，是很无聊的节目，但两个人看进去了，房间里除了吃面声就是电视里的声音。

程洌习惯性地把面吃完了，一碗面差不多是他的饭量。许知颜吃了三分之一，她说味道很好，但只能吃下一点点。

程洌没说什么，把垃圾整理好。

接着两个人干坐着看电视。看了一会儿，许知颜觉得累，把头靠在了程洌的身上。程洌感受到她对他的依赖，伸手揽住了她的肩膀。

外面的雨一刻也没有停，丝丝冷风从窗户缝隙溜进来，许知颜缩了缩身体，渐渐地越看越困。

不到十分钟的工夫，她靠着程洌睡着了。

等她睡熟了，程洌轻轻地横抱起她。

她虽然个子高，但很轻，体态均匀，露在浴巾外的一双脚骨肉匀称，白嫩如玉。

程洌费了点儿劲才把被子掀开，一点点地放下人，再严严实实地给她盖上被子。

他怕灯光晃眼，关了床头灯。昏暗的夜色下，她的睡脸看起来不是很放松，眉头是微微皱着的。

程洌坐在床边，守着她看了会儿，回想起两三个小时前在办公室里的一幕幕，心里像滚了团毛线，说不清也解不开。

他想着于艳梅几近病态的恶言恶语、许志标对许知颜的忽视，以及许知颜对这件事过分冷静的表现，她仿佛早就习惯了。

她应该比他想象的要累。在这样的家庭氛围中，这段时间她还在熬夜刷题。

就今晚吧，程洌想，今晚让她不去管那些，让她好好休息吧。

许知颜睡得并没有多熟，能感觉到程洌在看她，但她动弹不了，紧接着陷入了梦里。

醒来后浑身是汗，她还没意识到自己在宾馆里，以为是在家里，以为天亮了要去学校，掀开被子看到自己裹着的浴巾才反应过来。

她转头一看，程洌睡在她的身侧。他睡觉的姿势有点儿奇怪，左手枕在脑袋下，右腿屈起靠着墙。

许知颜笑了下，起床去桌上找程洌的手机看时间，快十二点了，她一觉睡了三四个小时。

回到床上，许知颜睡不着了。她想起许志标，不知道于艳梅情况怎么样，也不知道接下来会怎样，她会再次转学吗？但她转学应该也没那么好转。

冷静下来后，她才想起今天办公室里的一群人有多让人猝不及防，到周一班主任应该会再找他们一次。

只是于艳梅的情绪崩溃仿佛让许知颜再次回到了从前的状态。她不喜欢这样，这种感觉让她觉得自己是这个世界上多余的存在，是没有人在意和关心的。

但现在和以前不一样了，她有程洌，这个满眼都是她的大男孩，他比同龄人成熟太多。站在他的身边她不用担心那些风雨，他也让她看到了自己的价值，她的存在一点儿也不多余。

她翻身，侧躺着，温柔的目光流连在程洌的脸上。

其实程洌刚刚睡着，她动作再轻也能弄醒他。他在潜意识里一直提醒自己，今晚他和许知颜睡在一张床上，所以他几乎是条件反射地抓住了许知颜的手，强制自己睁开眼去看她。

程洌问道："睡不着吗？"

"嗯，有点儿。"

"饿吗？"

"不饿。"

"现在应该凌晨了吧？明天我送你回去，好吗？"

许知颜抬头，借着幽幽的光找到他的眼睛，问："明天再说，可以吗？"

程洌看得出她在逃避，她不想回到那个地方。

他说："好，那明天再说。"

许知颜垂下眼帘。许久，她说："你不想问我什么吗？"

他们为什么会被发现？她的母亲为什么会这样？她是怎么想的？这些程洌一点儿也不好奇吗？

程冽还是说和之前一模一样的话："你想说吗？我虽然好奇，但知颜，不管怎么样，我总会在你的身边。"

他深深明白，揭开一个疤痕需要多大的勇气。曾经，关于母亲的事情他提都不想提，一提，那些密密麻麻的往事就会滚过来。

许知颜缓缓地闭上眼睛，笑了下，轻轻地说："其实不是什么大不了的事情，只是有时候自己懒得说而已。"

他们都知道，她说这句话只是想让那些遥远的往事看起来不那么沉重。

伴随着淅淅沥沥的雨声，许知颜第一次真正地打开心扉，把自己最卑微、最不堪的一面摊在人前。

事情比程冽想象的复杂许多。

许知颜不知道于艳梅是怎么发现这事的，也许是因为程冽送她回家被于艳梅撞见了，也许是于艳梅无意中发现程冽假装大学生当家教从而顺藤摸瓜发觉的，但显而易见，程冽在于艳梅的心中不是重点。

于艳梅无所谓他到底是不是大学生，无所谓他是不是在恋爱。于艳梅自始至终关心的是她的女儿似乎恋爱了这件事，她不允许，不想看见，更不愿意重蹈覆辙。

这对于艳梅来说也是遥远的往事，但血淋淋的往事永远刻在她的心上，时间只是给其覆盖了层灰尘而已。

许知颜不是很清楚细节，但大概了解一些，所以有时站在于艳梅的角度能够理解她，理解作为一个母亲世界坍塌后的崩溃。

许知颜是初三毕业那年来到许家的，她不是许志标和于艳梅的亲生女儿。

在此之前她不是生活在卢州，而是生活在卢州边上一个更小的城市，一个很普通的县城。

初三那一年是她迄今为止的人生里天翻地覆的一年。

在被许志标和于艳梅领养之前，她有一个看似完美的家庭，有和蔼可亲的父亲和温柔贤惠的母亲。只是年纪尚小的她始终不明白为什么她的父母对她总是不冷不热的，总是有些失望地看着她。

但小孩子哪里想得到深层面的情况，花花世界能轻易地分散她的注意力。

稍微长大一点儿后，她开始懂事，开始变得敏感，揣摩着父母的心思，渴求他们的疼爱，就跟小时候调皮的程洌一样，她小时候也不是那么安静乖巧。

她喜欢去幼儿园和小朋友一起搭积木、滑滑梯，喜欢放学后在大操场上跑步，和同学挤小卖部、玩卡片、打弹珠。

成绩平平的她让父母更失望了，有时候她在墙角偷听，总会听见父母说再试试吧，看看能不能生一个。

那些多嘴的婶婶阿姨喜欢开玩笑说“你妈妈要给你生小弟弟了”，因为重男轻女，她们从不说生小妹妹。

小时候的她占有欲很强烈，不想让多出来的孩子分走原本就稀少可怜的爱。为了讨好父母，她丢掉那些玩具和故事书，什么都不关注，哭着忍着心里难过的感觉拼命学习。

从小就对她百般挑剔的奶奶依旧如此对她，她的努力和懂事并没有为她带来什么好处。

这种无形的压力造就了她现在的性格，她不喜欢自己变差，不喜欢被别的同学超越，为了父母稀有的赞赏，她只能拼命往前走。

到了初中，她突然明白自己为什么在这个家里那么不受欢迎了，因为她是被领养的孩子，这些家人都不是她的亲人。

渴望有自己亲孙子的奶奶期盼子女能生育属于自己的孩子。他们收养她只不过是个无奈之举，她是一个可有可无的存在。

发现这件事后她一个人在房间里哭了一整夜，天是黑的，夜晚是寂静的，外面的灯火象征着温暖和光明，十三四岁的她第一次觉得墙壁是冷的，天也永远不会亮了。

可第二天太阳还是会照常升起，世上所有悲恸欲绝的人依旧要抬起头面对赤裸裸的现实。

她的父母尝试受孕，去了很多大城市的医院，医学在不断发展，在她上初二那年两个人终于怀上了孩子。

没有人和她说，没有人在意她的感受，大家都围绕着这个新生命，期盼他的诞生。

但她仍不死心，有时候骗自己说是自己听错了，她就是爸爸妈妈的孩子，只不过因为她是女孩而已。等弟弟出生了，她一定会帮着好好照顾，这里还是她的家。

初三那一年她早出晚归，学习很紧张，根本顾不上其他的事情，而家里人根本不让她碰那个小宝宝。她叫了十几年的奶奶第一次露出花一样的笑容，抱着小孙子乐得睡不着觉。

她想，那就这样吧。

可是她没想到，他们连收留她都不愿意，中考成绩出来的那一天，她收到高中录取通知书的同时也收到了一份新的户籍。

炎炎夏日，她站在日光底下，出了一身冷汗。

十五岁的许知颜已经有些长开了，肤白貌美，颇有姿色，她就顶着这张白净的脸庞，面无表情地看着这些大人交易。

她的父母安慰着她，让她去了新的家庭好好生活，那个城市比这里好，更适合她。

她像被掏空了，木讷地收拾着行李。有个人跟她说不用带太多东西，她要什么新爸妈都会给她买。

她忍了那么多年，心里不甘、委屈和怨恨的情绪在这一刻爆发，她抓起桌上的奖杯朝那个人砸了过去。

有人说这孩子疯了，有人说她真可怜。

直到坐上许志标的车她都没有说一句话，没有和那些人告别，没有哭，没有笑，细长的眸子里只有不属于这个夏天的冷漠。

看着匆匆而过的山水，她明白，她从出生就注定了是这样的命运，被抛弃，被遗弃。

来到完全陌生的城市和家庭，她花了很长时间去适应，也许是性格已经养成，她没有吵闹也没有反抗，凭着本能活着。

许志标话不多，在她来到这个家后给了她三千块钱，当金钱先行的时候就已经摆明了他们的关系。

慢慢了解下来她发现这对夫妻确实很奇怪，许志标很爱于艳梅，做什么都让着她。他很会在陌生人里周旋，面对她，却很难憋出一两句话，叹气声是最多的。

于艳梅更是奇怪，总板着一张脸，似乎比她还忧愁。

最奇怪的是这个家里不成文的规定，于艳梅对一日三餐几近变态的要求以及对她怪异地疼爱。

有一次她实在没胃口，拒绝吃晚餐。于艳梅忽然大喊大叫起来，瞪着眼，告诉她必须吃。

许知颜没见过这种阵仗，被吓到了，保持着面上的平静，眼里却是于艳梅任何尖锐语言都划不破的冰冷。

许志标安抚好于艳梅后第一次和许知颜长谈，说了于艳梅的病，说了事情的起因。

他们有一个女儿叫许墨光。她长得很漂亮，就是照片墙上的那个女孩，比许知颜大八九岁，但七八年前去世了。

他们的女儿早恋，后来分手了，哭得死去活来，绝食不上学。父母带她去看医生，带她去旅行。但她还是越来越消沉，有一天身体突然不舒服，去医院一查，胃癌晚期。

她那时也就十五六岁，正是像花一样的年纪。

于艳梅很爱这个女儿，女儿的突然离世让她变了一个人。于艳梅生了场大病后开始变得不爱说话，不爱动弹，许志标一度觉得自己也撑不下去了，但他必须撑下去。

夫妻俩煎熬了几年，许志标提出去领养一个孩子，一是为了防老，二是为了让于艳梅能够转移注意力。但又怕领养到性格不好或是年纪太小的孩子，他们没有精力去照顾，这个时候许志标正好从于艳梅老家那边听说了许知颜的消息。

老家的人说这个女孩性格乖巧文静，成绩又是一等一地好，而且正好是十五六岁的年纪。

和许知颜原来的父母商量过后，许志标办理起了一系列手续，他自私地盼望着领回许知颜后自己的妻子能够慢慢好起来。

说了那些往事后，许志标也知道许知颜不习惯这里，但请求她多忍让一些。

他们不是真的疼爱她，不是真的想要个女儿好好生活，这一点许知颜在最开始就感受到了。

但这一切又在她的意料之外。

当时许知颜听到这番话，第一次笑了。她扶着阳台的栏杆，秋风瑟瑟，笑容如清冷明澈的月光。

她因自己的命运感到悲哀，又无可奈何。

为了让生活不再有波澜，为了让于艳梅不发病，她默认了许志标的意见，顺从着他们制定的生活规则，接受着于艳梅固执的想法。

许墨光喜欢的颜色，她接受；许墨光喜欢的衣服，她接受；于艳梅把胃癌归结于不健康的饮食，制定了自认为健康的饮食，她也接受。

她没有地方去，没有人爱，退一万步说，这样死气沉沉又互不干扰的生活，也算来之不易。

但她是个人啊，活生生的一个人啊，有时候还是没办法做到绝对服从，比如每天睡前的牛奶，她喝不了牛奶，却还是要接受。

她买了那么多盆栽，日复一日地用牛奶浇灌。它们生命力再强，时间长了也负荷不了。

有时候她想，自己会不会有一天也撑不住了呢？

她看不见自己的未来，不清楚自己到底要做什么，不知道自己到底为了什么而活，不明白活着的意义是什么。

来到德育高中，她选择了一个角落位置。她不想认识新同学，不想去和别人有过多的接触，所以陈玫和杨倩芸那么说她，她都认了，她知道自己也有错。

更多的是她不想去争辩，结果无非就是那样，只要她不去在意，就不会有太多感触，也不会因此崩溃。

在这种茫然的状态下，她能做的只有读书。她有时能感受到，自己骨子里还埋着一股劲儿。她还没彻底放弃自己，不愿意落后人一步，不想失去属于自己的最后一样东西。

又或者她心底是有恨的，她恨丢弃她的人，恨许志标领养了她，又恨自己不得不接受现在的生活，于是滋生出一种压抑的叛逆情绪。

她不想什么都顺从，所以秉着这份叛逆，装着没有好好读书，让许志标明白不是什么都可以朝他期盼的方向发展。

许墨光的随大心愿是她最后的底线。

后来在于艳梅一次又一次的强硬要求下，这个底线她也快要坚持不下去了。

然后，她遇到了程冽，这个处处让她感到温暖的男生。

许知颜平静地叙述着自己的过往，平静地说着怎么努力学习去讨好家人，怎么一朝来到卢州，这两年的所思所想，平静却仍迷茫。

寂静的深夜里，将她轻柔的声音放大，落在程冽的心上，他的心脏不由得收缩着。

许知颜说："程冽，我告诉你这些，你不用有太重的负担，我只是不想因为她在办公室的话让你觉得难堪，她那些话的意思也不是针对你，她……"

程冽收拢揽着她腰的手臂，低声说道："我知道，我没有觉得难堪，只不过有些惊讶罢了。"

"有时候我站在她的角度想，她也很可怜。"许知颜清了下喉咙，顿了顿说，"可是我又觉得自己没做错什么，凭什么要被这样对待？想得越多越迷茫，不过我知道一切在慢慢变得好起来。"

程冽抚摸着她的头发说："当然会好起来，等今年高考结束了，你去了大学，你的生活会越来越自由，等你工作了就可以完全不受制于别人了，现在明白这些一点儿都不晚。"

许知颜睁开眼，侧身躺在枕头上，和他对视。

夜色如墨，程冽的眼睛却比夜还要黑，流转着黑曜石般的光，那光是坚毅的、稳重的、能够安抚人心的。

这一点她确实比不上程冽，如果把她换成程冽，他一定能比她更快想明白，更坚韧地活着。

那时每和他走近一点儿，她就能发现一点儿自己的缺点。他对学习的看法，对去世家人的坦荡，对现在生活的稳妥计划，都是她没有的。

她享受着他百般温柔的同时又看见了一个和他在一起后宽广自由的世界，在那里她是他珍视的人，她是独立自由的个体，是未来几十年都能为自己而活的人。

和程冽相处的这小半年，她实在太轻松、太快乐了，就像小时候，还不懂那些人情世故和复杂关系的时候，守着一朵花就以为那是春天，看一个故事就以为人生都会是幸福快乐的结局。

那段懵懂的时光是她遇见程冽之前最美好的回忆，这两年太过压抑，她以为去做小孩子会做的事情就能短暂地回到那个场景里。但现在就算把故事书翻烂，再集一次卡片，再玩一次弹珠，她都回不去了。

人生不能回头，沿路的感受都会让眼睛加上一层滤镜，让人再难用纯粹的目光去看待曾经所拥有的一切。

但漫长的生命里总会出现一个人，他给她规划崭新的未来，给予她无限的勇气，让她重新认真地去生活。

对她而言，程冽就是这样一个人。

怪不得人们总喜欢歌颂爱情，它比亲情热烈，比友情激烈，是十分特殊的一种感情，能让人有赴汤蹈火的勇气，也能让人为此一蹶不振。

许知颜想起那晚他说的誓言，她会永远记得的。她也能做到，程冽给她的所有温柔和体贴，她也会不吝啬地回赠他。

就像今晚，她任性地不想回去，他放纵着她，好似她要做什么他都会奉陪到底。

开房时她也有过一丝犹豫，住一晚好贵，程冽的生活费很紧张，他平常还喜欢给她买这买那。

他又有些大男子主义，肯定不愿意让她出房费，所以她就选了一间最普通的房间。她不怕脏不怕破，这细雨霏霏的一晚，能够和他在一起她就感觉很暖了。

许知颜看着他缓缓笑了，为了缓和气氛，开玩笑说：“快要四月了，还有不到三个月高考，如果我们没有考上同一所大学怎么办？听说大学里的姑娘都很热情，你会不会被勾引走啊？”

“那你呢？听说大学里的男生都很会追女孩，遇到比我高、比我帅的男生，你会不会被拐跑？”

程洌注视着她，用的是和她一样的轻松口吻。

程洌了解她，有时候她看起来确实淡漠，但她比谁都善良。她总是怕让人觉得尴尬，怕让别人觉得有负担，理性又温柔地对待着身边的人，她不在意的态度原来是一把保护伞。

他想过她的家庭，却没想到背后还有这样复杂的过去。他听她讲述的时候有几秒钟在耳鸣，心不由得一颤。

谁能舍得喜欢的人遭遇这些，看不得更听不得，但令他更为心疼的是，此时此刻她在努力向他展现自己的轻松状态，她想告诉他，这对她而言早就算过去了。

他配合着，他知道两个人都明白这些永远不会过去，就像小时候无意落下的伤痕，结疤后无法恢复原样。

很多话堵在他的喉咙里，他说不出。仔细想想，他不知道自己到底该说什么，是告诉她自己心疼她，竭力地安慰她，还是给她更多虚无缥缈的承诺？

任何一种承诺程洌都不想说，比起言语，他更想用行动证明，用往后所有的时光证明，她来到他的生命中，从此以后她就是无可替代的存在。

两个人对视着，都懂对方在想什么。

所以许知颜没有回答程洌的反问，只是轻柔地抚摸着他的眉眼，仔细地打量着这张俊朗的脸庞。每次看着他，她都很庆幸能够遇见他，能够拥有他。

这世上一定有比他更帅的人，也一定有比他更温柔的男生存在。但她喜欢的并且喜欢她的人就只有这一个。

时间一分一秒地流逝着，两个人久久没有说话，各自在思考着，在回想着今天发生的事情。

后来两个人就这么迷迷糊糊地睡着了。

他们都是第一次和异性睡一张床，却没有任何不习惯，但到了第二天早上，彻底冷静了，回归到正常心态以后，两个人都有些不自在。

他们是被生物钟叫醒的，六点前同时醒来。

绵延多天的春雨终于停了。温和的晨曦从云间缓缓流出，透过这扇老旧的窗户，穿过没拉紧的猩红色窗帘，温柔地落在两个人的身上，唇是红的，眼眸是明亮的。

两个人没有在宾馆里耽搁很长时间，他们都清楚今天还要面对昨晚发生的一切。

程洌将许知颜送回家。在小区门口道别时，程洌握着她的手，忍不住再次叮嘱道："有事儿你给我打电话，知道了你妈妈的情况后也和我说一声，我想你爸爸应该不会太为难你。其他的你别担心，好好把这个周末的作业完成，下周又要月考，有想不明白的也可以给我打电话，我的手机会一直开着。"

雨后的天气舒适宜人，阳光明媚，空气清新，街道两侧的花草树木长出娇嫩的枝芽。

许知颜望着他的眼睛，能十分清晰地感受到凛冽的寒冬确实在一点点消退，春天的空气都带着一股朝气蓬勃的味道。

她朝程洌露出一个浅浅的微笑，说："我知道，我都知道，你不用担心我。事情已经这样了，即使不是现在，将来也总会有这么一天的。你回去吧，路上小心。"

程洌揉了揉她的手，点了下头。

他目送许知颜进小区，独自在公交站台上多逗留了会儿。他怕此刻许志标正在家等她，怕有什么突发事情，但这个早晨始终很安宁。

公交车坐到一半，英语卷子做了半张，口袋里的手机突然响了起来，程洌心一紧，以为是许知颜，但拿出手机一看是程孟飞。

程孟飞还不知道这事儿。昨晚程洌说了个谎，说是去季毓天家住一晚，程孟飞没多问，因为最近程孟飞比程洌还忙。

接了电话，程孟飞那边声音嘈杂，他扯着嗓子说："你回去了吗？还没回的话，你等会儿顺道去花鸟市场那边走一遭，把账收了。"

程洌应了声好。

程孟飞没做花卉批发生意的时候就在城南边上的花鸟市场里经营着一家花木买卖店。那地方靠近上次程洌带许知颜吃面的地儿，算得上是程孟飞的老家。

后来为了赚钱，程孟飞带着程洌和程扬搬到老城区，包了地搭棚做批发生意，花鸟市场的店铺依旧在，但交给了程孟飞弟弟的老婆看管，程孟飞以前每个月收一千，现在收两千。

那边的账一直都是程洌去收的，除去房租和给这个婶婶的钱，赚得很少，所以他两三个月去收一次。

程洌知道程孟飞不愿意去那边的原因。面对巨大的伤痛，人总是想逃避，不想再被激起更多的情绪，程孟飞和许知颜一样，这是多数人会有的反应。

程洌的母亲当年是为了救程孟飞的弟弟程孟昌去世的。

程孟昌和程孟飞不同，一直没个正经工作，这做做小工，那干点儿零活，哥儿俩唯一相同的是性格很开朗。

当时程孟昌的儿子程凯杰两三岁，生了场大病。程孟昌借了很多钱还是不够，有人和程孟昌说可以借高利贷，程孟昌没办法，真去借了。

后来那些人来催债，程孟昌被打了好几次。有一次这种事情被程洌的母亲撞见了，她去了解情况，一群人搏斗中程洌的母亲和程孟昌因伤势过重身亡了。

一边是爱人，一边是亲弟弟，程孟飞的天就在那一天塌了。程洌知道他直到现在还是不想面对程孟昌的老婆和孩子，不是因为怨恨，而是因为愧疚和难以面对的那些往事。

程孟昌的老婆是个聋哑人，身体残疾，性格又固执，始终不肯找人再嫁。程孟飞觉得母子俩命苦，离开老家的时候就把花鸟市场的店铺交给了他们看管。

程洌和他们就是过年和收账的时候才会见面，交集并不多。

转了两趟车到达花鸟市场时已经快中午了，程洌在隔壁的便利店买了瓶水和面包，想到要见到堂弟，又买了一小袋零食。

这也算是个老市场了，现在的生意比十来年前要好做很多，里头的商户有来的有走的，就数程孟昌家和对门卖宠物的那家年头最久。

程洌刚到门口，十三岁的程凯杰拿着水枪跑得很快，一不留神就撞在了程洌的身上。

程凯杰比程扬小，个子却比程扬高。程洌摸了摸程凯杰的脑袋，温柔地说："你妈妈在吗？"

程凯杰对这个堂哥没有太深的感情，只知道过一段时间堂哥就会来。堂哥从来没有陪他玩过，也从来没有和他说过很多话，但他知道，这是他的哥哥。

他指着店铺说："她在里面。"

"好。"

程洌没走两步，身后传来程凯杰嚣张的笑声和一个女孩子的哭声。小孩子的顽劣心理被程凯杰展现得淋漓尽致，他拿着水枪拼命往小女孩的身上滋，把人家的新衣服弄脏了，也弄湿了。

程洌转身，看着这两个小孩无奈地笑了。他走过去，从零食袋里拿出一块巧克力，哄着小女孩说："哥哥给你巧克力，别哭了？那个小哥哥不是故意的。"

程洌认识这个女孩，她是对门宠物店的店主的女儿。他记得，他还小的时候那对夫妻对他很好，有什么好吃的好玩的都会想着他。

这女孩也就八九岁的模样，长得很像她的妈妈，水灵灵的眼睛跟黑葡萄一样。

听到有巧克力，小女孩委屈巴巴地收了眼泪，又看了眼程凯杰，大喊了声："讨厌！"

程凯杰一脸得意地说："手下败将，玩不过就哭，你还是回去看喜羊羊吧！"

眼看又要吵起来了，程洌摸了摸女孩的脑袋，说："好了，凯杰，欺负妹妹干什么？中午了，你们俩不回去吃饭吗？”

程凯杰收了水枪，朝女孩做了个鬼脸，趾高气扬地回家了。

程洌掏出纸巾，仔细地给女孩擦拭，她的头发、脸蛋都湿了，他说：“回去让妈妈给你换衣服，不然会感冒的，知道吗？”

女孩点点头。

程洌挺喜欢这种乖巧的孩子的。他笑着捏了捏女孩胖嘟嘟的脸，说道：“快回去吧，我代那个小哥哥向你道歉。”

小女孩被捏了脸，脸红了，握着巧克力很真挚地说：“谢谢哥哥……”

然后她像一只小蝴蝶，扑棱着翅膀飞奔回家。

程洌提起袋子去自家的店铺，程凯杰的母亲正在做饭。他把袋子递给程凯杰，示意程凯杰叫一下他的妈妈。

程凯杰边翻零食袋边朝他妈妈砸了个果冻，这就是他叫自己妈妈的方式。

程洌看了两眼程凯杰，没有说什么。正在做饭的女人回过头来，刚想斥责，看见程洌后神情敛了，把手放在饭兜上擦了擦，关火，进屋拿了一个信封和一个笔记本出来。

程洌没有看得太仔细，大约过了遍记录，三个月除去房租，一共盈利三千五。

程孟飞一开始就和他交代过。他不必太较真儿，如果有什么事儿睁一只眼闭一只眼就好。

程洌收了钱，因为不会哑语，在纸上写道：钱是对的，我下次大概七月份来收。那我先走了，婶婶。

女人点点头，指向那袋零食，拼命地摆手。

程洌又写道：没关系，应该的。

女人打了个谢谢的手势，这个手势程洌能看得懂，因为每次来她都会打这个手势。

离开花鸟市场后，程洌给班主任蒋飞打了个电话。

许知颜回到家时家里没人，一切都是她周五早上离开之前的模样。

她给自己倒了杯水，边喝边盯着照片墙上自己的那张照片，这是当时离开那个家时带走的为数不多的物品中的一样。

许志标当时看到照片后，大概是为了表示欢迎她的到来，把照片要了过去安上了相框，将照片和他们一家人的照片放在一起，营造了一种她和他们是一家人的假象。

以前她总想着如果能够回到过去该有多好，在什么都不懂的年纪至少能开心地笑。她现在才明白，一个人的人生，应该期盼未来，而不是一味地回首过往。

她的内心生出前所未有的勇气，因为世界上有一个人愿意倾听她的心声。她原以为把那些苦涩的往事翻出来自己会觉得无法呼吸，会觉得自己把自己扒光，赤裸裸地被烈日炙烤，但其实不是那样，说出来后她反而彻底松了一口气。

每当她凝视着程冽的眼睛的时候，她知道自己是值得被喜欢的。

傍晚许志标回来了，只有他一个人回来了。两个人坐在客厅里，再次进行了难得的谈话。

昨晚许志标把于艳梅送去医院后守了一夜，她的情况勉强稳定下来了，但这件事儿给她造成了太大的打击。她仿佛一夜间回到了当年，需要住院一段时间。

许志标的理性还在，他知道这怪不得许知颜，总有一天于艳梅会再发病，她的心结已经无法解开了。

他连连叹了好几声气，许知颜看着一夜间沧桑了许多的他，心里很难做到真正的平静，即使她的心里有恨也有怨。

她同情自己的同时也同情他和于艳梅。有时只有这样想，只有这样试着去理解别人，她才不会心生不满。也因为自己是不幸的，她变得更能体会别人的不幸。

许志标说这段时间他可能无法顾及她了，高考在即，不管怎么样还是希望她能好好学习。

但他明白，他管不了许知颜，也没有资格管她，就连现在和她说的这番话都不像是作为一个父亲会说的。

许知颜轻轻地笑了，点了点头，有些话不知道怎么开口。她倒是很感激许志标的不管不问，从前是，现在也是。

周一那天中午，蒋飞抽了个空，把许知颜叫到长廊下谈话。

午自习时间，学校里静谧一片，偶尔有一两个老师会路过。春风一阵阵拂来。

许知颜规规矩矩地站着，等着蒋飞发话。但蒋飞双手叉腰，半天没憋出一个字，只是重重地连叹了几口气。

一个学期接触下来，许知颜对这个班级最大的感触就是大家的忙碌。大家鲜少会聚在一块儿聊天休息，更多的时候是在抓紧每一分每一秒刷题，而蒋飞这个班主任和这种氛围是不搭的。

他上课的节奏很快，但也穿插着幽默的言语，教室的卫生不合格他也不会特别严厉地批评学生，他会用一种更贴合学生心理的方式来解决。从小到大许知颜遇到过很多老师，只有蒋飞给她的感受与众不同，或许这也是班里的同学比较听蒋飞的话的原因。

面对蒋飞，许知颜不想说谎也不想狡辩，甚至觉得只要真诚地诉说，蒋飞就能够理解她。

但没等她把自己的心路历程和所思所想告诉蒋飞，蒋飞先开口了。

蒋飞又叹息一声，说："老师把你叫过来不是要训斥你啊，你放轻松点儿。是这样的，我昨天给你爸爸打电话，了解了下你妈妈的情况，好在她没什么大问题。我也和你爸爸聊了，你爸爸还是比较通情达理的。我们呢，一致希望你能暂时放下感情，先投入学习。"

他打量着许知颜的神色，继续说道："老师不是个古板的人，知道你们这个年纪很容易对异性产生好感。程冽这个学生，我从高一带到现在，他什么性格我一清二楚。他这样的男生放在我的高中时代，我要是女的我也喜欢。老师说这话不是鼓励你们恋爱，你得站在老师的角度考虑下，是不是？我得对你们负责，得对你们的家长负责。当初校长找到我，说把你放在我的班里，我看了你的档案以后一口就答应了。一看你就是个好苗子，果不其然，上个学期期末考超了班里大半的学生。你和程洌放在年级里也是拔尖的，你们两个人都有光明的未来，现在是关键时刻，别让其他的事情影响了高考。”

这话周五傍晚蒋飞也说过一些，当时许知颜陷在自己的情绪里，蒋飞说什么她都没听进去。蒋飞那会儿应该也挺蒙的，不然也不会只说几句就放走了她和程洌。

这些说辞虽然有些老套，但不是没有道理，许知颜能明白蒋飞想表达的意思。

蒋飞眼巴巴地瞧着她。许知颜组织了下语言说：“我知道了，老师，很抱歉给您添麻烦了，我和程洌接下来都会把重心放在学习上的。”

蒋飞捏了捏眉心，忽然笑了。他看着许知颜倔强的眉眼，想起周六那天程洌来找他的情景。

当时蒋飞正在一个湖边钓鱼，程洌忽然给他打了电话，说想和他聊一聊，蒋飞就让程洌来了湖边。

蒋飞带了程洌将近三年，两个人聊过很多次，他是打心底喜欢程洌，还曾到程洌家做过家访，和程孟飞相谈甚欢。

程洌在湖边陪蒋飞坐了两个小时，简单地讲了讲他和许知颜的事儿，最后的重点是希望他别太为难许知颜，女孩子心思敏感且细腻，她好不容易才打起精神。

当时的氛围很轻松，湖面碧绿，天空湛蓝，微风拂面，蒋飞卸下在学校里需要端着的老师架子，语重心长地和程洌聊了一番。结果，和此刻的许知颜一样，程洌含糊着保证说高考前他会全身心地投入学习，丝毫不提别的事儿。

要不是程洌说让他别把这事儿告诉许知颜，他以为这对年轻人“串供”了。

蒋飞作为教师是不允许学生这样做的，不管许知颜的父母怎样，他们都是她的监护人，蒋飞有义务处理好这件事儿，给学生父母一个交代。

蒋飞坚持自己的态度，但不算强硬。他笑完了和蔼地说道：“我知道你和程洌都不是调皮的学生，但我是你们的班主任，要对每一个学生负责。我今天把你叫来谈话也不是为了给你压力，为了不让其他的老师知道，才没把你叫去办公室。老师愿意帮你们保守秘密，但你们也要尊重我，在毕业前不可以谈恋爱。明天下午的班会，我会调整下班里的座位。你和程冽好好想清楚，到底是这个关口下的甜蜜重要，还是努力熬过这些日子，去了大学一起展望未来重要。”

站在蒋飞的角度许知颜能理解，但她还是不愿意说出分手两个字，她只能说：“我知道了，我会好好学习的，谢谢您。”

蒋飞当了几十年老师，怎么会不知道学生的小心思？

两个人如果能互帮互助一起进步，那就是大团圆式的结局，但青春年少，受伤了就容易钻牛角尖。

看着许知颜离去的背影，蒋飞挠了下脸颊，眉头不自觉地皱起。

现在的学生哟！

周二蒋飞没有大调位置，按照身高，把后两排的位置调整了一下，把程冽调到了最左边。

许知颜的新同桌是个很安静的男生，不怎么说话，也不爱活动，只知道做题，不知道是蒋飞随意调的这个男生还是故意把性格安静的人调给她做同桌。

严爱和季毓天不知道这事儿，面对蒋飞调座位一脸蒙。两个人是班里难得的话痨，下课后争论了好半天。

严爱刚在心里庆幸没有被调走的时候就听到季毓天说：“老师换了好几个同学的座位，阿冽都走了，怎么没把我调一调呢？”

听到季毓天不想和她做同桌的言论时，严爱既生气又委屈，啥也不管了，抓起书就砸他。

两个人动静很大，打扰到了那位新同桌，许知颜抱歉地说：“我们可以稍微把桌子往后挪一点儿，他们经常这样。”

新同桌默默地点了下头。

这话有点儿熟悉，许知颜忽然想起来，这是她刚来到这里时程冽和她说的。

然后她情不自禁地转头看向程洌。他的位置在那列的外侧，他正站着整理课桌，边上的男生有一搭没一搭地和他说着话。

感受到她的目光，程洌朝她望过来。他对她笑了下，窗外的春光和煦、明媚，抽条发芽的草木轻轻晃动，程洌的笑和这个春天一样有朝气。

许知颜也朝他笑了下，两个人没有其他言语交流，相视后继续做自己的事情。

这件事儿对许知颜和程洌而言算已经过去了，蒋飞给了他们绝对的尊重，许知颜也不太想再经历一遍所有事情。她的家庭和她的想法，她都不愿意再说了。

不知道为什么，严爱看着他们在一起，自己也觉得特别开心，唯一忧愁的是她什么时候能有春天呢？

于艳梅一直在住院，许志标请了长假照看她，许知颜趁着周末去看望过她几次。于艳梅又变成了以前那样，板着脸不爱说话。

程洌每晚照常送许知颜回去，这是他们唯一能有交集的地方。但公交车上人很多，他们不能说太私密的话题，很多时候两个人是沉默的，只有双手紧紧地牵在一起。

但有时候两个人说起考试习题和课间作业的题目，会在晃荡的车厢里认真地探讨半天，都执着又较真儿。

五一的时候天一下子热了起来，白昼时间也被拉长，许知颜让程洌不要再送她了。但他好像习惯了，每天都说再送一次吧。

程洌明显很疲惫。许知颜知道他家的生意似乎越来越好，他周末还是会抽空去帮忙，但随着高考越来越近，课业压力已经足够让人窒息了。

许知颜让他暂时放一放家里的事情，虽然这么说可能有点儿多管闲事，但她舍不得程洌这么劳累。

程洌当时坐在公交车上，靠着她闭眼休息，笑着说："我让我爸多招了几个临时工，从这周开始我不去了，我也打算去找个老师补习，你要去吗？”

“现在补习费很贵，你和你爸商量好了吗？”

“嗯，他最近生意不错，今年年底应该能把之前亏损的窟窿补一半儿。等毕业了我可以多兼职几份家教，到时候带你去旅行，好吗？”

公交车缓慢地路过被春天余晖亲吻的街道，程冽沉甸甸的脑袋靠在她的肩上，少年低沉而富有磁性的嗓音轻缓有力。许知颜握紧他的手，望了几眼这柔和的光，笑着轻声说好。

程冽睡了一路，到站时脖颈酸痛，他边揉着脖子边牵着她下车。

许知颜没有像往常一样和他就此告别。她看着他说：“今天是周五，周末又见不到了，你能不能陪我一会儿？二十分钟可以吗？”

自从和蒋飞谈话后，他们在教室里几乎是没有互动的，就连程冽送她回家，两个人都是前后脚出校门，怕被蒋飞撞见，如果让这件事情再次被放在台面上，他们不好解释。

程冽看了眼时间，算着程扬的饭点，点了点头说：“那我就陪你一会儿。”

他陪她一会儿，然后今晚只能委屈程扬吃面条了。

许知颜说想买瓶水喝，但没有带他去对面的便利店，反倒绕了一圈，绕进了两栋老楼房之间。和他家那栋楼一样，这里爬满了爬山虎，两栋楼之间过道狭窄又潮湿，像是一个被春天忽略了的角落。

程冽想问她这里有卖水的吗？

她抬头看着他，清澈的眼眸里含着隐隐的笑意。

程冽勾了下唇，他们四目相对，什么话都说不出来，只有荷尔蒙在叫嚣。

蒋飞的话还是让他们有心理压力的，维系着感情的同时也不敢做什么过分的事情，而周末两个人都是各忙各的，有时会在夜深人静的时候通一会儿电话。

他们认识这么久了，能说的都说了，没有了早期的新鲜感，没有了说不完的话题，但还是想和对方通话，光是听对方的呼吸声就觉得很美好。

没过几天，学校开始安排他们填志愿，那时候实行的还是学生先填志愿后高考的制度，该填什么学校，选什么专业，班里的同学讨论了一个星期。

大家都说专业决定了以后的工作方向，许知颜虽然不太信这个，但她觉得至少得选自己喜欢的专业。

两个人商量以后，决定报考同一个专业，随大的经济学，那是随大排在前几名的专业。

比起他们，严爱就苦恼多了，看着他们夫妻双双把家还，她第一次有点儿心理不平衡。

严爱问季毓天想去哪个学校，这个少爷不正经地说清华北大，问了半天他都不给她看志愿表。严爱觉得气恼极了，想想也是，季毓天家里可有钱了，他比她家有钱一千倍，他不管去哪儿，以后都是要继承家产的。

虽然她以后也可以继承家产，但还是很向往大学生活。

因此再三权衡，她选了一个校园环境好、交通便利、宿舍美丽且自己又能考得上的大学，学校不在随城，在南城。

交志愿表的时候严爱意外发现季毓天居然也填了这个学校，她窃喜了很久。

严爱和许知颜说起这件事儿的时候眼里闪着光，虽然她说得委婉，但许知颜一下就听出来了。

在一个季毓天不在的午间，许知颜问她是不是喜欢季毓天。严爱顿时脸变得通红，紧张地问她有那么明显吗。

严爱对许知颜很好。严爱善良单纯，虽然大大咧咧，但撒娇和撒气只对季毓天一个人，这实在太明显了。

这就像许知颜面对同学和普通朋友，很难提起开玩笑的兴致，但面对程洌，总是忍不住地笑，忍不住地想挑逗他。

人都是多面的，最幼稚和最甜蜜的那一面只会在自己伴侣的面前展现，正因为这种独特性，所以对于自己喜欢的人，对方是能感受到的，也因为如此，才有了暧昧这一说。

把这些戳破后，严爱第一次和许知颜聊起内心的感情。她不像许知颜，做不到勇敢地去问季毓天，怕他不喜欢她，然后两个人尴尬得连朋友都没法做了。她又怕早恋被爸妈发现，被打断腿。

这酸酸甜甜和提心吊胆的滋味可能就是暗恋的味道吧。

高考在即，许知颜让她先放一放心事。她也不急这一时半会儿，等高考结束了，可以放手去追。

说起高考结束，严爱憧憬着这个绝对自由的暑假，随口问许知颜："毕业后要不要一起出去玩啊？"

听到这个问题，许知颜不自觉地扭头看向另一侧的程洌。

这个假期做再多的卷子也没意义了，时间肯定会空下来很多，程洌应该还是有许多事情需要做。

严爱说："到时候我们可以一起去烧烤，或者结伴去旅行。不过阿洌应该没时间。那就去烧烤好了。野营！我都没有野营过。"

"到时候再说吧。"许知颜笑着回答。

五月一晃而过，六月到来的时候整个高中生涯已经接近尾声。

又开始下雨了，夏天的雨总是如此凶猛，像麻袋倒豆，密集猛烈。

最后一堂课是班主任蒋飞的课。讲完往年数学卷的最后一道题目，蒋飞握着粉笔的手在黑板上顿了下，他慢慢转过身，双手撑在讲桌上，目光扫过台下的每个学生，最后他扬起一个微笑。

蒋飞很轻松地说："没了，就到这里了，你们想听我也不讲了，求我我也不讲了。还有十分钟下课，我说点儿事情。等会儿你们把课桌里的东西都收拾走，把卫生做好，咱们这里是要成为考场的。你们的准考证啊，笔啊，千万别忘了带，我可不想到时候在新闻上看见你们。"

大概是充满压力的三年终于结束了，平日里绷紧脸的学生们都展露笑颜。

蒋飞说："有些话我之前就说过了，也说腻了，估计你们听得耳朵都起老茧了，但我是操心的命啊，还得再说一遍。你们考试的时候放松点儿，别跟考不好就没了下半辈子似的。咱们班同学的成绩不差，放在卢州也是靠前的，你们个个都是很有前途的，要相信自己。”

底下的同学默默地点头，那些属于这个年纪的叛逆此刻通通消失了。

蒋飞看了眼一左一右的两个人——程冽和许知颜。好家伙，两个人是真平静，比他这个老师还平静。

他咳了两声，意有所指地说：“最后唠叨几句啊。你们能上985的给我上，能上211的也给我冲，我劝你们放松，但也对你们抱以厚望！你们的成绩也是我的荣耀。还有……今天踏出这个校门后你们做什么我都管不着了。班里的男同学都听好了，女朋友、媳妇迟早会有的，上了大学别飘，要学会珍惜和照顾女孩子！”

男生们也跟着咳了两声，有些害羞地笑了起来。

严爱听着这话感觉奇怪，第六感告诉她，蒋飞话里有话。她狐疑地扭头看了眼许知颜，又偷偷看了眼程冽。

她敢打赌，蒋飞肯定知道他们俩的事情。

最后一节课以蒋飞一句激昂的解散结束，教室静了一瞬，很快嘈杂起来，是之前从没有过的沸腾的声音。

但没有人撕书，也没有人撕卷子，许知颜在转桌子的时候听到有人说如果考不好打算复读，珍贵资料得放好。

有的人还在讨论着刚刚蒋飞讲的题目，同学们是放松了，但不是松懈。

许知颜还挺喜欢这样的氛围的，恒康整个校园的气氛非常好，至少看着周围的人埋头苦读，自己会多一些动力。

打扫完卫生，许知颜背上书包，怀里抱了三本塞不下的课本。

许知颜笑笑，视线飘向程冽那边。他正好也收拾好了，朝她走来。

程冽拿过她怀里的课本说：“走吧，送你回去。”

她知道他很累，高考就在眼前，她不舍得也不愿意再让他送自己。在许知颜的强烈要求之下，程冽后来就没送她了。只是他会担心，每晚都眼巴巴地等她的电话。

现在学期结束了，以后他想送她也送不了了，今天是最后一次。

严爱在边上起哄，嬉皮笑脸地打趣程洌："阿洌，上了大学别飘哦！"

季毓天觉得她真是越来越没皮没脸了，卷起袖子敲了下她的脑袋："你有女孩子的样子吗？你好意思讲出来哦，磨蹭半天，好了没？走不走？"

严爱瞪他一眼，嘀咕道："就你这样的，到了大学也飘不起来，谁能受得了你这少爷脾气？"

季毓天："你以为我的耳朵是聋的吗？"

许知颜和程洌对视了一眼，他们两个把严爱和季毓天看得一清二楚。

因为今天放学比平常早，还没到下班的高峰期，公交车上只有寥寥几个人，许知颜和程洌找了后排的双人座，许知颜坐在里头。

天比较阴，雨水铺天盖地地落下，像一张密不透风的网，玻璃窗上雨水蜿蜒，外面街道的景象变得抽象模糊。

许知颜望着外面，随口说道："不知道考试那天的天气怎么样。"

程洌正在把湿漉漉的雨伞收进塑料袋中，笑了下，说："你没看天气预报吗？"

"电视坏了，我爸挺久没回来了，我上哪儿看天气预报去？"她还在看外头。

"我不是你的天气预报？"

闻言，许知颜回过神，转头看他，扬了下嘴角，见他手湿了，拿出纸巾递给他。

她说："那高考那几天会下雨吗？"

"说是有雷阵雨，你带上伞吧，六月多雨。"

"怎么好像每个季节都挺多雨的？去年见到你的时候也是下了好久的暴雨。"

"春雨夏雨秋雨冬雨，春困夏乏秋盹冬眠，是不是？"

两个人相视一笑，许知颜被他这话逗笑的同时忽地想到严爱。

作为女生间的秘密，也因为这段时间把心思扑在了刷题上，她没有和程冽提起过严爱的事情。

其实严爱喜欢季毓天挺明显的，但许知颜有点儿摸不准季毓天。

她问道："季毓天喜欢严爱吗？"

没有来由的一句话让程冽愣了下，但程冽很快反应过来，想到刚刚他们在教室的拌嘴。

程冽说："我没问过他，不太确定，怎么了？"

"没什么，我就是问问，觉得他们挺合适的。"

"嗯，我有时候也这么觉得。"

许知颜没再说这个话题，有些事不是她和程冽能插手的。她轻轻地说："这几天在家我想把上次补课的习题过一遍，那个老师的眼光挺独到的，听说去年他押准了两道题。"

"你别太紧张，别太用力，学校提早放假就是为了给学生休息的时间。之前的模拟考和往年高考卷你做得都不差，还是很稳的。"

"我如果去了第二志愿怎么办？"

"能怎么办？到时候我会去找你的。"

许知颜闭上眼，让自己放松下来。

高考那天下的不是雷阵雨，是暴雨，大雨滂沱，考场外的家长身披雨衣固执地等候着考生。考生们有人送，就连远在随城的季毓天的母亲都赶来为儿子加油。

应该只有许知颜和程冽是例外。许知颜是家里没人能送。于艳梅还在医院，但情况已经稳定了。许志标之前请了假，这会儿又是工厂旺季，他没日没夜地加班。

而程冽是不让程孟飞送。春夏也是花圃的旺季，对程冽而言，这不过是场换了地点的普通考试。他心态很稳，不需要程孟飞放下手上的一堆活来送他。

许知颜和程冽不在一个考场，也不在一个楼层。在等待进考场时，程冽和她在一起待了一会儿，想说什么但箭在弦上，说什么都没用。

他揉了揉她的脑袋，眼神很温柔。

高考结束了，骤雨也停了。结束铃响起的那一刻，所有学生都热血澎湃，跨出考场，意味着他们已经不再是高中生。他们独立了，即将奔赴新的生活。

所有人都迫不及待地冲出考场，只有程冽和许知颜手牵手慢悠悠地在雨后的校园里走着，操场、花草树木和一起出过画报的长廊，一点点地被定格在身后。

难以言说的心情让两个人的手慢慢握得很紧。

严爱和季毓天在一个考场，出来后在校门口等他们俩，严爱看到他们握相处的手直呼老天爷。

他们太明目张胆了。

季毓天说："咱们一起吃个饭啊，今晚通宵呗。"

程冽用眼神询问许知颜。许知颜说："可以啊。"

自从于艳梅住院后，她比从前更自由。许志标没空管她，也没想管她。

不过，换作以前就算没人管，她也不愿意熬通宵，觉得很伤神。现在不一样了，今天确实是个特别的日子，值得她狂欢一整夜。

四个人选择了之前去过的那家火锅店。说起这个火锅店，严爱想起第一次见到许知颜的时候，大笑着说："知颜，你不知道，那时候我们不知道你和阿冽认识，你从奶茶店走的时候他看你看得眼睛都直了，现在想想，阿冽，你是不是那时候就'芳心暗许'了？"

程冽："……"

严爱很兴奋，又说："还有看演唱会那时候，我叫了阿冽很多次，他都不愿意去。知颜，你知道吗？他真的很土，每次有活动叫他就像请大佛，难叫得很。而且那会儿演唱会门票的钱他不替你给我了吗？我当时就觉得很奇怪来着……"

程冽觉得挺无奈的。

许知颜不知道这件事儿。她记得当时她想把钱给严爱，程冽阻止了，原来是这样……

许知颜看向程洌，朝他轻挑了下眉，意思是他那时怎么没说实话。

程洌笑了下，没说话，牵着她走进火锅店。

差不多是饭点了，他们刚坐下没一会儿，店里的人就逐渐多了起来。

顺着热腾腾的气雾，四个人从第一次见面聊到许知颜转学，再聊到她和程洌在一起，最后是高考的题目，对着答案，说着考试的心情。

出火锅店时天色已晚，但夜空闪烁的星光点亮了他们年轻易沸腾的心。

季毓天一边翻着电话号码一边说：“我们通宵去唱歌，我打个电话给经理，让他帮我们留个包间。”

严爱站在一侧无聊地玩手机，发现有人建了个班级群，有人在里面问今晚有没有活动。

严爱挺爱热闹的，激动地说：“喂喂喂，季毓天，要不要再拉几个同学啊？一起玩才开心啊！”

季毓天无所谓，看向程洌和许知颜，特别是许知颜，季毓天在征询他们的意见。

许知颜说：“好啊。”

她也无所谓这些，只是有些不好意思，他们都太在乎她的感受。

严爱很快联系到了一些今晚愿意出来嗨的同学，她举起手说：“Go（走）!Go!Go! 嗨起来！”

许知颜没去过娱乐场所，这是第一次，坐着电梯到达七楼，映入眼帘的是明晃晃的玻璃面的墙壁和浮夸的水晶顶，融着夜色，每一处的光都尽显奢靡气氛。

一开始她比较难适应这种昏暗的、让人晕眩的环境，但在前台站了十来分钟，习惯了就好了。

许知颜问程洌以前来没来过这里，程洌说高二的时候跟着季毓天来过两次。季毓天爱玩，也会玩，上了高三才慢慢收心。

许知颜想着也是。季毓天从小到大生活在繁华的随城，家里条件也好，有资本去玩乐和享受。

季毓天开了个 VIP 大包间，一长排香槟色的沙发像被切得整齐的松软面包，中间的舞台面高出了一个台阶，顶上是五光十色的闪光彩灯，宽大的屏幕上播放着随机歌曲。歌声震耳欲聋，隔着胸膛，像起搏器一样吸着心脏。

许知颜想，怪不得有些人喜欢这样的夜生活，仅仅一个 KTV 就能让人兴奋不已。

严爱叫来的同学很快赶来，人不多，七八个。看到有两个人牵着手，许知颜笑了，原来谈恋爱的不只有她和程冽。

包房里只有两个话筒，一开始大家有些拘谨，但几首歌唱下来，靠着季毓天很强的活跃气氛的能力，大家放开了，开始抢麦。

激情的或抒情的音乐，不管怎样，音乐让他们都很放松，这种放肆和自由不断地提醒他们，最苦的三年高中生涯已经结束了。

趁着他们唱歌，季毓天玩起了游戏，服务员送上一盘又一盘的水果，还有一箱啤酒和几瓶红酒。

许知颜和程冽坐在一起，包厢里的冷气开得很低。她穿着连衣裙，有点儿冷，于是抱了个枕头在怀里。

程冽靠着沙发，左手揽着她的肩膀。

许知颜凑到程冽的耳边问："你不唱吗？"

音乐声太大，要靠得很近程冽才能听清。

她没听过程冽唱歌，不过他很喜欢听歌，那他应该唱得不错吧。

程冽扭过脸，看了她几眼，低头贴着她的耳朵说："我唱歌一般，季毓天唱得很好听。"

"不能唱给我听吗？"

程冽迟疑了一下，笑起来，说："你想听？"

许知颜点了点头。

正好一首歌结束，程冽向边上的同学要了话筒，说就唱一首。同学一眼就明白了，开玩笑说："班长，哄女朋友开心吗？"

周围人起哄着，程冽让季毓天帮点了首英文歌 *Yesterday Once*

*More*。

许知颜觉得这歌很耳熟，骤然想起有一年英语期末考的前奏就是这首歌。

这首歌曲调舒缓，程洌唱歌的嗓音比说话时要低沉一些，气息均匀稳定，哪里像他说的唱得一般？

她觉得程洌比在场的任何一个男生唱得都要好。

大概很少在这么多人面前唱歌，还搂着许知颜，程洌唱到一半就放下了话筒，问许知颜："就这样，行吗？你想听的话，下次单独唱给你听。"

许知颜眉眼含笑，点了下头。

那头季毓天和严爱划拳连着输，喝了两罐啤酒后喊着："阿洌！过来一起玩啊！"

严爱得意地说："玩不过就搬救兵，没意思！"

季毓天说："跟你玩没意思，我和阿洌玩。"

程洌看着满桌的酒说："不喝酒，我们换饮料吧。"

季毓天："不是吧，你这就妻管严了？"

许知颜对喝酒这件事儿没什么看法，出来玩这都是正常的，更何况他们已经成年了，反倒是她没想到程洌还挺保守。

许知颜说："我不介意的，啤酒的酒精含量不高，你们开心就好。"

程洌打量着她的神色，确定她是真不介意后就随便季毓天了。

被晾在一边的严爱不乐意了，忽地冒出个主意，说道："要不这样吧，我和知颜划拳，我输了季毓天喝，知颜输了阿洌喝，怎么样？"

程洌怎么样都行，只要不是许知颜喝就可以。

今晚他顺着季毓天放肆，来这里玩也是因为想和许知颜多待一会儿，对唱歌、玩色子、划拳的兴趣都一般。

季毓天无语了一阵，但还是随了严爱。

许知颜不会划拳，程洌在一边教她。

几个回合下来两个男生都下肚了几杯酒。许知颜观察着程洌，见他面不改色，仍游刃有余就放心了，她怕程洌是个酒量很差的人。

不过现在看来，两个男生都挺能喝。

玩了一圈，季毓天忍不住了，吐槽严爱："你就光会赢我是不是？人家刚学的，你都玩不过吗？"

严爱踩了他一脚。他痛得嗷嗷直叫，少爷脾气上来了，说不玩了，要出去抽根烟，叫上程冽一起抽。

程冽拍拍许知颜的肩膀，说一会儿就回来。

两个人走了没多久，班里的一个同学喝多了开始敬酒，对着沙发上的同学挨个儿敬过去。

轮到许知颜的时候，那个同学看了她好一会儿，笑着说："这杯敬我们的班花学霸，敬我们的班长嫂子，干了！来！"

许知颜被这称呼架在那儿，接过了酒，很痛快地喝完了。

啤酒的麦芽香很浓，回味略苦，许知颜觉得酒到底没有含糖饮料好喝。

过了几分钟，严爱看着许知颜慢慢变红的脸，吃水果的动作不自觉地放慢了，她凑过去问："你还好吧？"

许知颜扶了扶额头，说："没事儿。"

"噢……"

许知颜从来没沾过酒。她过去的生活真的封闭、枯燥到极致，她也没想到自己这么不胜酒力，不过是啤酒而已。

她深吸了一口气，站起来，和严爱说去趟卫生间。

这儿的装潢看得人眼花缭乱，许知颜问了个路过的服务员，缓慢地朝西边走去，正好看见在走廊尽头抽烟的两个人。

私底下许知颜很少见程冽抽烟，和她在一起时他更不会抽烟。

程冽的烟瘾并不重，他也说过只有偶尔觉得嘴里乏味或者压力大时才会抽一根。

那今晚呢？许知颜看着他说笑的神色，觉得今晚他一定是因为愉悦才抽这支烟。

走廊尽头有一扇玻璃窗，黑色的窗帘被拉上了一半，程冽站在没有窗帘的那一边，他身侧是明亮的灯火。轻烟拂过，挂在夜空中的明月洒下一地清冷的光。

走廊是昏暗的，两种交织的光勾勒出程冽的身影，他抽烟的时候凸出的喉结滚动着，配上他若有似无的笑意，充满了属于夜色的魅力。

不知道是酒精的作用，还是今天的气氛所致，许知颜觉得喉咙有点发热，脑海里闪过一些片段。

比如去年那个荒唐的梦，比如她自己的癖好，比如上次他的手掌贴着她的臀部，灼热的温度和暧昧不清的肢体接触。

对她来说，程冽浑身充满了诱惑。

程冽用余光瞥见一个人影，转过头才发现是许知颜。他吸完最后一口烟，把烟头掐灭，对季毓天说："你要是真喜欢就试试，我先过去了。"

季毓天也看见了许知颜，结束了刚刚和程冽说的话题，一挑眉毛，说道："走吧。"

程冽以为许知颜是出来找他的。走近点儿，拂去这些旖旎的灯光，他看见许知颜的脸很红。

他俯身，看了她一会儿，说："你喝酒了？"

许知颜靠着墙，懒懒地嗯了声。

"喝了多少？"

"一杯吧，不多。"

"啤酒还是红酒？"

"啤酒。"

程冽哪里不知道她，她怎么可能喝过酒？她是个连交际活动都很少参加、兴趣爱好淡得不得了的人，又不是男生。他即使没有那些喝酒的场合和需求，也会在家里偶尔陪程孟飞喝一杯。

不过程冽更在意的是他的女朋友居然酒量这么差，一杯啤酒而已。

不管她给别人的印象有多淡漠多清冷，在他这里，她只有可爱这两个字。

程冽揽过她，说道："走吧，我带你去买瓶水吧。"

许知颜没动："我先去趟卫生间。"

“在那边，我带你去。”

和大商场里的卫生间一样，这里被打扫得一尘不染，空气中充斥着让人舒适的香气，只是这里的装修风格过于华丽，像一只跌落在晶洞里的黑蝴蝶。

许知颜在女厕的洗手台上洗了两把脸，抽过纸巾粗略地擦干脸。

程冽喝了些酒，正好也去趟卫生间。

许知颜在门口等着，洗脸水是凉的，但压不住滚烫的跳动的心。许知颜脑海里翻涌的是刚刚程冽喉结滚动的模样。

她轻轻地笑了下，笑自己好像被什么冲昏了头脑，却又克制不住。

程冽从男厕出来，许知颜的目光对上他的目光，她意有所指地问：“男厕有人吗？”

“没人，怎么了？”

话音刚落，程冽被她推进男厕，咔嚓一声，门被关上。

程冽看她大胆的动作，一时说不出话来，更大胆的是许知颜把他推进了最里面的隔间，动作一气呵成，最后锁上小隔间的门。

隔间很狭小，两个人身体贴着身体。许知颜落上锁后，抬头看他，两个人目光对视了会儿，程冽明白过来。

他舔了下唇，不可思议地笑着。

许知颜钩上他的脖子，一向冷静清亮的嗓音沾上了点儿酒精的诱惑，她细长的眉眼微微扬起，像春风剪出的柳叶。

“我今天很开心。”她说。

“嗯，我看出来了。”

程冽一手扶着她的腰，一手抬起来帮她整理头发。她洗了脸，两侧的头发是湿的，和水草一样。

许知颜不化妆，也没有化妆的习惯，清水洗过的脸如落在溪水里的红玫瑰，清纯又娇艳欲滴。

许知颜笑了。她知道自己这会儿的举动太大胆，但她想这么做，在程冽的面前她可以这样。

“外面人多，可我想吻你。”

所以干净的厕所是个不错的选择，也符合今天激动的心情。

程洌笑得更甚，捧着她的脸，低头吻了下去。

她的舌尖带着淡淡的啤酒味，和他的烟草味混在一块，是苦的，但交缠的温度掩盖了这种苦味。

亲了会儿，程洌松开了她，他们鼻尖对着鼻尖。

许知颜的眼神有些迷离。

程洌问她："还要吗？"

许知颜觉得他有点儿坏，也学会了明知故问。她没回答，右手渐渐从他的脖子滑到胸膛，轻轻一推，红唇翕动，她说："坐下……"

程洌往后瞥了一眼，马桶盖是合上的，又扫了眼她的神色，坐下了。

她看着他，将手搭上他的肩膀，跨坐了上去。

许知颜穿的是白色的连衣裙，外面套了件很薄的防晒衫。程洌记得这条裙子，去年给她补习时她穿过。

当时那裙摆顺着风一下又一下地蹭到他的小腿上。

而此刻，裙摆被撩起，她坐在了他的腿上。

他来不及阻止，也不想阻止，酒精冲上大脑，血液沸腾，嗓音彻底出卖了他。

"知颜……"他叫她的名字，声音低沉沙哑。

"嗯？"

她的尾音像个钩子。

程洌咽了下口水，用仅存的理智说："等会儿会有人来。"

"那你别出声音啊。"她的声音有点儿轻飘飘的。

程洌的眼眸深沉了些，下一秒他用手掌托住她的后脑勺，仰头去吻她。他是滚烫的、有力的。

两个人回到包厢已经是一个小时之后，别人都在兴头上，黑暗的包厢里少了谁很难被人注意到，除了和他们相熟的严爱和季毓天。

季毓天跷着二郎腿在和严爱打牌，见程洌搂着许知颜回来，忍不住问道："你们去哪里了，出去都不带手机？"

严爱嗤了声，说："他们去哪儿关你什么事儿？"

许知颜说上个厕所，结果去了一个小时，摆明了和程冽在一起，两个人在一起还能干什么？

季毓天："……"

程冽坐下后说："我们去街上逛了一圈。"

季毓天甩了个王炸，结束了这把牌，说："你们没买什么吗？"

"没。"

"那你们去干什么？"

程冽说："她的头有点儿晕，我带她出去吹吹风，外面刚下过雨，还是挺舒服的。"

"噢……"季毓天信了。

坐在程冽身侧的许知颜忍着笑，听着程冽一本正经地说谎，觉得还挺有趣的。

程冽咳了声，拿起桌上的一罐啤酒，骨节分明的手指拉开了易拉罐的拉环，哧一声，啤酒冒着气泡，他很渴，一口气喝了半罐。

啤酒不像饮料或者水，有些灼胃，还未彻底平息的身体因为酒精又有点儿发热了。

他握着许知颜的手，手心很烫。

许知颜说："给我喝一口吧，我也有点儿渴。"

程冽转头看她，在闪光彩灯球变化流转的光中，他的眼睛格外黑。他笑得很有深意，没把啤酒给她，当着她的面把啤酒放回了桌上，压低声音说："是我疏忽了，我给你买水，等我一会儿。"

也行，正好她觉得啤酒不好喝，点了点头。

程冽一走，严爱携着一身酒气滚到她的身边，似乎喝得挺多了，但神志是清醒的。

严爱顶着酡红的脸，指了指自己的脖子，笑眯眯地说："我看见阿冽的脖子上有……"

许知颜知道严爱说的是什么，那是自己不小心留下的痕迹。

许知颜没接这话，只是笑了下。

严爱也没多说，伸了伸懒腰，说：“羡慕……”

她四脚朝天地躺在沙发上，伸懒腰时 T 恤往上卷，露出一截雪白的腰线，点完歌走回来的季毓天正好看见这幅画面。

他愣了一下，忽然胃里也有了灼烧感，同时他的脸也拉了下来，一脚踢开她垂着的腿，把一个抱枕扔到她的肚子上。

严爱真是烦死他了，把抱枕又砸了过去，猛地坐起，气呼呼地问他：“你打牌输了就打人？”

“我打个屁！”

“不和你说话了。”

程冽回来时，正好见到这吵吵闹闹的一幕。他和季毓天对视了一眼。季毓天咬咬牙，耳朵莫名地红了，甩开严爱跑去唱歌了。

季毓天有点儿后悔酒精上头时和程冽说心里话了，两个老爷们儿说这个，每对视一眼他都觉得尴尬。

程冽笑了声，把水递到许知颜的面前。

许知颜的眼里还饱含余韵，她意有所指地说：“手酸，拧不开。”

程冽又笑了声，这次是笑她，给她拧开盖子，温柔耐心地将水送到她的手上。

许知颜在喝水的时候，他伸手去揽她的腰，他偏头俯在她耳边低低地说：“喝慢点儿。”

他的温柔体贴让许知颜轻笑了下，好像他亏欠了她。

后半夜大家唱倦了，有些人回家睡觉了，有些人选择去网吧通宵。季毓天看着呼呼大睡的严爱，撇撇嘴说：“散了，咱们下次再约吧，还通宵呢，她根本就通宵不了。我的司机快来了，要不要顺便送你们？”

深夜两点的卢州街道冷清得只有湿润的风，零星的灯光散落在未干的路面上，KTV 里的劲歌热舞还在程冽的脑海中盘旋，影子和脑袋都在晃。

程冽按了按额头说：“你们先走吧，我们等会儿打车走。”

“行，那你们注意安全……”

“嗯。”

告别后，程冽牵着许知颜往能打车的街道走，不知道是不是因为做了亏心事，程冽觉得季毓天的那句注意安全挺有深意。

想到这儿，程冽浅浅地吸了口气，笑自己真是越来越能胡思乱想了。

两个人安静地走着，微凉的风拂在脸上，仿佛之前所有的疯狂迷离都是一场梦。

许知颜轻轻地问他：“你在想什么？这么入神。”

程冽握了握她的手，回答：“没什么，嗯……你饿吗？晚上吃饭的时候你都没吃什么，在 KTV 我看你只吃了两片西瓜。”

“不饿，本来应该会有点儿饿的，但今天很奇怪，我不觉得饿。你饿了吗？”

“我还好，现在送你回去？”

“也行。”

打了车回去，一路上很安静，两个人只是牵着手，出了汗后许知颜松开了他的手，汗干了后她又把手伸了过去。

深夜，卢州打车的人很少。师傅瞧着他们俩很年轻，忍不住多问了几句，很好心地提醒他们注意安全，让他们别打黑车。

要不是加上了别打黑车这几个字，程冽恍惚地又以为是那个注意安全。

距离那份刺激感已经过去四五个小时了，但他仍未平静，很多画面总是情不自禁地跑到他的脑海里。

他把她送到楼道里，平凡而又特殊的一天要结束了，从今以后要开启崭新的人生了。

微光下，两个人的眼里有着笑和光芒。

程冽捧着她的脸吻了会儿。许知颜没站稳，往后退了几步，撞到别人停在楼道里的自行车，哐当几声。

他睁了睁眼，停顿了会儿，等没响声了，重重的吻又落了下来。

许知颜一手撑在后头自行车的后座上，一手搭在他的肩膀上，用同样热烈的吻回应他。

静谧的深夜，接吻的吸吮声是很好的催化剂。

不知道过了多久，许知颜那双好看的眼眸里再一次盛满了潋滟的水光，她薄薄的唇也变得丰盈红润。

两个人额头抵着额头，目光时不时交缠到一起，此起彼伏的呼吸是那场烈火的余烟。

程冽滚动喉结，漆黑的眼眸充满温柔。

他亲了下她的唇，接着是脸颊，滚烫的呼吸洒在她的耳朵上，低沉沙哑的嗓音混着浓浓的笑意在她的耳畔响起。

他说："你上去吧，睡个好觉，好好放松几天，等我把这个假期安排好了就来接你出来玩，行吗？"

"嗯，你也是，好好休息一下。"

程冽还不舍得放她走。他盯着她，有些意犹未尽，想说什么，又不知道该怎么说。

许知颜大约知道他在想什么，不只他，其实她也还没平静下来。

但该问的当时都问了，他们现在又能说什么呢？

她笑了下，推着他的胸膛，说道："你不想让我回去？"

程冽的笑从喉咙里溢出来。他眯了下眼，松开了她，低声说道："去吧。"

"嗯……你也快回去吧，再不走，门口那师傅可就不等你了。"

程冽揉了几下她的手，放开后抬了下下巴，示意她上楼。

她上了电梯后，程冽往外走。他出来后和出租车师傅打了个招呼，说稍微再等一分钟。

他站在看得到她家的路边，直到许知颜家的灯亮了才上车。

第六章

# 幻梦结束

六月下旬的时候轮到中考了，正好又碰上一场雨。那两天许知颜把家里的电视送去了维修中心，她手头上有许志标给的钱，修个电视问题倒也不大。

那老板开始要三百块，许知颜没有这方面的经验，但还是下意识地砍了下价格，最后老板说那就两百吧。

这个价格在她能接受的范围之内。回去后她给程洌打了个电话，聊了会儿天，说起了修电视的事情。

程洌笑她被骗了，修电视哪有这么贵。

他又问她怎么突然要修电视，他记得她对这些都挺随意的，而且她前段时间才去图书馆借了一堆书，经济学的书都借了。

这一点他倒是比不上他的女朋友了。

许知颜说因为在家挺无趣的，高考完了生活好像一下子失去了目标，看电视能打发时间，电视上有一些财经频道，可以看着解解闷。

程洌和她已经有十来天没见面了。

这十天他参加了五场家教的面试，这次没有冒充随大的学生，但因为录取通知书还没到，有几个家长不太相信他，好在他已经谈妥了两家。

白天他还帮程孟飞跑了几趟货。

许知颜问生意怎么样，程洌说："挺好的，我们刚往外地发了一车苗木，价值十万。"

看着他们家的生意越来越红火，许知颜挺高兴的，这样程洌的负担应该能减轻许多。

其实她觉得这样的生活就够了。

等程孟飞把手头的债务还清了就好了，现在实行九年义务教育，程扬上学也不需要交学费。

他们每次聊着聊着，话题都会演变成调情。

程洌会问她："你想我吗？"

她有时逗他，会说："一般般吧。"

程洌总是那么温柔，笑着说："那我想你就够了。"

趁着现在还没到七月，天气还没真正热起来，他们正商量着什么时候出去玩，有一通电话插了进来，是严爱。

许知颜和程洌说了一声后挂了他的电话，切到严爱的电话上。

严爱知道她在和程洌打电话，一开口就特兴奋地说："知颜知颜，我们后天去野营吧，上次和你说过的，我买好帐篷啦！后天是大晴天，气温舒适，据说还有流星雨。"

许知颜笑了："还有季毓天，对吗？"

"嗯……"

"他没回随城吗？今年过年的时候他都没回去。"

"他说七月再回去，所以我想在他回去之前……"严爱咬着唇，很小声地说，"你觉得我告白怎么样？我想过了，如果他拒绝了，顶多以后不说话喽！然后我去了大学，找个比他帅、比他高、比他有钱的男朋友，整天在他的眼前晃悠，气死他！"

严爱已经把这个画面想象了一万次，而且每次都觉得很爽。

许知颜懂了，说道："所以不是去野营，是去告白对吗？"

"一半一半吧，我们去那个云山，好多人去那边扎帐篷的。那里很安全，风景又美，听说还有萤火虫……在那样的地方总比大街上、饭桌上浪漫吧？”

“好啊，我正好没事儿做，需要准备些什么吗？”

“不用啦，我都准备好了。不过你准备点儿吃的吧，你跟阿洌说一声，省得他又拒绝我。”

“嗯……那后天你记得穿得好看点儿。”

严爱害羞了：“其实我很纠结，有三条裙子不知道穿哪一条。”

许知颜说：“适合你风格的就可以了。”

后天他们三个见到严爱的时候，都一时有些讲不出话。

严爱穿了一件红白色调的公主裙，上了大学以后许知颜才知道这种裙子叫洛丽塔。

虽然裙子看上去有些夸张，但严爱穿着还是好看的。她本来就长得很可爱，一汪清泉似的眼睛，搭配头上的蝴蝶结，像从画报里走出来的。

可能因为是女生，许知颜很快适应了。

程洌不发表什么意见，默默地开始看说明书搭帐篷。许知颜想给他们留一点儿时间，就去帮程洌。

季毓天看着笑眯眯的严爱：“……”

过了好半天，他憋出一句话：“你今天结婚啊？”

严爱的脸瞬间拉下来了，她骂他：“结个屁！”

“……”

季毓天把手中的水扔到一边，决定不接这个话了，转而说：“哪个是你的帐篷啊？我帮你搭。”

“你，帮我，搭？”

“你自己搭也行。”

严爱：“不要，就那个天蓝色的，你搭啊。”

季毓天瞥了一眼程洌和许知颜，定下心开始搭帐篷。

严爱一共买了三顶，因为再多买一顶她就要破产了。

季毓天说：“三顶晚上怎么睡，你跟我睡啊？”

他和她调侃惯了，后知后觉地发现这话说得不太合适，立刻改口道：“你跟我睡啊？想得美。”

严爱的脸红了一下。听到他吊儿郎当的话，她重重地推了他一下，心里暗骂白痴。

那边搭完两顶的程冽和许知颜对视了一眼。许知颜放下卷帘，轻声问他：“三顶，你想怎么睡？”

这是个颇有含义的问题。

上次的意乱情迷顿时跟放电影一样闪过脑海，程冽笑着道：“看你啊。”

“我啊……我……”

话没说完，严爱气呼呼地跑过来，说：“知颜，晚上我跟你睡，让那个傻子自己睡一个吧，让他睡他自己搭的那个帐篷。我和他说了要先穿支架，再一起固定，他倒好，穿一个固定一个，弄得歪歪扭扭的。”

许知颜说：“行啊，那让两个男生各睡一顶吧。”

季毓天扭头：“我拆了重新弄还不行吗？”

日暮西垂时，一丝丝光芒从红霞里溜出，山林尽染，边上的小溪水流潺潺，风吹过树林，空气中弥漫着初夏清新的味道。

除了他们，不远处也有三三两两前来野营的人，偶尔有小孩子发出欢乐的尖叫声。

严爱把食物准备得很充足，有花花绿绿的果盘和亲自做的面包甜点。许知颜说她以后可以开个面包店了。

季毓天虽然也觉得味道不错，但嘴贱惯了，说道：“就她？就怕她做面包，客人买了发现她没放面粉。”

严爱刚想朝他发火，但季毓天立刻收了脸色，奇怪地说：“当然了，你稍微收收粗心大意的毛病，也不是不行。”

今天的季毓天莫名其妙多了份耐心和温柔。

严爱受宠若惊。她怀疑许知颜是不是透露了什么，故作对溪水很感兴趣，说：“咱们去玩水吧。”然后她把许知颜拉到了一边。

季毓天看着两个神神秘秘的女生，吞下最后一口蛋糕，面无表情地说："阿洌，你觉得……觉得我今天表现得怎么样？"

程洌憋了老半天，诚恳地点点头说："还行吧，再接再厉，再接再厉。"

"追女生这么麻烦吗？我还不如打游戏。"

"那你别追。"

"……"

季毓天看着花枝招展的严爱，脑海里忽然涌入一个变态的想法——等他追到了她，一定要把她的这些衣服都锁起来，她穿给谁看呢？

季毓天说："陪我去抽根烟。"

"陪你可以，抽烟就不了。"

"别啊，晚上你们又不睡一起，抽一根也没什么吧？"

程洌说："不是，我不想抽，想戒了。"

"无语，随你。"

季毓天和程洌走到边上的一棵树旁，季毓天熟练地点了支烟，递给程洌一根，程洌没要。

两个人东扯一句西扯一句，聊着大学的录取情况，聊着以后的打算。

最后话题又绕回到严爱的身上，两个人双双去寻那两个女生的身影。

她们坐在溪水边，流水淌过赤裸的双脚，夕阳给她们镀上一层温柔的光。

季毓天说："要不你帮我探探知颜的口风，严爱肯定什么都和她说。"

程洌望着许知颜的背影，一时没听清季毓天说什么。

许知颜今天穿了件黑色的吊带连衣裙。这次可能因为热，又或许是因为不是考场，她连外套都没穿，两根黑色的带子伏在蝴蝶骨上，黑与白，禁与欲。

他将双手插在裤袋里凝视着她，夕阳的光在他的眼里一点点坠落。

夜晚十一点多时这片营地依旧明亮，有些条件较好的人带来了望远镜，为了观看这场狮子座流星雨。

相比之下，他们四个的装备就简陋很多。两个男生也心知肚明，他们不是来看流星雨的，就是高考完了没事儿做，纯粹出来度假的。

严爱双手抱膝，仰望着天空，等了半小时了，都没有看到一颗流星，不免有些沉不住气了。

她埋怨道："新闻骗人的吧？我从小到大就没见过流星，卢州肯定没有流星雨。"

季毓天躺在她的身旁，将双手枕在脑后，漫不经心地说："那你还不是被骗了？你还是心甘情愿地来了。"

红格子的野餐桌布摊在地上，三个人依次坐着，只有季毓天是躺着的。

严爱掐了下他的大腿："那你现在给我滚蛋！"

"嗞——"

他的眉头已经皱起来了，但他没朝严爱发火，默默地忍受着。

程洌支起左腿，将左手搁在膝盖上，一边等着流星一边喝饮料。许知颜坐在他的身旁，在玩他的手机。

高考完，季毓天和严爱都换了手机，是很流行的牌子的智能机。程洌没换，还是这部老式的按键小手机。

不过再老的手机也有小游戏，比如俄罗斯方块。

严爱瞧见了，问："知颜，你不买手机吗？你不买的话去了大学我怎么联系你啊？"

许知颜已经玩了一刻钟了，因为严爱的问话一分心，输了。程洌在边上瞧着她，见她 game over（游戏结束）了，轻轻笑了下。

许知颜有点儿玩累了，把手机还给程洌，对严爱说："我晚点儿再买，到时候如果有了手机我会联系你的。"

"为什么啊？你又不缺钱，现在很多手机店还有活动呢。"

"嗯……等我上了大学自己打工赚钱买吧。"

严爱哦了声，没再多问。

一两个月前，她和许知颜聊天，问起许知颜长得这么好看，是像爸爸还是像妈妈时，许知颜说自己是被领养的。严爱当时就噤了声，不好意思再问下去。现在和当时一样，严爱隐隐觉得许知颜可能是不想用家里的钱。

不过程洌觉得严爱说的还是挺有道理的。上了大学，就算他和许知颜在同一个学校，选择同一个专业，学校那么大，上课时间会岔开，现在的学校是没有公用电话的，到时候他该怎么联系她？

程洌喝下最后一口饮料，凑近她，低声说："等我做完这个月的家教我给你买吧，几百块的手机我还是买得起的。"

许知颜摇着头说："你做一个月家教才多少钱？不用了。"

"我现在涨价了，买一个手机还是可以的。"

"那上次演唱会的门票呢？门票钱比给我补习的费用还贵，如果我们没有在一起呢？那你不是很亏？"

"那都是去年的事儿了，再说了，哪有什么亏不亏？都是我心甘情愿的。"

许知颜往他的肩上靠，笑着说："真的不用，我七月也试着去做做兼职吧，我觉得我的能力不比你差。"

"行啊。"程洌搂住她，"我问问我的学生，看看他们有没有朋友需要家教，有的话我带你去，这样我也比较放心。"

"嗯……"

严爱不满地瞥了眼季毓天，嘀咕道："你看看人家，心甘情愿，同样的成语你怎么只会用来损人？！"

季毓天则是不满地看了眼程洌。

这个人谈恋爱后真的让人很无语。

季毓天撇撇嘴，说："我怎么损你了？我也明知道没有流星雨，你说要来我还不是心甘情愿地陪你来了？！"

严爱顿了一下，哼了声："这个造句算你通过了。"

不远处忽然传来弹着吉他唱歌的声音，四个人不约而同地向歌声那边望去。原来是其他来野营的人围在一起唱歌鼓掌，看起来是和他们年纪差不多的人。

严爱又羡慕了："他们的气氛真好，我们就这么干坐着啊？"

季毓天："不然呢？你给我们唱一个？"

严爱不甘落后，站起来，噔噔噔地跑回帐篷，拿出一打啤酒，说："既然没有流星雨，那我们今晚不醉不归吧！"

程冽说："不喝了吧，上回在KTV你还没喝够吗？"

"没啊，上回我不就喝了一点点？"严爱疑惑地道。

程冽笑着说："是一点点，一点点还有人喝醉了。"

许知颜轻轻推了他一下。程冽没被她推开，反而将她搂得更紧，对严爱说："今天真不喝，再等会儿流星雨，如果没有咱们就睡吧。"

严爱："别啊！你看别人玩得多有滋有味，我们也太枯燥了吧！知颜喝果汁，咱们三个把这酒干掉！"

季毓天："那就喝吧，阿冽，今天给兄弟一个面子吧！"

许知颜哪里不知道严爱的心思，她一定是想喝点儿酒壮胆。

而程冽也看懂了季毓天的暗示，季毓天是想今天顺着严爱，把人哄高兴了再表白。

程冽请示了下许知颜，许知颜点头，示意他都可以。

季毓天快被程冽气死了，忍不住和许知颜开玩笑说："以后你俩结婚后肯定你管钱，阿冽铁定每月把裤衩掀个底朝天，一分钱都不给自己留！现在他是酒也不愿意喝了，烟也不抽了。我宣布，阿冽，卢州市最新三好男人！"

程冽失笑，不想争辩什么了。

明月皎洁，晚风阵阵，一簇一簇的灯光像落在草地上的星光，后来三个人都喝得微醺，明明上次比现在喝的酒要多。

听着隔壁的民谣，音乐把人的心带到近在咫尺的未来。

严爱抚了抚小裙子的裙摆，温柔地笑着问许知颜："知颜……你以后想做什么啊？"

许知颜想了下，面带微笑，说："不知道，但我希望能有份体面的工作。"

"那你们呢？"

季毓天："继承我爸的家产。"

程洌："没确定。"

严爱说："都说女生二十五岁是个坎儿，过了这个年纪就开始衰老发福，我希望二十五岁的我没有皱纹，嗯……也能有份体面的工作，能散发出成熟女人的味道。"

季毓天看了她一眼。

许知颜笑起来，挺认同她的想法，说："我也希望二十五六岁的时候能变得成熟一点，理智一些。"

程洌摸了摸她的耳垂，眼眸含笑地看着她。

许知颜转过头来，两个人对视，她的眼比星光璀璨，比月色温柔，风吹过她的头发，雪白的肌肤似湖面上泛起的微光。

程洌放下啤酒说："我有点儿喝醉了，你陪我去走走吧。"

许知颜考虑到严爱，同意了。

两个人走的时候都看了眼季毓天和严爱，眼里都透露出一个信息，就是现在，别犹豫了。

坐在地上的季毓天和严爱也很同步地喝了口酒压压惊。

两个人一直往西边走，离那些人声越来越远，边上还有一大片竹林，风吹竹林响，茂密高耸的竹林遮挡住了月光，黑漆漆的一片。

手牵着手，漫步在六月的清风下，许知颜满面笑容，说："你酒醒了吗？"

程洌握了握她的手，说："嗯，醒了。"

"是吗？我检查一下。"

程洌还没反应过来，许知颜就踮脚捧住他的脸颊吻了上来。

他们对彼此的嘴唇已经无比熟悉，知道对方喜欢什么方式，知道怎么去撩拨，她也早已不是那个只会蜻蜓点水的女生了。

程洌有时候很欣赏她这种妩媚火辣的性格。他的姑娘，对别人总是冷冷清清的，唯独对他热情似火。

拥吻了一会儿，许知颜钩着他的脖子说："看来是醒了……"

程洌笑了，四目相对，眸光流转着，他把想说的话放在喉咙里压了压，最后还是说出了口。

他弯了点儿腰，亲了亲她的唇，漆黑的瞳仁像一张纯黑的纸上面落了一点星火。

程洌压低声音问："晚上要不要过来跟我睡？"

"嗯？怎么突然这样？"

这是上次程洌问她的话。

程洌当然也记得，笑着说："我很想你，想今晚抱着你睡。"

许知颜贴着他后脖颈的手往上移，手指穿过他短硬的发，轻轻摸了摸他的头发。

她打趣说："就抱着啊？"

"其他的也行……"

他没给她拒绝的机会，或者说知道她不会拒绝，用吻堵住了她要说的话。

两个人交缠的身影隐在黑暗里，唇齿吸吮的声音被竹叶沙沙的晃动声覆盖。

那边的严爱和季毓天头一回觉得这么尴尬，沉默了好久，最终严爱提议："他们怎么还不回来，要不我们去找找他们？"

季毓天同意了，走了会儿才真正放松下来。

快走到小竹林那里时季毓天忽然拉住了严爱，严爱还在酝酿着怎么开口，被少年灼热的手一碰，她的心跳顿时加快，脸红成一团。

"你干什么？……"

季毓天："呃……前面太黑了，咱们往那边走吧，他们应该不会去太黑的地方。"

严爱心里想，这可说不定，不过嘴上还是哦了声，乖乖地跟着他走了。

但是他们走的这个方向也是越来越黑。

她心不在焉的，被脚下的藤蔓绊了下，尖叫一声，扑进了刚好转过身来想说话的季毓天的怀里。

她听到了他的心跳声，比她的心跳还快。

少年的怀抱是炙热的，身上有股很淡的香气，严爱埋在他的胸口，骨头都酥了。

但季毓天肯定又要损她，她一想到这个，立马就要离开他的怀抱，但万万没想到，季毓天忽然抱住了她。

季毓天咬咬牙，说："你是笨蛋吗？走路也会摔倒？！要是我不在，你现在是不是摔到别人的怀里了？我告诉你，你想也别想！"

严爱蒙了，弱弱地问："你什么意思啊？"

季毓天的脸涨得通红，她那么软，他有点儿撒不开手了。他很凶地说："就是你心里想的那个意思！"

"你又不知道我心里在想什么。"

"你欠收拾是不是？"

"你又想和我吵架是不是？"

严爱推开她，鼓起的脸颊却被他瞬间捧住，他快准狠地亲了一口。见严爱不反抗，季毓天重新亲了上去。

严爱软了，彻底软了。

原来是这个意思啊。

胡乱亲了一通，季毓天喘着气说："你别逼我再收拾你！"

严爱愣了一秒，随即哈哈大笑起来。她抱住季毓天，忍着快要跳出喉咙的心，轻轻地说："季毓天，你是大笨蛋哦！"

然后她吻了上去，用尽了她所有的本能，学着书里和电视剧里的样子去吻他。

许知颜和程洌算着时间回去时，季毓天和严爱都不在。许知颜和程洌把地上的东西收拾了一下，又检查了一下帐篷的安全问题。

趁着没人，程洌从后边抱住了她的腰，许知颜被吓了一跳，两人说笑着，打闹了几下。

程洌蹭着她的后脖颈说："我们要等严爱回来吗？我估计他们一时半会儿回不来。"

听这话的意思，程洌是知道什么的。

许知颜问："季毓天和你说过什么？"

"嗯。"

"说什么了？"

"你不都猜到了吗？"

许知颜笑说："他喜欢严爱？这我之前可没猜到，他……真喜欢严爱吗？"

程冽："嗯，真喜欢。"

"那不等了吧，我有点儿困了。"

许知颜扒开他放在腰间的手，转过身笑盈盈地看着他。

程冽摸了摸她的脑袋："走吧。"

两个人往帐篷走去。

严爱顶着红肿的嘴唇回来时喊了几声知颜。许知颜听到声音，很匆忙地穿上衣服，想回话，程冽拉住了她。

程冽给季毓天发了条短信，说许知颜在他这里，他们先睡了。

收到短信的季毓天那股子心猿意马的劲儿又上来了。

他第一次知道亲嘴的滋味那么好，怪不得程冽都变了。

季毓天把短信给严爱看，咳了两声，说："你一个人睡会不会不安全，要不要和我一起睡？"

严爱羞耻地捂住脸，义正词严地道："不行！我爸知道会打断我的腿！讨厌！我去睡觉了！"

说完，她拔腿钻进了自己的帐篷里。

深夜一点，严爱翻来覆去睡不着，断断续续地和季毓天发着信息。然后她借着一声狗叫，说害怕，磨磨蹭蹭地跑进了季毓天的帐篷里。

她还瞥了眼程冽的帐篷，他们似乎还没睡，帐篷里有光。

这晚，一切都超出了程冽的预想。

起初，两个人进了帐篷，规规矩矩地躺着，闲聊着，说着对以后的畅想。

程洌对于未来的打算还没规划好。他很俗气地想，上随大，毕业后回卢州找一份合适的工作，安安稳稳地生活，有了一定的本金后可以去投资一些东西或者开一个店。大学四年除了正规课业外，他应该另外再学一些东西，但具体学什么他还没想好。

许知颜的想法比他的更简单。她只想安稳地生活，普普通通就好，知足常乐。

也许是两个人都认识到他们的想法还不够成熟，逐渐噤了声，就像两株未经风雨的新苗，想象着美好，忽略了现实中的许多问题。

以后很大概率他们会成为万千普通人中的一个，即使学习成绩再好。

慢慢地，他们缠绵在了一起。

帐篷是典型的双人帐篷，程洌个高，躺着占据了大半的空间，因此显得帐篷里的空间很逼仄。

灰色的帐篷颜色让这个夜看起来更加漆黑，两个人脸贴着脸才能大约看清对方的轮廓，凭借着感觉，吻过嘴唇、脸颊、额头，最后又回到唇上。

无论吻她多少遍他都不觉得腻，重复着动作也只觉得心潮澎湃。

两个人穿的都是白天的衣服。程洌没带睡衣，也从来没有睡衣，都是直接穿 T 恤睡，那次在宾馆就是，只穿了一件 T 恤和一条短裤。

不过那次是他们突然想在外面住，这次不一样，所以许知颜带了一件换洗的内裤和睡裙，她比较注重卫生。

她不知道比起这件直筒的睡裙，程洌更喜欢她身上的这条裙子。

收腰的设计勾勒出她纤细的腰肢，裙子不长不短，走路时晃动的裙摆像伏在花蕊上的黑美凤蝶，似露又不露。

程洌和她鼻尖对着鼻尖，呼吸交缠在一起。他轻轻笑着，说她穿这条裙子很好看。

说完，他在黑暗中找到她的唇，不怎么温柔地吻了下去，而许知颜给他的回应永远是热烈的。

过了好一会儿，他开始亲她的脖颈。她把头偏在一侧，尽量露出自己的皮肤，一只手搭在他的背上，一只手抚摸着他的头发。

程冽想起上次在KTV，她实在太大胆了，居然在他的脖子上留了痕迹。

好在KTV里光线很昏暗，那些同学应该没看见。那天回去很晚，程孟飞和程扬也睡了，好在他自己洗漱的时候先发现了。

第二天为了应付程孟飞，他故意顺着那粉红的一点点用手指抓了很久，抓成挠痕。

吃早饭的时候程孟飞果然问了，问他脖子上怎么回事儿，他面不改色地说被蚊虫咬了，抓成这样的。

程孟飞信了，但不太爱说话的程扬冷不丁地来了一句："没有蚊虫。"

要不是程扬只有十一岁，又生着病，程冽以为他弟弟可能早恋了，那语气，仿佛知道他脖子上的是什么。

不过还好，程孟飞不在意这些，吃完饭就匆匆走了。

程冽含住她的耳垂，说："这次不许留吻痕了。"

许知颜温柔地说："嗯？"

他用舌尖卷着她的耳垂，湿漉漉地含咬着，她这边有点儿敏感，脚趾一缩，下意识地推他。

他说："吻痕，别弄。"

许知颜想起来了，解释道："上次我不是故意的。"

那是个意外，谁想到多吻一会儿那儿的皮肤就发红了，留下了一块印记。

"嗯……我怕我爸看见，不好解释……怕他以为我对你做了什么。"

许知颜笑了，说道："那你现在在做什么？"

程冽也笑了："那不做了，睡觉吧。"

许知颜觉得自己玩不过他，只要她点头，他肯定不会再动她一次，他就是这样一个人，自制力强得可怕。

偏偏她不喜欢输给别人，也喜欢挑战程冽的底线，更喜欢看程冽为了她变得没有自制力。

她钩住他的脖子说："哦，那你睡吧。"

"……"

“你睡啊……”

她抬腿，轻轻抬了下膝盖。

程冽紧了下喉咙。

紧接着外面传来严爱的声音，她在叫许知颜。

许知颜觉得应该应一声，不然严爱会担心。她轻挑了下眉，对程冽说：“你睡吧，我去找下严爱。”

说完，她松开了他，把他推到一边，坐起身整理自己的衣服，还没扣上扣子，就被程冽拉住了手。

他给季毓天发了条短信，然后把短信给许知颜看了一眼。

映着手机的微光，许知颜看见程冽幽深的眼眸里漾着不怀好意的笑，像是打趣，又像是强忍着的冲动在跳跃。

还没等她说什么，她就被程冽拉到了他的怀里。

外面没什么声音了，其他来野营的人也都睡了。

但是起风了，风拂过茂密的树林，树叶落在溪水里，发出很轻的声音。

许知颜靠在程冽的怀里，朦朦胧胧中看见帐篷上方有树影晃动，刚刚还是漆黑的，什么时候月光变得如此明亮了？

她再一次对上程冽的眼睛，他很温柔，无论是眼神还是动作。

看了会儿她的神情，程冽俯得更低了，两个人贴在一起，彼此的心跳声交织在一起。

他们睡得晚，醒得也晚，昨晚刮了一夜的风，清晨显得很凉。

许知颜醒来时蜷缩在程冽的怀里，薄毯紧紧地裹着两个人。她打量了一会儿程冽，然后亲他。

程冽半梦半醒，感受到她的吻，连眼睛都没睁开，直接回吻她。

吻够了，程冽睁开眼，摸到手机看了眼时间，对许知颜说：“八点了，起来吧。”

“嗯，好……”

他们出帐篷的时候季毓天和严爱也正好出来。四个人打了个照面，季毓天和严爱尴尬得不知道应该把视线放在哪里，因为他们从一个帐篷里出来了。

程洌跟没事一样，说："等会儿我们要去附近吃早餐吗？还是直接回去？"

季毓天看了眼严爱："吃个早餐吧。"

"行，那我们现在把帐篷拆了吧。"

在两个男生拆帐篷的时候，严爱把许知颜拉到一边。被她一拉，许知颜微微皱了下眉，她还没有恢复好，腿没力，走太快会有点儿疼。

严爱没注意到她的微表情，捂着脸，跺着脚，最后说："好尴尬……我发誓我昨晚和他什么都没有做！我们就是单纯地睡了一觉，你们不许多想！"

许知颜没那么古板，笑严爱说："这不挺好的？昨晚……他怎么回应你的？"

严爱把当时的情况复述了一遍，红着脸抱怨道："他真的比我还色，怎么亲都不够，以前我都没看出来。"

"嗯……"许知颜说，"那你们今天还回家吗？"

"今天？不知道他……你们呢？"

"我和程洌是要回去的，他事情多，我昨晚没睡好，想回去补觉。"

严爱沉浸在自己的爱情里，没仔细揣摩许知颜的这句话，说："那你们就回去呗，我……我和他可能要去别的地方逛一逛。他七月份要回随城了，到时候我们只能开学再见了。"

程洌是开车来的，严爱就把帐篷都堆到他的车上，说先搁他那里，然后她挽着季毓天的手叫了个出租车走了。

拿到录取通知书的时候已经是七月中旬了，那天快递员上门时许知颜正要出门给学生补习。

程洌给她介绍了个学生，是个性子很安静的女初中生。学生的家离她的小区也不远，他总是担心她出事儿，所以给她介绍的学生离家很近。

在他的眼里她就跟个小孩子似的，也许还不如他的弟弟。

随大的录取通知书是耀眼的红色，边上刻着镂空的纸玫瑰。

晚上许知颜给程洌打了个电话，果然，程洌下午也收到了通知书。

许知颜调侃他："听说你是卢州理科状元。"

程洌笑了两声，转了话锋："既然已经拿到录取通知书了，我们要不要一起吃个饭？我爸很开心，打算庆祝一下，知颜……你也来吧。"

"什么意思？"许知颜顿了下，"你让我去你家？"

"嗯。"

"会不会有点儿快？"

程洌组织了会儿措辞，把事情从头到尾讲了一遍。

前两天，吃晚饭的时候程孟飞突然问他女朋友叫什么名字。

当时程洌愣了好一会儿，也没否认这件事情。程孟飞说："别装了，你每天晚上打电话以为你爸不知道？是不是之前跟你在阳台上打电话的那个啊？"

程洌说是。

程孟飞和同龄的长辈不一样，不知道是不是缘分，这名字里带飞字的长辈都比较开明，比如班主任蒋飞。

程洌对程孟飞一向也没什么隐瞒的事，就是没想这么早告诉程孟飞，因为一说出来，程孟飞肯定会问很多东西。

果不其然，程孟飞听到他承认后双眼放光，问这姑娘叫什么、多大了、长得怎么样、性格怎么样，问他没把人怎么着吧。

前面的问题程洌都一一回答了，最后那个他当没听到。

程孟飞点头说："不错，一听我儿媳妇就是个好姑娘，你什么时候把人带过来让爸见见啊？"

程洌说："以后再说吧。"

程洌收到录取通知书后，程孟飞心里欢喜得不得了，到处和别人炫耀，恨不得把这张通知书贴在脑门儿上。他的儿子这么多年寒窗苦读，即使不上清华北大也是值得骄傲的，只是可惜了，程洌不愿意去首都。如果程洌愿意，清华北大一定也可以上的。

兴奋劲儿过了，程孟飞问程洌许知颜的情况，说那孩子的爹妈都不在身边，叫她过来一起吃饭吧，爸烧饭，下馆子也行！

许知颜的情况程洌和程孟飞说了，没有当初许知颜说得那么详细，只是说了个大概。四五十岁的程孟飞经历了那么多，都懂。

程孟飞喝了点儿酒，醉了，还叮嘱程洌："爸爸心里觉得难过啊，你说你，那么小没了妈，心里已经很苦了，那孩子这么好都没人待她好，她得多委屈啊！你好好对人家，上了大学后更得细心点儿，你们在外地父母会担心……"

程孟飞说话的口气好像程洌和许知颜已经结婚了，他也不知道程孟飞到底怎么想的。

如果是别人家，大多数父母是不看好孩子过早恋爱的。再者，分分合合的情侣多了去了，真的能从最初走到最后的情侣少之又少。

程洌不知道，程孟飞其实很了解他。因为程孟飞了解，所以尊重并相信自己儿子的每一个决定，也真心实意地接受许知颜，盼望着他们能顺利毕业、工作、结婚，他们相互依靠一生。

许知颜听完后感觉喉咙被什么堵住了，缓了会儿说："那我准备一下吧，你爸喜欢喝什么酒？"

"你不用买东西，明天上午我来接你吧。我们一起吃个午饭，然后我带你去花圃玩一会儿，想去那儿玩吗？"

许知颜对他家的"花园"一直挺好奇的，打电话闲聊时也总是问起，惊讶于他家承包的亩数，又想象着满地的玫瑰会是什么情景。

许知颜说："想啊，那就明天上午九点吧。"

许知颜还是买了点儿东西：一些水果，一条烟，还有给程扬的一套书。

她听程洌说过程扬。程扬虽然生着病，但很聪明，也很喜欢读书，只是性子沉默了点儿。她想那些普通的玩具程扬一定不会感兴趣，毕竟他是拆过微波炉的人。

程洌看到她提着大包小包的东西出来时笑了，赶紧上前帮着把东西接过来。

两个人对视了一眼，心里莫名涌上一股奇怪的感觉，有点儿拘谨，又有点儿忐忑。

他们曾经走亲戚时见过很多这样的场面，谁家儿子带了女朋友回来，一帮人赶着去看，而此刻角色对调，他们成了当事人。

程冽原本没什么感觉，只是带自己熟悉的女朋友回到熟悉的家，一起吃个饭而已，但看着许知颜如此正式，他顿时觉得不一样了。

许知颜的穿着很正式，雪白的中袖衬衫和一条薄款的淡蓝色牛仔裤。她将长发梳起，扎成丸子头，看起来端庄文雅。

在路上，许知颜一直在调整自己的心态，但还是克制不住地紧张起来。

程冽腾出一只手去握她的手，安抚道："我爸人很好，就我们四个人一起吃饭。你不吃葱，我和我爸说过了。早上我去买菜的时候还买了你喜欢的藕带，现在是吃小龙虾的季节，也买了三四斤龙虾。我爸特意让我买了个蹄髈，说给你做红烧蹄髈。"

许知颜瞬间笑了出来："其实不用这么多……"

"你紧张，我爸应该也挺紧张的。他一大早起来去了趟花圃，回来后把家里里里外外打扫了一遍。"

"你爸真的对我们什么意见都没有吗？"

虽然许知颜知道程冽的爸爸是个好脾气的人，但昨天程冽说的时候着实让她吃惊了好一会儿。他的爸爸真的过于开明，过于温柔了。

程冽说："他很高兴，没有什么意见。我想他见到你后，会更没有意见的。"

程冽家还是有点儿远的，但比那个面馆的位置近。这是许知颜第一次来老城区，周边商店稀疏得可怜，不过人少的地方自然风光会很亮眼。

一望无际的柏油公路，两侧是青葱的水杉树，夏天的麦浪一阵接着一阵，空气比新城区要清新许多。

程冽住的小区很老，这里住的老人偏多，没有电梯，到了二楼，程冽掏出钥匙开门时看了她一眼。

他勾了下唇，轻声说："别紧张。"

他打开门，菜下油锅的声音传来，开放式的厨房使油烟味飘到了客厅中，但味道不呛，是很香的饭菜味。

程扬正坐在茶几前拆一个家里不要的收音机，许知颜第一眼看见的人就是程扬。

程扬小小年纪，个头已经挺高了，皮肤比程冽要白一些，脸庞和程冽一样俊朗，眉清目秀的，特别是那双眼睛，漆黑幽深，看起来他不像这个年纪的孩子。

他很平静地看着她，许知颜朝他笑了下。

程孟飞听到动静，从厨房里探出脑袋，语无伦次地说："啊……来了啊！快……快坐下休息会儿，路上累了吧？阿冽快给她倒水！我再烧两个菜就可以吃了啊，你们先玩会儿！"

许知颜把东西放下，叫了声叔叔。

程孟飞害羞地挠了下头，一声叔叔甜到心坎里，应了几声，嘴角快咧到耳根了。

程冽说："知颜给你带了烟。"

程孟飞哎哟几声："好孩子哟，你买这个干啥？你们都是学生，叔叔不要你破费的。"

许知颜说："应该的。"

程扬一直盯着那套书。程冽注意到了，把书拎到他的面前，摸了摸他的脑袋，说："姐姐给你买的，应该是你喜欢的。"

程扬翻了几页书后抬起头，忽地拉住了许知颜的手，示意她坐到他的身旁。

许知颜自认为是不太喜欢小孩的人，但看到程扬觉得心莫名变得很柔软。她坐了下来，问他："有什么事儿吗？"

程扬把书推到她的面前，张了张薄唇，最后还是决定开口问："你看过吗？"

程扬的声音很冷，但还没变声，所以奶声奶气的。

“看过两册。”

程扬不说话了，盯着她看，然后耳朵慢慢变红。他拉着她的手，把许知颜拉到了自己的房间里。

正在收拾东西的程洌听到动静，扭头看去，对上程扬的眼眸，程扬啪的一声把房门关上了。

程洌无奈地笑了声。

这是他没想到的，程扬居然会喜欢许知颜。

不管是在家里还是在学校里，程扬都不太愿意说话，一是生病的原因，二是他天生性格就这样。他在学校里没什么朋友，也不爱交朋友。

程扬和程洌说过，他觉得学校里的同学都很幼稚，他不喜欢。

程洌以为程扬至少会在一开始有点儿排斥许知颜，毕竟她对他而言是陌生人。

收拾完菜和许知颜带来的东西，程洌去敲程扬的房门，然后打开了门。

程扬正在给许知颜看相册，那相册一直被收在程洌的房间里，不知道什么时候被程扬拿过去了。

走近点儿，程洌发现程扬给她看的是他们母亲的照片。

程扬盯着许知颜眼角的一颗咖啡色小痣，再指指照片上的母亲。

许知颜的目光柔和了许多，她笑着说：“我们虽然长得不一样，但这颗痣真的一模一样。”

程扬伸手去抚摸她的泪痣，平静漆黑的眼眸里多了些东西。他看向程洌，很难得地笑了下。

程洌忽然觉得鼻子有点儿酸，很宠溺地揉了下程扬的头，开玩笑说：“这是我的女朋友，你可不能摸。”

程扬知道哥哥在开玩笑，所以他也开起了玩笑，作势要把程洌推出去，不想被程洌打扰他和许知颜的二人世界。

程洌说：“我白疼你了，你想跟我抢，嗯？”

程孟飞准备了满满一桌的菜，其中不乏有程洌做的。端上热气腾腾的排骨汤后，程冽去敲程扬的房门。

刚刚在房间里开了几个玩笑后，他就去厨房做饭了，程扬又把房间门关上了。不知道程扬和许知颜在里面干什么，偶尔会有轻微的声音传来，可以听得出，许知颜和程扬相处得很愉快。

程孟飞在和程冽做饭时还打趣说："你们果然是亲哥儿俩，挑女孩子的眼光都一样。我看小扬要是再大个几岁，怕是要上演兄弟夺妻的戏码了。你说，万一小许还有个双胞胎妹妹什么的，或者你们俩找的是双胞胎姐妹，怎么区分啊？"

程冽当时在剖鱼，一笑而过，懒得回程孟飞这玩笑话。

程扬从房里出来，难得一直面露笑颜。程冽轻轻揽了下许知颜的腰，问："你们刚刚一直在看照片？"

许知颜想起那些程冽小时候的照片，嘴角微扬，她说道："是啊，照片挺有趣的，而且你们拍了好多啊。"

程冽笑了笑，给她拉椅子入座。

四四方方的桌子，四个人正好一人一边。面对这样大鱼大肉的盛宴，许知颜还是很拘谨的，同样拘谨的还有程孟飞。

酌了一口酒，程孟飞那股子羞涩才下去。他给许知颜夹了一大碗菜，让她这也尝尝那也尝尝。

这样的热情好客让许知颜笑了好一会儿，她一直在说谢谢叔叔。

程冽瞧着她这模样也觉得好笑，平日里她总是一副倔强又自信的样子，现在却像个乖巧少女，温顺得很。

程孟飞沾点儿酒精话就多，指着菜肴说："这个呢是我做的，那个是阿冽做的，小许，你觉得哪个菜味道更好？"

许知颜觉得这是道致命题。

在她准备拍马屁的时候，程扬很不给面子地从许知颜的碗里夹走了程孟飞做的菜，意思是程孟飞做的菜不能吃。

三个人被程扬逗笑了。程孟飞说："看见漂亮姐姐你就拆你爸的台？那这些你给我吃完。"

程扬浅浅地笑着，小小年纪，一双眸子却充满智慧，只有笑的时候才会有点儿孩子气。

程孟飞又说："小许啊，别拘谨，多吃点儿，你看你多瘦！高三读书辛苦啊，现在多补补，等你们去了大学在外面吃东西总没有在家里舒服，外面的东西也不健康。我让阿洌把你叫过来吃饭也是想给你们庆祝一下，那些摆大宴的习俗我不喜欢，就想一家人简简单单地吃个饭。你说你们这大喜事儿，总不能一点儿仪式感没有吧。"

许知颜听着，很认真地嗯了声。

程孟飞长得一点儿都不凶悍，是普通中年男人的模样，有点儿啤酒肚，皮肤黝黑，喝了酒脸颊和脖子会有点儿红，笑起来眼角都是皱纹。

许知颜很喜欢他们这一家人，他们骨子里都是温柔的。

这一顿饭大多是程孟飞在说话。程孟飞问了许知颜一些问题，小心翼翼地把控着尺度，生怕戳到这姑娘的心窝，问了几句后聊起了程洌，说了一堆程洌小时候的糗事。

后来聊到程洌去世的母亲，程孟飞也是笑着的，说他老婆多么泼辣能干，多么热心仗义，又是多么天真可爱，可惜没福气，去得早。

那时候程洌也不过是程扬现在的年纪，也是从那时候开始，程洌的性子一点点收了回来，身上没了小孩子的野性。放学回来他主动做家务，照顾当时年仅三岁的程扬。因为程扬的这个病，程洌还很有耐心地为程扬做辅助治疗，长大点儿后开始给程扬补习功课，还抽时间帮程孟飞打理花圃。

程孟飞说："你们俩都是命苦的孩子，却生得这么棒，我真是……老天爷对我不薄啊……小许啊……叔叔很肉麻地说一句，谢谢你啊，我很久没见到阿洌这么开心了。你看看他，现在每天春风得意的。你们俩呢，去了大学，好好念书，相互帮助，爱情一定要给足信任和理解。当然，如果程洌在大学里有外心了，你告诉我，我打他个四脚朝天！不过小许你放心，我们阿洌我最清楚了。他就是个死脑筋，没有什么花花肠子，不是我吹牛，他是百里挑一的好男孩！"

程洌有点儿听不下去了，开始收拾碗筷，说："爸，您喝醉了，去午睡吧，我来收拾。"

程孟飞：“你看看你看看，他贴心吧？以后你们俩生活，家务活你都不用干，他包了！好了，睡什么午觉，我得去干活了，赚钱给你们买奶粉，不是，给我的孙子买奶粉！走了走了，你们小年轻玩去吧！小许啊，叔走了，你要吃什么玩什么让阿冽带你去啊！”

许知颜连连点头，送了下程孟飞。

等人走了，许知颜帮程冽一起收拾桌子，问道：“你爸看起来有点儿喝醉了，没事儿吧？现在是最热的时候，他不怕中暑吗？”

程冽说：“不用担心，这么热的天他哪里傻到真的大中午去干活？他应该是去花圃那边睡觉了，在这里怕你不自在。或者……”

“或者什么？”

“或者我爸和陈叔他们夸你去了。”

两个人在厨房里洗碗，程冽接过她手里的盘子，说：“你别弄，我来就可以了，你去我的房间里吹空调吧。”

许知颜不想一个人待着，毕竟有一段时间没见到程冽了。

她倚着水池台，转过头看他，笑着问：“你爸爸真的喜欢我吗？”

“他不喜欢你和你说这么多？”

“我只是觉得挺不可思议的。”

“他就这性格，有时候嘴上没个把门的，如果以后说了什么你不爱听的话，你别往心里去。我爸这个人，热心肠，爱开玩笑，很照顾自家人的。他觉得你很好，以后会把你当亲女儿一样疼的，我也疼你。”

程冽伸手，轻轻刮了下她的脸庞，洗洁精的泡沫沾了点儿上去。

许知颜下意识地往后躲，晚了一秒，她抹去脸上的泡沫，轻拍了下程冽。

程冽看着她，视线落在她的唇上，不禁慢慢低头。

快要吻上的时候许知颜推开了他，轻咳了一下，眼神示意还有人在。

程冽扭过头，只见程扬一动不动地站在客厅里看着他们。

程冽：“小扬，你不去午睡吗？”

程扬摇摇头，他眼里的意思很明显，他想再和许知颜待一会儿。

程冽说：“听话，去午睡吧，差不多到午睡时间了，姐姐等会儿也要休息。”

程扬站了一会儿，转身回到自己的房间里。

听到关门声，程洌重新看向许知颜，笑了下，声音很低地说：“过来点儿。”

许知颜没有听他的，扬了下眉，说：“现在好像有点儿热了，我去你的房间里吹空调，你慢慢洗。”

她还没去程洌的房间看过，上午的时间都耗在程扬那儿了，看了很久的相册。

其实他们家这个房子的面积很大，阳台上摆满了花花草草，植物被养得十分茁壮，晾晒的衣服都整整齐齐地挂着，一点儿不像没有女主人的样子。

程洌的房间靠近阳台，装修是最简单的白墙白顶，上方的吊灯就是个圆灯泡。他的房间和这个装潢一样，简单到一目了然。

一张床一张书桌，一排衣柜和一个书架，内容最丰富的大概就是他的书架了。

这个架子已经被塞满了，从武侠小说到名著，从小学生词典到散文诗集，在这密密麻麻的“男性化”的书籍里有一本书很惹眼，是一本很新的《一千零一夜》。

许知颜抽出那本书，倚在墙上开始翻着看。

程洌洗完碗进来时她还在看书。

他走到她的身前时许知颜合上了书，她问道：“这本书是你的吗？还是你弟弟的？这本书看着不像是你弟弟会喜欢的书。”

“我的。”程洌把书放回书架，说，“我去年买的，那时候看你读这些故事书，好奇心有点儿被勾起来了，我就买了本回来看看。”

那时候他想知道许知颜到底在看什么，她看的时候到底在想什么，后来他听她说了那些事儿才知道她为什么会看故事书。

“去年？”

“嗯。”

“那你看出什么了？”

“我没看出什么，不过以后如果你想听我可以当睡前故事讲给你听，我差不多记下来了。”

“我又不是小孩子，听什么睡前故事？”

“你怎么不是？”

许知颜靠着墙壁，程洌站在她的前面，两个人贴得很近，对视了几眼，程洌弯了下嘴角，俯身去吻她。

这是一个很浅的吻，断断续续的。

许知颜将双手搭在他的肩上，两个人互相吸吮着唇瓣。

他们都没有闭眼，有一搭没一搭地交汇着目光，眼眸里充满笑意。

这是他的房间，是他的家，在这个地方他光明正大地吻着自己的女朋友，感觉很不一样。

厚重的遮光窗帘紧紧地合着，外面的烈日穿不透，室内的昏暗把人的欲望一点点点燃。

程洌边吻边问：“你要不要午睡会儿？等下午凉快一些了我带你去参观花圃。”

“好啊……”

许知颜的声音变了，因为程洌已经吻到她的脖子了。

上一次见面后他们在七月初还见过一次面，一起看了场最新上映的电影，因为天气热没去别的地方逗留，只在车里温存了会儿。

一个人一旦有了经验，好像一看到对方就有种情不自禁的感觉。

许知颜不知道程洌是不是这样，反正她是，她也不喜欢遮掩自己的欲望。

眼看着她的脸越来越红，程洌收了手，在她的额头上落下一吻后轻声说道：“那去睡吧，我给你拿条毯子。”

许知颜笑了下，说：“好啊……”

躺在床上后，两个人聊了会儿天。

许知颜问起程洌的母亲。她上午看了很多他母亲的照片，再结合程孟飞的描述，听起来他的母亲也是很好的人。

程孟飞光说程洌的母亲好了，没和许知颜讲具体的事情。

程洌也是第一次和许知颜很详细地讲起其中曲折的过程。讲完后他告诉许知颜，晚上送她回家后他就要去那个婶婶那里收账。

许知颜大约了解了，又问程洌："那这颗泪痣呢？你不会是因为我这颗痣才和我在一起的吧？"

程洌笑她是不是电视剧看多了。他没有恋母情结，根本不是因为这颗痣。

他回想起去年的事儿，说道："初见你时我确实被这颗痣吸引了，但又觉得你很漂亮，气质很特别，也很可爱，嗯……就是想疼你。"

一个人喜欢另一个人，哪里有那么多为什么？

可偏偏女生最喜欢问为什么。

许知颜问他："那你是什么时候开始喜欢我的？"

程洌又回想了一番，说："忘了，不过送你花那会儿我已经很喜欢你了。"

说起那盆花，许知颜说："它还活着，今年开得比去年还旺盛。"

程洌把她揽入怀里："看来你不是'植物杀手'了，那花的花语你知道吗？"

"嗯？"

程洌缓缓地说："那花的花语是暗恋、喜悦、满意，以前电视剧里的女主角用数花瓣来判断男主角爱不爱自己时用的就是这种花。"

许知颜忽然明白了，原来这是程洌当年送她这花的原因——暗恋。

她轻轻笑了："那时候你怎么不和我说？"

"我哪里说得出口？"

也是。

许知颜的手轻抚着他的脸庞，手指蹭过他的嘴唇，程洌抓住了她的手。

后来他们是怎么滚到一起的，谁也记不清了，像两团火，火苗闪动着、交缠着。

他说："要不要？"

她说："你弟弟在……"

"那你别出声。"

如此耳熟的话，他还给了她。

淡蓝色的床单被抓出一朵朵花，喉咙压着声音，老旧的床发出的吱呀声，夹杂着他低低的笑声。

傍晚六点多逛完花圃程冽送她回家，正是日落时分，残阳如血，云霞万里，像照耀这个世界的一面铜镜。

程冽将她送到楼道口，和从前送她回家时一样。

他双手插在裤袋里，目送她。

他说："上去吧。"

许知颜其实很累了，中午没休息，又在花圃里走了两个小时，边上有个小公园，还逛了一会儿，此刻她的双腿是酸的，但也正是这些东西消除了她的疲乏。

程冽的家人，程冽，那一大片花海和想要的录取通知书，在这一天她都拥有了。

许知颜凝视着夕阳下的程冽，心头又软又暖，她笑了又笑。

自从认识程冽后，她几乎一直在笑。

许知颜趁着等电梯的工夫，重新快步走向程冽，钩住他的脖子抱了他一下，程冽下意识地伸手搂住她。

"程冽。"

"嗯？"

"我今天很开心。"

程冽笑着说："去年的这个时候你也是这么说的。"

"是吗？"

"你说你认识我很开心。"

"嗯……"

程冽："好了，电梯来了，你快上去吧，过几天我接你去看电影。"

许知颜松开了他，不顾别人的目光，踮脚吻了下他，很轻地说："那我回去了，你收完账也早点儿回去吧。"

"嗯。"程冽俯身靠在她的耳边说，"好好休息。"

他摸了摸她的脸庞，抬了下下巴，示意她回吧。

许知颜进电梯前回头望了眼他，夕阳的余晖灿烂得像一段流金岁月，光影落在程洌的身上，明亮的光仿佛是虚幻的。

许知颜以为这个夏天是人生新的开始，却没想到其实是幻梦的结束。

事情就跟脱了轨的列车一样，横冲直撞，直到翻滚跌落，碎了一地的玻璃碴，缥缈的白烟人抓不住也留不住。

后来回想起来，许知颜才觉得那几天很平静，平静得像有大事要发生。

2012 年的夏天很热，特别是七月，破了历史高温纪录，每一天的阳光都灼烧人的皮肤，空气异常闷热。

和程洌分别后许知颜一直在家看书，因为天气炎热，她懒得动也懒得出去。

于艳梅在医院里治疗休养了四个月终于出院了，许志标带着她回家，几个月来他难得喜笑颜开。

于艳梅看起来恢复得差不多了，精神状态比较稳定，只不过还是和以前一样冰冷漠然。她打量着这个家，打量着出来接她的许知颜。

从于艳梅的眼神中许知颜能感受到，于艳梅对她依旧存在一种偏执的态度，但是她已经不想再去计较了。

这个家，这对夫妻，她很快就不会天天见到了。即使没有程洌，只要上了大学，她会变得自由，她相信自己有能力养活自己。

这两三年至少他们在物质上对她是不亏欠的。说到底于艳梅只不过是和她一样的可怜人，一个遭受了巨大打击的母亲。

不过她又做错了什么？她被送来送去，没有人真的爱她。

许知颜想，就到这里吧，怀揣着这样的想法去看待许志标和于艳梅，让一切看起来圆满一些吧。

于艳梅对她考上随大这件事儿很满意，把她的录取通知书翻来覆去地看了好几遍。于艳梅想抽空去趟庙里，许志标不让，他说天热，她还没完全康复。

于艳梅执意要去。许志标没办法，看了会儿许知颜，说一起去吧。

许知颜不信佛，但想到程洌的母亲，摸了摸胸口的玉佛，点头答应了。

第二天三个人起了个大早，开车去了寒玉寺。这里算得上是卢州比较有名的寺庙，虽小但香火旺盛。

钟声深沉而悠远，穿透这黄墙青殿，蒲团三三两两地散落在地面上，佛祖巍峨耸立，随着清晨稀稀拉拉的人，许知颜跟着于艳梅下跪祈福。

许知颜想起过年时和程冽、严爱还有季毓天在这寺庙里许的愿，她今天就在这里还愿。

她又许下新的愿望，希望那些早逝的人能安息，希望她和程冽能事事顺遂。

她起身时于艳梅还跪着，于艳梅显然比她虔诚许多。

许知颜敛了神色，在一旁等她，而于艳梅一跪竟然跪了半小时。

这一次，佛祖显然没有灵验，后来许知颜总在想是不是因为她不够虔诚。

于艳梅回来后，一切又回到从前，没有人再提三月份那件不愉快的事情。

许知颜知道于艳梅心里是知晓她还和程冽在一起的。但于艳梅什么都没说，好像是默认了这件事儿，又好像装作没有这件事儿。

不管是什么原因，许知颜不想再去挑明了。

平静了几天，许知颜在一个炎热的午后接到严爱的电话，以为严爱又要和她说关于季毓天的事情，没想到是关于程冽的。

许知颜永远不会忘记那一天，下午一点四十三分。她听到电话响，把电视声调低后接了电话。

严爱在电话那头吞吞吐吐好半天，最后焦急又按捺不住地问："知颜，你知道了吗？"

严爱的语气让人感觉事情很严重。

许知颜问她："知道什么？"

严爱说："阿冽他……你一点儿都不知道吗？"

听到严爱这样问，许知颜脑海中立刻浮现出种种不好的想法，比如程冽生病了，或者程冽的录取出了问题。

她千想万想，怎么也没想到是比这些更令人无法相信和接受的事情——犯罪。

严爱说："你没看新闻吗？这几天大家都在说这件事儿，知颜……新闻上说阿冽杀人了……"

许知颜喉咙发干，随即说："你别开玩笑了，他……他不可能的，如果我和你说我杀人了，你信吗？"

"我不信啊，我当然不信！阿冽我也不信！可是知颜，电视上放新闻了！真的！"严爱开始哭了起来。

许知颜缓缓地吞咽了下口水。她看着电视里播放的财经新闻，愣了好一会儿，突然觉得天旋地转。

她还是觉得这是严爱开的玩笑，但今天不是愚人节，也不是自己的生日，更不是任何一个节日，严爱为什么要和她开玩笑？

许知颜拿过遥控器调频道，声音哑了许多，问道："哪个频道的新闻？"

"卢州本地的频道啊！知颜，你别急，现在还没判……阿冽是不会杀人的，到时候警察调查清楚了就好了！你……你这段时间没有和阿冽联系过吗？"

"没有……"

她调到卢州本市的频道，午间新闻，正好在播放这条新闻，标题是"卢州高考状元疑似杀害九岁小女孩"。

镜头播放着程冽住的小区、学校橱窗里他的获奖历史、身亡小女孩的家和小女孩家人撕心裂肺的表情。

许知颜的手控制不住地抖起来，她狠狠地按着音量键，把声音调到最大。

严爱说："听说这是好几天前的事情了，我也是看了新闻才知道的……怎么办啊？知颜，怎么办啊？"

新闻女主播用客观理性的态度说的每一个字都一刀一刀地划在许知颜的心上，她自己都没发觉她已经微微颤抖了起来。

整条新闻听起来有理有据，仿佛程冽真的就是那个杀人犯。

新闻说他将人杀害后藏匿于女孩房间的床底下，警方在受害人的指甲里发现犯罪嫌疑人的血液残留，也在犯罪嫌疑人的脖子上发现对应的抓痕。

同时根据附近人的描述，那天傍晚确实有人看到犯罪嫌疑人和女孩在一起，并且犯罪嫌疑人还抱着女孩，亲女孩。

许知颜的呼吸渐渐快起来，她努力让自己平静，说："我先挂了，我要去找一趟程冽。"

"你去哪儿找……"

严爱只说了半句话就被挂了电话。

许知颜在沙发上坐了有一刻钟。她拼命回忆前几天到底发生了什么。

因为于艳梅回来了，这些天他们没有通过电话，最后一次通电话就是那天程冽送她回来后晚上打给她的那次。

他说收账收了多少钱，在那边稍微逗留了一会儿，还说以前认识的叔叔阿姨的女儿特别可爱，以后也想要女儿。

女儿……

那天吗，他去收账的那天吗？

许知颜关了电视，回到房间，拿上钱包匆匆出了门。

她去了家附近的网吧，把相关的新闻看了一遍，就这么短短几天，所有证据都指向了程冽。

许知颜对相关程序不了解，搜索了一通，如果公安已经移送了起诉案件，那么检察院会在一个月内做出不起诉或者起诉决定，重大或情况复杂的案件会延长半个月，最长是四十五天。

而程冽的案件进度正处于等待检察院提起公诉中。

意识到这点后，许知颜抬手捂住了脸，她的呼吸已经乱了。

出了网吧，烈日将她照出了一身汗。她站在路边拦了辆出租车，和出租车师傅报了程冽家的地址，那个师傅说："小姑娘住那儿？听说那边出了个杀人犯，说是高中刚毕业咧。"

许知颜看了他一眼，没有接话。

师傅又自顾自地讲起来："听说那孩子学习好得不得了，怎么糊里糊涂干这种事儿？小姑娘，你出门在外自己小心点儿，世界上变态的人多得很，真是人不可貌相。"

额头突突地跳，许知颜扶了扶额头，闭上眼，心绪烦乱，疲惫地说："我想休息会儿，您专心开车，好吗？"

师傅从后视镜里望了眼许知颜，又想起那桩新闻，可惜地摇头，换了个挡，也就不说话了。

许知颜的脑海里一遍又一遍地回荡着新闻里的语句，每一字每一句她都觉得是无稽之谈。

程洌……

程洌这么努力地生活，他是个看见地上有污渍会默默擦干净的人，这样的人怎么会杀人？

他明明还很温柔地说以后想要个女儿，言语之间满是对未来的憧憬。

许知颜开始觉得这是一场梦，只有梦境才会这么离谱和变化莫测。

程洌的老小区忽然变得很热闹，挤满了人。拨开人群，许知颜走到他家楼下。有媒体在这里候着，等不到人，没有素材又很不甘心，开始采访起边上的邻居。

那阿婆说："你们不要胡说，阿洌那孩子我是看着他长大的。他从小又乖又聪明，讲礼貌得很。什么杀人？我看哦，是你们的脑子发昏了！"

边上的人连连点头附和，大家都说是啊。

阿婆拿着芭蕉扇，又说："阿洌和他的爸爸都是好人，一家人踏踏实实过日子，都是普通的老百姓罢了。谁有胆子去杀人？那孩子还考上了不得了的大学，赶紧查清楚把人放回来吧，别耽误了孩子上学。"

许知颜抬头望了眼他家的二楼，窗户上的窗帘紧闭，看起来没人在。

程洌出事儿了，那程孟飞应该不在家，可程扬呢？程扬知道他哥哥出事儿了吗？他下楼看到这些人，如果被这些人围堵他受得了吗？

许知颜担心的同时又觉得程孟飞应该已经交代好程扬了。

那程孟飞有找律师吗？他找的是最好的律师吗？

程孟飞还好吗？

许知颜的眸子在骄阳下一寸寸地黯淡下来，细密的汗珠从额头上缓缓滑落，不知不觉中她的唇干得脱了一层皮，血色全无。

她没有撇开人群光明正大地走进这个楼道，没有办法再拨通程洌的电话。从知道这个消息到现在，她始终反应不过来，心神不定的。

可是这一刻的茫然让她忽然意识到这是真的，她可能再也没办法联系到程洌了。

如果那天她让程洌多陪她一会儿，是不是一切都不会发生？如果她当时提出要和他一起去，也不会变成这样对不对？如果……如果……

可明明事实不是这样的，假设再多，它都不应该是这样的。

许知颜慢慢地往回走，走到一栋楼的侧面。她靠着墙，一点点地滑下去。她把头埋在了双膝之间，轻轻地闭上了眼。

她没有哭，只是觉得很疲乏，好像再也没有办法往前走了。

天色渐渐暗下去，日月交替，夏天的夜晚繁星闪烁，小区的柳树上有蝉，一声接一声地叫。

这个世界很宁静，程洌的事情只不过是这蝉声中的一声，很快消失，但永远刻在了一些人的心上，锋利的，疼痛难忍的，她轻轻一碰，结痂的伤口会再次裂开。

许知颜在这片阴影里坐了几个小时。她不知道自己在想什么，脑海里很空，但又被什么填满，各种思绪仿佛千百条绳索勒着她。

她依旧觉得这个事情滑稽，这是万分之一的概率吧？为什么万分之一的概率要发生在程洌的身上？

她想起从前一些不可思议的新闻，有人因为十几块钱杀人，有人喝酒意外猝死，有人因为从天而降的一件小物而身亡，这些事情在她和其他人的眼里只不过是一闪而过的新闻和事故。可直到现在，许知颜才明白世上每一件微不足道的事情都足以让一些人崩溃，让一些人一生都过不去。

那些媒体记者散了，周围的人说够了程洌的事情，开始说晚上吃什么，说孙子孙女暑假上什么补习班。

这世上，人的悲喜从来不相通。

等那些人聊完天差不多各自回家的时候，许知颜撑着地慢慢地站了起来。她不想就这么回去，很想做点儿什么，但什么都做不了。

藏在夜色下的许知颜重新走向程洌所住的那栋楼，只见二楼有很微弱的光。

许知颜心头一跳，荒唐地想着是不是程洌回来了。警方给了他清白，但他不想面对媒体，所以一直在家。而她也因为没有在家，所以没有接到他的电话。

她带着这种微弱的希望上了二楼，敲响了门。

门很快被打开，开门的人不是程洌，是程扬。

程扬的脸色很不好，一双和程洌相似的眼眸哭得红肿，看上去整个人很憔悴。

两个人对视了一眼。程扬没说话，侧身，示意她进来。

许知颜想开客厅的灯。程扬拉住她，低声说："不开。"

程扬只开了房间里的小灯，那幽暗的光从他的房间里透出来，许知颜能看清他的脸。

许知颜听程洌说过，程扬怕黑，每次晚上程洌出门都会把家里的灯都打开。

许知颜轻轻地问："为什么不开灯，你不害怕吗？"

程扬垂下了头，垂在身侧的双手握成拳，深吸一口气说："不想。"

许知颜知道他一定是知道程洌的事情了。她咽了下口水，咽下了心里翻江倒海的苦涩。

程洌也说过，程扬怕黑是因为那年母亲的葬礼上停过一会儿电。不怎么会表达的程扬当时又哭又叫，从此之后除了睡觉时，其他时间会开着灯。

程扬的病因为小时候被发现得及时，而且一直接受干预治疗，再加上程孟飞和程洌也足够有耐心又细心地照顾他，所以程扬的自闭症算是轻的。他能正常上学，能理解这个世界，只是跟后遗症一样，程扬不爱表达自己的想法，也不喜欢说话。

这些许知颜都知道。

只是如果程洌被判决了，程扬该怎么办？程孟飞又该怎么办？还有她，她该怎么撑起自己？

许知颜想摸一摸程扬的脑袋，但抬起的手又无力地垂了下去。她移开视线，说：“你爸爸去哪里了？你知道他什么时候回来吗？”

程扬摇头，然后自顾自地回到房间。他没关房门，许知颜看见他坐在床上。他抱着膝盖，一动不动。

酸涩感一阵又一阵地涌来，心脏像被什么绞着，许知颜有几秒钟呼吸不上来，她强忍着，默默地缓了好一会儿。

可是走到程洌的房间里，看到程洌放在床头的两张电影票，她瞬间红了眼眶。

电影票上的日期是今天，下午三点的电影。

除了电影票之外，床头那本白封皮的书里还夹着一张旅行社的广告单。她记得，程洌在电话里和她说过，八月中旬他能带她去附近的城市旅行一次，然后两个人直接去随大。

他对她从来没有食言过。

坐在柔软的床上，清冷的月光影影绰绰地洒进来，将她瘦弱的身影拉得老长。

捏着薄薄的两张电影票，带着夏日的闷热，许知颜忽然觉得这一年才是梦，短暂而不会再有的东西才能被称作梦境，而现实世界总是苦难的。

可她和程洌到底做错了什么？他们只不过是想努力简单地生活。

到底发生了什么？到底发生了什么？

这一夜寂静得让人心里发凉，程孟飞回来时程扬没有睡着，而许知颜一直在客厅里等着。

程孟飞看到许知颜时惊了一下，面容沧桑的他很快反应过来，好不容易缓和的情绪在看见许知颜的时候全然崩塌。

没来得及说一句话，他哽咽了几下，失声痛哭起来。

程孟飞把这些天的经历从头到尾讲了一遍。从案发到现在，程洌一直很配合，一开始陪着警方做调查，两天去了七八次警察局，再配合警方做 DNA 检测，可是当那些所谓的证据一个个冒出来，程洌被暂时拘留的时候他们才发现事情在往坏的方向发展。

直到现在，程洌要被审查起诉，程孟飞还没有办法接受这个结果，更别提程洌了。

程洌被拘留后程孟飞没有再见到他，只是委托了辩护律师与程洌会面，再通过律师了解案件进度。

许知颜本想着明天通过程孟飞去见程洌一面，但和程孟飞聊了之后才知道涉嫌刑事犯罪的人被拘留后不可以与家属会面。

程孟飞说起事情的缘由，有一部分是当时程洌配合完警方回来后主动和他说的，有一部分是他通过律师知晓的。

那天傍晚程洌去收账，程孟飞的弟媳不在，程凯杰也不在。程洌正好碰上对面宠物店的女主人，这也是程孟飞的老熟人了。

那个女人要出去买菜，叫程洌去她家坐一会儿，顺便帮忙看一会儿店，程洌就去了。

程孟飞知道那女人有个女儿，小女孩九岁还是十岁，当年他们搬走的时候那小女孩才牙牙学语，程孟飞还经常逗那个小女孩玩儿。

女人去买菜。小女孩在家看动画片，看见程洌很惊讶也很开心。程洌陪她玩了一会儿，又是猜谜语又是折纸飞机。

脖子上的伤痕是女孩玩得太开心，出去追纸飞机摔倒了划的。他就抱起她回屋，哄着她别哭。女孩乱动，头上的发夹刮伤了他的脖子，女孩发现后还用手给他擦，问他疼不疼。

他本来就很喜欢这个小姑娘，摸着她的脑袋说不疼，小女孩一直道歉，他就亲了亲她的手，说没关系。

直到天黑程凯杰才回来，程洌问程凯杰要了账就走了。

而警方在屋内发现的一袋只有程洌指纹和老板指纹的零食是程洌

原本买给程凯杰的，后来程冽忘记给他了。

所以警方推测程冽临时起意，借机奸杀女孩。他先用零食放下小孩的防备，对其做出亲密行为，结果发生意外，情急之下掐死了女孩，因为杀了人产生惧怕，所以来不及实施强奸，藏好尸体后仓皇逃走。

女孩母亲对程冽的陈词一开始是信的，后来随着所有证据都指向程冽，她忍不住了。

程冽被逮捕的那一天，女孩母亲冲上门给了程孟飞一巴掌，哭天喊地，质问程孟飞和程冽为什么要这样做。

她在程冽小的时候把程冽当亲儿子一样疼，把他们一家人当难得的真心朋友。而且程冽的母亲是警察，怎么教出一个罪犯儿子？！

程孟飞挨了一巴掌，却一点儿火气没有，看着离去的警车，倒在了楼下花坛里，听到别人说警察母亲和罪犯儿子的时候，他的瞳仁一点点变大，他忽地嘶吼着："我儿子没有杀人！我儿子对得起他的妈妈，他什么脾气性格你不知道吗？他要是杀人凶手我程孟飞今天就从长江边上跳下去！"

女人已经听不进去了，哭到晕厥过去。

讲到这里，程孟飞摇摇头，咽下无尽的忧愁，说："孩子啊，你回去吧，阿冽的事情你帮不上什么的，回去吧。"

许知颜这才发现已经清晨了，微光渐渐飘上来，时间是无情的，证据也是无情的。

一夜未眠的许知颜一点儿不困。她慢慢地走出了程冽的小区，看着阳光一丝丝变热烈，看着清冷的街道逐渐热闹起来，看着这个世界照常运转。

她喉咙很干，干到一个字都说不出来。

她没有打车，而是坐了公交车。以前程冽送她回家坐的就是这班车，她想看看究竟需要多长时间。

回到家，阳光已经很灼人了，但她一点儿都不觉得热，指尖都是凉的。

于艳梅坐在饭桌前等她，早餐凉得没有一丝热气，看到许知颜回来，只是抬眼看她，什么都没说。

许知颜以为于艳梅会说什么，许知颜已经不想应付了，可是于艳梅没有，那冰冷的眼眸里多了一些东西，有什么在浮动。

良久，于艳梅说："我热下粥，你过来吃饭。"

许知颜没有反抗，拖着疲惫的身体在桌前坐下，温热的白粥滚在舌尖上，却难以下咽，但许知颜还是强迫自己吃了小半碗。

电话声刺耳地响起，于艳梅看着她说："昨天有几个电话找你，这个应该也是找你的。"

"嗯。"

许知颜放下碗筷，捏了捏眉心，没什么表情，过去接电话。

来电话的人是严爱。严爱担忧地说："知颜，你总算接电话了，你还好吗？昨天你去哪里了？季毓天托人找了随城最好的律师，你有办法联系到程冽的爸爸吗？"

许知颜微微抬起眼："什么？"

严爱重复了一遍。

许知颜说："季毓天在哪儿？你把他的手机号给我。"

严爱报了一串数字后，说："知颜……你的声音怎么这么哑？你别这样……你这样我又想哭了，没事儿的，阿冽没有做的事情，只要我们找到好律师，好好辩护，他一定没事儿的！"

许知颜握紧这记录着号码的字条，像是握住了最后的一丝希望。

可事情到最后，这微小的希望却如一把锋利无比的刀，要彻底刺穿许知颜的心脏。

许知颜见到程冽是在七月底的一审法庭上，上午九点开庭，旁听席上难得坐满了人。

从事发到现在，这件事已经在卢州沸腾，一是程冽高考的状元身份，二是在此之前卢州发生过几起女学生遭杀害的恶劣事情，人民积累起来的畏惧和愤怒在程冽的身上爆发。

2012 年网络并不发达，信息来源主要是电视播放和手机推送的新闻。但很久以后许知颜才明白，网络发不发达并不是关键，关键的是背后的人，那个群体从来没有变过，只不过从口口相传变成了网络传播。

不变的还有他们心中的正义，很难评判他们所谓的正义到底是好还是坏，但落在程洌的头上，许知颜厌恶这所谓的正义。

程孟飞这些日子遭了许多次围堵，收到很多恐怖信息，就连程扬的信息也被泄露，有些人借着程扬的病给程洌扣了个莫须有的帽子。在以讹传讹中，程洌成了一个成绩好但心理有疾病的学生。听到这样的形容，大家才满意地点头，说原来是这样啊！

蒋飞的采访，周围邻居的采访，只被一句话带过，大家说邻居和老师被蒙蔽了眼睛，高智商的人犯罪都很会伪装。

那些所谓的证据摆在眼前，大家坚信心中的正义，渴求法律还小女孩一个公道。

许知颜知道素未谋面的人不会相信程洌，但至少这个世界应该听听其他的声音，应该听听程洌的供词。

程洌被带出来时，坐在许知颜身旁的程孟飞想站起来，但强忍着坐着。

许知颜放在双腿上的手紧紧抓住了小包，细长的眼眸一眨不眨地凝视着程洌。他们之间的距离也不过几米，但他们没办法说一句话。

那身犯罪嫌疑人的衣服刺痛了许知颜的眼睛，这和程洌格格不入，在她眼里程洌应该穿着干净的校服或者将来毕业的学士服。

他们多久没见了，许知颜一时算不清，久得好像过了一个世纪，可是现在明明才七月底。如果时间很短，那为什么程洌变了这么多?

他站在被告席前，干瘦的双手被手铐铐住，头发被剃过，短得能让人看见头皮，那张硬朗坚毅的脸消瘦了许多。

好像是感受到了她的视线，他转过了头。

视线对上的一刹那，许知颜敛了神色，朝他微微笑了下，只是落在程洌的眼里，这笑比哭还难看。

程洌不知道应该怎样回应，张了张嘴，只觉得喉咙发干。

他沉沉地垂下眼睫，没再看她，静静地等待着审判。

两方律师争论得很激烈，许知颜始终看着程洌，他的每一个眼神、每一个神情她都想刻在脑海里。

她眼前闪过许多和程洌在一起的画面，印象里的程洌总是笑着的，漆黑的眼眸里常驻着温柔和笑意。对她也好，对其他人也罢，程洌总是极其耐心。他成熟稳重得让人可以放心依靠。

他像春日清晨温暖的阳光，像夏天里微凉的风，像秋天傍晚温馨的夕阳，像凛冽冬日下升出的烟火气，比少年多一分沉着内敛，比成熟男人多一丝张扬。

那些美好的回忆和此刻的他重叠，许知颜压下心口一遍又一遍冒出来的酸涩感。

他笔直地站着，像威武不屈的战士，可是他的双眼让许知颜知道他累了，正在一点点不受控制地跌入地狱。

他把事实陈述了无数遍，但大家就是不信。他一字一顿地告诉警方他没有犯罪，铮铮铁骨的他在不分白天黑夜的地方慢慢被打碎，直到他的双眸变得涣散，思绪变得模糊。

最后支撑他的是问心无愧、双手清白，是程孟飞和程扬以后的生活，是他对许知颜曾经做出的承诺。

他也后悔过，如果那天再早一些到，哪怕早一秒钟是不是事情就会改变?

在数不清的问题中，他给自己宣判过死刑，给自己填充过希望，可站在法庭上，他第一次发现命运是没办法掌握在自己手里的。

一审的审判在程洌的否认中结束，这意味着过一段时间将进行二审，也就是终审，这是最后一次机会。

此次开庭结束时已经下午了，所有人都口干舌燥。

程洌被法警带着往回走。许知颜下意识地站了起来，不自觉地跟着走，但被栏杆拦住了。她握着栏杆，视线紧跟着他。

程洌在小门前停顿了一下，回头看了她一眼，深沉的眼里情绪复杂，可眼里的柔情从来没有变过。许知颜一瞬间眼里盛满了泪水，她咬牙忍了下去。

程冽动了动喉结，在法警的催促下离开了法庭。

他的身影消失了，但许知颜还看着那个方向。过了好一会儿，她抬起头，吸了吸鼻子，回头扶起程孟飞，尽量冷静地说："叔叔，我们去问一问律师。"

程孟飞抹了抹脸，掌心都是眼泪。他点点头，老泪纵横，跟着往外走。

许知颜送程孟飞回到家时已经是深夜，程扬没有睡，在家等着他们。

知道他要问什么，程孟飞很疲倦地摇了摇头，说："等终审……"

程扬的眼里隐隐露出一股冷漠之情，他抿着唇，转身回了自己的房间。不一会儿，许知颜听到轻轻的啜泣声，是他倔强地不哭却忍不住流眼泪的声音。

律师今天明确和他们说了，这场官司很难打，败诉的概率比较大，所有证据对程冽都非常不利。

程孟飞的眼泪被这句话打击得再也流不出来了。他从悲伤慢慢地变得麻木，在怀揣着希望的同时又要做最坏的打算，不能接受这个结果，却不得不去接受。

许知颜不信，不信没有做过错事的人会被硬加一个罪名。

所有人都在试着接受最坏的结果，只有她固执地偏要等待一个真相。

所以一个月后的终审结果一下子判了两个人的刑，一个是程冽，一个是许知颜，他入狱的同时她的灵魂也掉进了地狱。

八月底时天气已经渐渐转凉，那天下了很大的雨，云层压得十分低，阴沉沉的天气让这个世界看起来阴森恐怖。

而一个月没见过面的程冽又瘦了一些，双眸下有一抹青色，像黑曜石一样的眼眸被覆上了一层灰，像落入深海无休止下沉的石头，坚硬冰冷。

法官宣判他无期徒刑时，女孩的母亲激动地站了起来。她不满意这个结果，她要的是死刑，一命换一命！她激烈地挣扎着，情绪不太稳定，被相关人员带出了法庭。

听到这个审判结果，许知颜一动没动。她看着眼前座椅的后背，只觉得法官后面说的话慢慢地在这棕色的椅背上旋转。

她的心跳停了一瞬，然后恢复了正常的频率，平静而规律。

程洌绝望地闭上了眼，仰头深吸了一口气，喉结滚动了一下，一个半月的时间，他第一次笑。

程洌被带走时，许知颜依旧没有抬头。她就这样静静地坐着，双目渐渐失去神采。

程洌再一次回头看她，许知颜的神态他都看在眼里。

程孟飞已经顾不上她了，他像行尸走肉般起身，一步步离开这个人间地狱。

法院外媒体记者等候已久，还有许多前来看热闹的人，一个接一个地提问。边上人的恶言恶语，程孟飞听了这么多，头一回觉得憋不住。

他还没开口反驳，胸口忽然一阵剧痛。他捂着胸口，嘴角抽搐，咚的一声倒在了台阶上，雨水漫天而下。

围观的人惊呼一声，有人拨了120。

程孟飞病倒后随之而来的还有花圃生意的溃败，一夜之间谈妥的订单烟消云散，投进去的钱收不回来，之前欠的钱还不上，生意无人打理。

还有只有十一岁的程扬。

随大已开学，许知颜安抚好程扬并处理好程孟飞的事情后去了收压罪犯的卢州监狱，要求见一面程洌。

她没想到这是她最后一次见程洌。

她没有说程孟飞突发心脏病入院，没有说程扬在家大吼大叫，也没有说自己已经好几天没合眼。

隔着玻璃，她坐在他的面前，红着眼眶，很艰难地扬起嘴角，只是这样温柔地看着程洌。

就这么几秒，程洌的眼睛也红了，两个人同步地拿起电话。

是她先开的口，她说："阿洌。"

这是他很久没听到的声音，他很想念她。

“嗯。”他沉沉地应着。

他们相望着，却无言。

程冽看着她这样子，咬紧了牙，压下声，然后缓缓地说：“学校要开学了吧？你都准备好了吗？”

“嗯。”

她在说谎，他知道。

他说：“去了那边你好好交朋友，学自己喜欢的东西，过自己想要的人生，好好照顾自己。”

许知颜没有回答，只说：“你等我，你等我……”

程冽的涩意已经涌上喉咙口，他快坚持不住了。

他问：“你知道我没有，对不对？”

“我知道。”

这就够了。

他舔了下唇，闭上眼，决绝地说：“嗯，知颜……回去吧，走吧。”

说完，他挂断了电话。

许知颜看着他，又说了一遍“你等我”。程冽起身，戴着手铐往里面走，转身的一刹那他的眉头皱起，眼泪滚了下来，呼吸一声比一声压抑。

许知颜的行李很简单，一些衣服，还有程冽送给她的那本奥数书，书里夹着电影票。

只是曾几何时，程冽送给她的那盆花已经枯死了。她恍然间想起来，她有一个多月没有给它浇水了。

想到这儿，许知颜把花拿到厨房里，给它浇满了水，守了一晚上，花没有一丝好转的迹象。

于艳梅深夜出来上厕所，看到她的房间里有微光，在她的房间门口停了一会儿，什么都没说，也什么都没做，回了自己的房间。

许知颜去随大，于艳梅和许志标开车送她去的。

程冽的事情闹得沸沸扬扬，他们自然知道。许志标一直打量着许知颜的神色，他第一次试图让许知颜开心一点儿，但没什么效果，三个人一路沉默着来到了随城。

学校门口挤满了人和车，每个人都面露笑容。

这年夏天，许知颜站在随大的校门口，抬头望着万里无云的天空和刺眼的阳光，出了一身虚汗。她忽然苦笑了两声，眼泪顺着脸颊滑落。

她微微张着嘴，喉咙干涩，眼泪越流越多，顺着脖颈而下，湿润的睫毛粘在一起，心脏收缩的疼痛感让她窒息。

许知颜发出隐忍的哭声，琥珀色的眸子里满是绝望之情。

她抬手去捂胸口，却摸到程洌送给她的玉佛。

低头去看玉佛的瞬间，她忽然觉得天旋地转。

周围人一声尖叫，大喊道："有人晕倒了！"

她不愿意踏进这个校园，不愿意一个人往前走。

倒地的瞬间，她知道，有些人能穿过夏天开启新的生活，有些人却脚上生链，永远被困在了记忆中的夏天。

后来许知颜和室友提起过一次程洌，新的城市，没人听过那桩事儿，她就没有说，只告诉室友，她有过一段永生难忘的爱情。

当时两个姑娘坐在阳台上乘凉。室友是个玩音乐的女孩，爱抽烟，爱摇滚。

许知颜看到她抽的烟——红塔山。

许知颜向她要了一根，借了个火，颤颤巍巍地点燃，深吸了一口，被呛了一下。

室友笑起来，手腕上的细镯子铃铛一阵响，她问许知颜："你喜欢他什么？"

许知颜拿下烟，眼里流露出幸福的光芒，她不假思索地说："当他看着我的时候，我觉得我是值得被喜欢的。"